# 커다란 게임과

# 박정희 살리기, 쓰기, 죽이기

커다란 게임과
박정희 살리기, 쓰기, 죽이기

초판 1쇄 인쇄 2015년 01월 14일
초판 1쇄 발행 2015년 01월 21일

지은이 박 중 희
펴낸이 손 형 국
펴낸곳 (주)북랩
편집인 선일영 편집 이소현, 김진주, 이탄석, 김아름
디자인 이현수, 김루리 제작 박기성, 황동현, 구성우
마케팅 김회란, 이희정
출판등록 2004. 12. 1(제2012-000051호)
주소 서울시 금천구 가산디지털 1로 168, 우림라이온스밸리 B동 B113, 114호
홈페이지 www.book.co.kr
전화번호 (02)2026-5777 팩스 (02)2026-5747

ISBN 979-11-5585-407-5 03810(종이책) 979-11-5585-408-2 05810(전자책)



이 도서의 국립중앙도서관 출판예정도서목록(CIP)은 서지정보유통지원시스템 홈페이지(http://seoji.nl.go.kr)와
국가자료공동목록시스템(http://www.nl.go.kr/kolisnet)에서 이용하실 수 있습니다.
( CIP제어번호 : CIP2014037693 )

# 커다란 게임과 박정희

# 살리기, 쓰기, 죽이기

박중희 지음

우리는 그 속에서 살았던 인물들을 되짚어 봐야 한다

북랩 book Lab

## 책을 시작하면서

한국의 전 대통령 박정희는 그의 생애 후반 30여 년 동안 세 번의 큰 고비를 맞았다. 1948년, 남로당 군사책으로 남쪽 권헌에 잡혀 죽을 뻔했다가 살아난 게 그 첫 번째. 그리고 1961년 5·16 군사 쿠데타로 정권을 잡았던 것이 그다음. 그리고 그 뒤 1979년 10·26 암살사건으로 죽음을 당한 것이 마지막 고비다.

그 첫 번째인 1948년, 그가 죽지 않을 수 있었던 건 백선엽이 그를 살려주기로 한 덕이었고, 1961년의 5·16은 그가 반공을 위해 일으켰던 거사. 그리고 1979년의 암살은 김재규가 그 나름대로의 까닭으로 저지른 범죄였다는 것이 지금까지 우리들이 알아 온 공론公論이다. 다들 각기 혼자 한 일로 돼 있다.

그런데 이제 와서 이런 말을 하는 것이 쑥스럽기도 하지만 이 공론이라는 게 정말 공론空論이다. 사실과 동떨어진 터무니없는 것이라는 것이다.

알다시피 박정희의 죽음에 관해 관변 측이 발표했고 그 뒤 우리 사회에서 정설로 통해 온 '진실'이란 우리들 누구나가 들어 온 대로다. 중앙정보부장 김재규가 (이렇다 할 아무런 사후대책도 없이) 박정희를 덮어놓고 죽여 놓곤 육군본부로 갔다가 거기서 붙잡혀 끝내 목매달려 죽었다는 것이다. 그건 깊이 생각할 것도 없이 얘기치곤 우습기 짝이 없다. 아니, 세상에 어떤 미친 놈이 자그마치 한 나라의 대통령을 죽이고도 제 몸 성할 줄 알고 덜렁 육군본부로 갔다가 거기서 관헌에게 '너 잘 왔구나' 하고 붙잡혀 저세상으로 직행을 했다는 건가. 이건 얘기가 엉성하기로도 도가 좀 지나쳤다.

더 한 게 있다. 사건이 터지던 날 현장에 있었던 젊은 여인 심수봉이 그 후 TV에 나와 공개적으로 한 말을 기억하는 사람들이 많을 것이다. 그녀는 이런 말을 했었다. 그가 사건 후 합동수사본부조사에서 '사건 현장에서 김재규 부장과 차지철이 다투는 소리를 들었다'고 한 것은 '강요에 의한 것'이었다고. 누가 증언을 강요했다는 게 무슨 소리인가. 설명할 것도 없다. 증언의 강요는 조작이다. 그렇다면 합동수사본부에서의 수사건, 그에 따른 사건 처리 과정이건 모두가 바르게 된 것일 수 없다는 얘기다.

그 첫 번째 고비였다는 1948년부터 따지면 그동안 70년 가까운 세월이 흘렀다. 그렇다면 그 긴 세월 우리들이 그야말로 '눈 뜬 장님' 격으로 지내 왔다는 말인가.

아니라고 하기 어렵다. 그렇다는 데는 방대한 사료史料나 뛰어난 일급 두뇌가 필요한 것도 아니다. 일을 그저 상식적으로 보고 판단하는 것만으로도 충분하고 남는다.

물론 그건 누구에게나 좀 믿기 어려운 얘기다.

그러나 거기에는 그랬을 만한 까닭들도 없진 않았다.

말할 것도 없이 박정희가 맞은 세 가지 고비들은 다 같이 공공연히 치러질 수 있는 일들이 아니었다. 이미 재판에서 죽기로 돼 있는 박정희를 살려낸다는 것이 정상의 통로로 될 일일 리가 없다. 쿠데타로 정권을 잡는 일도, 그리고 그를 암살한 사건 역시 마찬가지다. 다들 눈에 안 띄는 음지에서의 공작으로 이루어진 것이다. 그런 음지에서의 일이라면 그 진상이 세상 눈에 띄지 않은 것은 당연하고 실상을 드러내는 이렇다 할 증거 따위들이 찾아보기 어려웠던 것도 놀랍지 않은 일이다.

세상에는 뭐든 진실이라는 것을 캐내는 데서 앞장 서는 학계가 있고 언론계도 있다. 그런 그들 앞에 헛소리들이 통할 리가 없지 않은가. 그러나 박정희 일에 관한 한 그들 세계에도 물 샐 틈은 꽤 있었다고 하지 않기 어렵다. 그리고 거기에도 나름대로의 까닭도 있었을 것이다.

알다시피 그 세계에는 한 가지 지켜져야 하는 불문율 같은 게 있다. 모든 진실은 증거에 의해 고증되어야 한다는 것이다. 그런 게 없으면 그건 뜬 소문에 지나지 않는 것으로 평가되고 그러면 변변한 논의의 대상도 되지 않는다. 그러나 비밀공작치고 증거를 사방으로 남기며 행해지는 경우는 없다. 그래서 상식적으로 뻔한 일조차 무시되는 경우가 드물지 않다.

그런 침묵이 흐르는 가운데 일반인들에게 남겨지는 선택의 여지가 클 순 없다. 그저 주어지는 '공론'이라는 것을 그러려니 하고 받아들이는 길 외에 다른 게 있기 어렵다. 그렇다면 그런 상태란 지금까지의 70년이 아니라 백 년이라도 간다.

까닭은 그 밖에도 있다. 이를테면 뭐든 음모성이 끼인 일에선 스스로 일부러라도 눈을 돌리는 우리의 경향이다. 그것은 '모르고 지내는 게 좋은 일이면 모르고 지내는 게 좋다' 하는 안일주의일 수도 있다. 그러나 거기에는 한줄기 우리 문화에서 오는 것도 있다는 생각이다.

우리 시조에 '까마귀 노는 곳에 백로야 가지 마라'라는 것이 있다. 그런 지저분한 데에 가면 백로의 깨끗한 몸을 더럽힐 위험이 있기 때문이라는 것이다. 사실, 음모, 모략, 지하공작 따위들은 모두가 까마귀들이 노는 지저분한 세계다. 그래서 그런 세상은 일부러라도 보지 않고 모르는 체 해야 한다는 것이 덕목으로 손꼽히기도 한다. 그럴 법한 얘기다.

그래서 우리들의 백로 같은 결백은 사물에 관한 우리들의 지식을 백지에 가까운 것으로 해주기도 한다는 것이다. 박정희에 관한 공론도 그런 데서 온 것이라 보지 못할 일이 아니다.

진작부터 생각이 그랬으면 왜 지금까지 잠자코 있다가 이제 와서 이런 소리냐 하는 독자도 있겠다. 그렇게 된 한 가지 자그만 까닭을 들어 보자. 앞에서 말한 심수봉의 폭로 얘기를 듣곤 한 가지 생각을 내 머리에서 지울 수 없었다.

하다못해 엿장수라도 그의 죽음에 수상쩍은 게 있으면 밝히는 게 정상이 아닌가. 그런 척이라도 하는 게 법치고 법치를 한다는 사회다. 박정희란 누구인가. 대통령이었다. 그것도 보통의 것이었나. 그런 인물에 대한 대접이 이쯤이면 좀 너무했다는 생각이다. 그쯤이면 한국 사람으로서 낯도 못 들고 다닐 것이다. 그의 죽음에 관련했던 사람들도 이 꼴을 보곤 그럴 것이다. 어쩌면 세상에 이처럼 고마운 나라도 있고 이렇게 이상한 민족도 있는가 하고. 그러다가 술기라도 돌면 한바탕 껄껄대기도 할 것이다.

그래서 내 심기는 불편했다. 그래서 박정희가 맞았던 고비들에 관해서 다시 한 번 생각해보게 되었다. 그리고 그러는 데서 느껴지게 된 것이 딴 게 아니다. 우리가 얼마나 이런 일들에 관해 생각이나 판단을 상식적으로 하지 않아 왔는가 하는 것이다.

지금 이렇게 글자판을 두드리게 된 데는 또 다른 이유도 있다.

언젠가 내 친구 하나에게 박정희 암살에 관한 글을 썼으면 한다고 하니까 그의 즉각적인 대답은 이랬다. '거기에 뭐 더 할 얘기가 있다고. 박정희 죽인 거야 미국 놈들이라는 건 세상이 다 아는 건데…….' 사실, 그러고 보면 그렇기도 하겠다 싶었다. 그렇다면 그게 미국으로서도 바람직한 일이기는 어렵다.

잘 알려졌듯 미국의 포드 대통령은 자기 부하 관료들에게 '이제부터 남의 나라 대통령을 암살하는 일 따위는 그만두라'는 묘한 특별 명령(대통령특명 제11905호)을 내렸었다. 그리고 나서 5년. 그의 뒤를 이어 대통령이 됐던 레이건이 똑같은 명령을 되풀이했다. 이게 웬일인가. 알아보니 이 5년 사이 대통령 중 암살당해 죽은 경우는 지구상 단 하나, 대한민국의 박정희뿐이었다.

그렇다면 거기서 나올 결론은 다른 것일 수 있겠나. 박정희를 죽인 것은 미국이라는 것 외에는. 그러한 것을 바탕으로 해 한국의 한 소설가는 '박정희를 죽인 것은 미국'이라는 줄거리로 소설(김진영, 『한반도』)도 썼다.

여기서도 우리는 상식이라는 것을 통해 한 가지 사실을 보게 된다. 그것은 미국은 암살이라는 것을 보는 눈에서도 좀 '예외적(Exceptional)'이라는 것이다.

말할 것도 없이 미국 대통령 자리란 골이 빈 얼간이들이 차지하는 것이 아니다. 설령 그런 자라고 해도 적어도 대통령 특명이라는 것이 세상에 새어나가지 않으리라곤 생각하지 않을 것이다. 그렇다면 거기서 보게 되는 한 가지 사실은 뻔하다. 그것은 미국에 있어 외국 지도자의 암살이란 일 따위도 반드시 악행으로만 여겨지진 않는다는 것이다. 그렇게 여겨진다면 대통령이 그런 특명을 내릴 리는 없다고 해야 한다.

그와 관련해 미국인 태반이 가지고 산다는 미국의 자화상을 잠깐 다시 들여다보는 것은 뜻 없는 일이지 않다.

미국 보스턴대학에서 사학과 국제관계를 가르치는 베이스빗츠 교수는 그의 책에서 이런 말을 했었다. 미국인들은 그들 나라가 지구적 규모에 걸쳐 행하는 모든 사업은 그것이 전 인류를 위한 것이라는 대의大義에 바탕한 것이므로, 그 과정에서 혹 도의에 어긋나는 일이 있더라도 그것은 마땅히 치를 만한 대가로서 받아들여야 하는 것으로 믿는다는 것이다(The cause itself cleansed such acts of any taint of iniquity).*Washington Rules,' A Bacevinch, Metropolitan Books, New York, 2010. pp.40-43. 그리고 그런 미국적 예외주의에 대한 그들의 신념은 거의 종교적이라고 할 만큼 깊다고도 덧붙인다.

그런 미국인들을 누가 '남의 나라 원수를 암살이나 하고 돌아다니는 깡패 같은 악한'으로만 치고 있다면 그들은 '그게 무슨 소리냐!' 하고 대들 것이다.

그렇다면 박정희가 겪은 고비들을 다시 챙겨 본다는 것은 미국인들을 위해서도 해롭지 않은 일이다.

그래서 지금 나는 이렇게 글자판을 두드린다.

2015년 초입

# 목차

제2부

## 박정희 쓰기



제3부

## 박정희 죽이기

## 책을 닫으면서

제1부

# 박정희 살리기

1948년 가을, 박정희가 남로당 군사책으로 있다가 김창룡의 합동수사본부에 잡혀 들어갔을 때 그가 거기서 살아나올 가망은 없었다.

알다시피 김창룡은 보통 사람이 아니다. 지금도 그의 묘비에는 이런 말이 적혀 있다. 그의 손에 죽은 공산 반도들의 수는 기만 명에 이른다고. 역사학자 이병도가 쓴 글이다. 생전에 사람을 얼마나 많이 죽였는가가 그를 기념하는 말로 묘비에 적혀 있는 경우는 그것을 빼곤 이 세상에 다시 없을 것이다. 실제 공산분자면 조무래기리도 그의 손에 닥치는 대로 죽었다. 그런데 박정희는 자그마치 공산당의 군사책이다. 그가 죽지 않은 건 웬일인가. 그건 기적이라고 해야 한다.

박정희가 그때 그의 손에 죽었다고 해보자. 대한민국의 역사는 크게 달랐을 것이다. 박정희 시대라는 것이 없었던 대한민국이 지금의 것과 같은 것이기는 어렵다. 그러니까 그때 박정희가 죽지 않았다는 것은 역사적 사건, 그것도 커다란 역사적 사건으로 평가되어야 한다.

박정희는 어떻게 해서 죽지 않을 수 있었나. 그것은 우리가 우리의 역사를 아는 데서 박정희가 어떻게 죽었는가 하는 것처럼, 또는 그보다도 더 큰 것일 수도 있겠다.

그리고 그가 살아나기까지의 과정에는 아슬아슬한 우여곡절들도 있었다. 자칫하다간 죽을 수밖에는 없었다. 그래서 그것만으로도 적지 않은 구경거리도 된다.

우선 그 구경부터 하고 가자.

## '확크 오프!'

1948년 10월, 박정희가 남로당 군사책으로 구치소의 수인으로 잡혀 있을 때다. 그의 취조를 직접 담당하고 있던 군경합동수사본부장 김창룡에게 이 박정희란 인간이 어떤 존재인가는 분명했다. 김창룡이 해방 후 만주에서 돌아왔던 38선 너머 이북 땅이란 자기에게 살만한 곳이 못된다는 것은 뻔했다. 그래서 38선을 위험하게 넘어 이남 땅에 온 다음 줄곧 그의 마음을 떠나지 않은 생각은 단 하나, '김일성이 쳐 내려와 이남 땅까지 차지한다면 나는 죽는다'는 것이었다. '어디 죽는 게 나만이냐. 나와 처지나 생각이 비슷한 사람들은 다 죽는다.' 그래서 남쪽 땅에 와서 군인이 되고 그 속에서도 공산주의 위험분자를 가려내는 일을 맡았을 때 그는 자신의 직무를 보람찬 것으로 여겼고 그것을 수행하는 솜씨도 뛰어났다.

그의 생애를 기리는 묘비명에 적혀 있듯 그의 손에 처단된 위험분자는 수만 명에 달한다. 자기가 산다는 것과 그런 분자들을 죽인다는 것을 같은 일로 본 그에게 '빨갱이'면 하나라도 더 죽일수록 좋은 일이다. 남한 땅에서 공산 측 도전으로 구석에 몰린 기분이었던 미 군정당국으로서도 그런 그는 귀한 자산이지 않을 수 없었고 그래서 그만한 대접도 해줬다.

그 김창룡에게 지금 여기 뒹굴고 있는 박정희란 무엇인가. 공산당이다. 그 속에서도 군사 공작을 책임지고 있던 거물이다. 그렇다면 이건 다름 아닌 김일성 자신이라 볼 수 있다. 그래서 그는 다시 한 번 구둣발로 박정희의 머리통을 세차게 걷어찼다. 그러자 피범벅이 되어 뒹구는 박의 꼴이 이번에는 죽겠지 할만 했다. 죽고 난 후 통상대로 내다 버리면 그만이다. 그런데 각목으로 등골을 부서져라 쳐대는 고문에도 이게 용케 죽지를 않는다.

그래서 김창룡은 나중에 다시 되돌아보기로 하고 일단은 제 사무실로 점심으로 시켜놓은 짜장면을 먹으러 그 자리를 떴다.

그러고 얼마나 지났을까.

어렴풋이 정신이 되돌아온 박정희의 머리에 떠오르는 것은 자기가 아직도 살아있다는 놀라움이었다. 그리고 이제는 그게 싫었다. 이대로 죽어버릴 수 있으면 좋겠다 싶었다. 그의 동지들은 이미 거의 다 죽었다. 공산당으로는 그들보다 더 큰 죄수로 보이고 있을 제 목숨이 살아날 수 있는 길이란 전혀 없다. 그렇다면 이런 고욕을 계속 당하기보단 차라리 끝날 수 있으면 얼마나 좋을까. 김창룡이 지금 공작자금 감춘 데를 대라고 하는 데에 응할 도리는 없다. 실제 그런 게 없었기 때문이다. 그 결과는 계속 김창룡의 구둣발질, 물고문을 당하는 일뿐이다.

만주시절, 일본 육사까지 나온 관동군 장교였던 박정희는 헌병 보조원으로 있던 김창룡 같은 처지에서 보면 거의 하나님과 같은 딴 세계의 존재였다. 그런 그를 이제 무슨 헌 짚신처럼 짓밟아버리고 있는 김창룡이 지금의 자신의 처지를 어떤 기분으로 보고 있을까는 물론 생각하지 않는 게 좋다. 그러나 거기서 뻔한 건 이런 고문이 앞으로도 쉽게 그치지는 않을 거라는 것이다. 실제가 그랬다.

'상희 형님, 어떻게 하면 좋겠습니까?' 무슨 일에서건 혼돈된 머리가 정리되지 않을 경우 버릇처럼 된 이런 말이 박정희 머리에 스쳤지만 물론 거기에는 상희 형님은 없었다. 그래서 그가 믿는 형님의 말이란 언제나 제 자신이 상상해 내는 것에 지나지 않았다. 그러나 그는 언제나 그걸 형님의 말인 것처럼 믿고 살아왔다. 그러는 게 마음 든든해져서다. 그러면서 그의 머리에 다시 떠오르는 것은 그의 누이 재희로부터 들은 후로 그의 뇌리에서 벗어나는 일이 없는 상희 형님의 마지막 모습이었다. 대구 시월 폭동 때 경찰 총에 맞아 죽은 상희는 짚더미에 싸인 식은 송장으로 집에 돌아왔었다. 그리고 그것이 땅속에 묻혔을 때 그의 모든 것은 거기서 끝났다. 그 얼마나 아까운 죽음이고 그 얼마나 덧없는 끝장이었나. 그는 나이도 많지 않았다. 그건 그의 비극이었고 패배였다. 반대로 그를 죽인 이 세상의 김창룡들에겐 또 하나의 승리였을 것이고.

그렇다면 나는 여기서 죽을 수 없다. 죽음으로써 나를 죽이려 드는 자들에게 승리의 쾌재를 부르게 해줄 일도 아니다. 누가 했던 말이던가. '강자強者가 살아남는 게 아니라, 살아남는 게 강자'라고 한 게. 실제 그 순간 상희 형은 그에게 그러고 있었다. '정희야, 나처럼 덧없이 죽지는 말아라'라고. 좋다. 형님 말씀대로 죽지는 말자. 살아남기 위해 치르지 않을 수 없는 대가는 클 것이다. 그것이 죽음보다도 어렵고 무서운 것일 수도 있다. 그러나 아깝게 꺼져 버린 상희 형님의 뜻을 따르는 것이라면 그런 대가를 나는 기꺼이 치르겠다.

그러면서 정신은 점점 맑아 왔다. 발길질로 눈퉁이가 터지고 부어 눈이 잘 떠지지도 않았지만, 해도 많이 진 즈음인 듯싶었다. 그리고 온몸이 쑤셔 그대로 엎드려 있자니 이내 인기척이 있어 감겨있는 눈을 억지로 열어 보니까 예의 미군 육군소령과 두 명의 동양인들이 걸어 들어오고 있었다. 그 미군 장교는 그가 붙잡혀 온 이튿날 구치소로 와서 박정희의 얼굴을 한참 쳐다보기만 하다가 그를 김창룡에 남겨 놓곤 돌아갔었다. 그가 좀 인상에 남았던 건 그의 계급이 자기와 같은 소령인데다가 얼굴 생김생김이 '양놈 치고도 깔끔하게 생겼다'고 느낀 때문이었다. 그가 누구고 뭐하는 사람인지는 몰랐지만 그가 김창룡을 거느리다시피 하는 입장의 사람이라는 것만은 짐작할 수 있었다.

그저 그런 그가 다시 왔구나 하고 있는 순간 그들 뒤를 따라 들어오는 김창룡의 모습도 보여 '또구나' 하는 생각에 숨을 죽이고 있자니까 김창룡은 걸어 들어오는 걸음을 멈추지도 않은 채 박정희 앞에 다가와선 다시 구둣발로 그의 얼굴을 차는 것이었다. 그것으로 박정희는 다시 한 번 의식을 잃어버렸다. 그래서 그는 그 뒤 그 자리에서 있던 일을 알 도리도 없었다.

거기서 무슨 일이 있었나. 약간 의외라고 할 만한 일이 일어났다.

김창룡의 구둣발질에 박정희가 다시 길게 뻗어 버린 순간이다. 그 미군 소령이 뭐라고 벼락같이 소리를 지르며 김창룡의 가슴을 밀어내는 것이 아닌가. 이에 대한 김창룡의 반응은 너무나도 뜻밖인 일에 당황하는 모습인 게 역력했다. 그럴 만도 했다. 김창룡 자신도 잘 알고 있었듯, 누구나가 인정하고 있던 그의 명성은 그가 적을 다루는 데 철저했고 무자비하다는 데에 있었다. 그렇다면 이 남로당 놈 얼굴에 다시 한 번 발길질을 해댄 건, 이 반공전쟁에 앞장 서 있는 미군으로서도 만족히 여겨 마땅한 일이다. 실제 미국인들은 평시 그런 김창룡을 두둔도 했고 고무도 했다. 그래서 놀란 것이다. 그래서 얼떨떨하고 있자니 그 소령은 험상궂은 얼굴을 하며 김창룡에 소리치는 것이었다. "확크 오프(Fuck Off)!" 영어란 한 자도 모르는 김창룡이지만 확크란 말 하나만은 너무 자주 들어 그것이 욕이라는 것쯤은 알고 있었다. 그래서 그 소령이 뜻한 바 "이놈 자식아, 너 이 자리에서 당장 꺼져 버려!"라는 것을 대충 눈치로 짐작을 한 그는 비실비실 뒷걸음을 쳐 나갔다.

그 미군 소령의 뜻밖의 행동이란 어디서 비롯한 것이었나?

그것을 아는 건 본인 빼놓고는 물론 없다. 그러나 거기에는 이런 사연도 있었다.

그 미군 소령에게 박정희를 다루는 것은 이제부터 그 자신의 몫으로 되어 있었다. 그런 결정이 말하자면 극비에 속한 일이기도 해서 소령은 그렇다는 것을 김창룡에게 알리지 않았다. 그런 것까지 굳이 그에게 할 건 없다고 여긴 때문이다. 그런데 제 뒤를 따라온 창룡이가 박정희를 발길로 차 그를 '이거 이제 죽는 게 아닌가' 하게 해 놓았다. 그때 그가 자기도 모르게 순간적으로 받은 충격은 어느 어린이가 막 가지고 놀려고 하던 제 장난감을 딴 놈이 와서 망가뜨리는 것에 대한 노여움 같은 것이었을 수 있다.

또 하나. 이것도 무의식중의 것이지만 창룡이의 발길질을 '비非서양인들의 잔인성' 같은 것으로 보는 인종주의적인 편견이 이 백인장교의 신경을 자극했을 수도 있는 일이다. 개를 구둣발로 차는 것도 범죄로 치려드는 애견가적 인도주의의 발동이었을 수도 있었다는 것이다.

그리고 적어도 계급적 상위자면 인간적으로 하위자와는 그 대접이 달라야 한다는 계급의식에서 나온 것이었는지도 모른다. 만주시대 헌병보조원으로 있었던 것을 잘 아는 이 소령에게 김창룡은 언제나 '하사관'이었다.

그래서 이 소령은 김창룡에 대해 '확크 오프'라는 거친 소리를 저도 모르는 틈에 내뱉었을 수도 있었다는 것이다.

그 직후 그 미군 장교에게 자기 입이 좀 헤펐나 하는 생각도 순간적으로 나긴 했었다. 그러나 그런 것쯤에 신경 쓸 것도 없으려니 해 그 일은 없던 것으로 처버리기로 했다. 김창룡이라면 반공투사로서 자기 기관에서 열심히 일하는 것 외에 다른 인생이란 없다는 것을 그는 잘 안다. 그래서 언제 PX에서 김창룡이 요즘 입맛을 들이고 있는 포도주라도 한 박스 사다 주면 되겠지 하며 그러기로 했다.

그런 다음 구치소의 간수들은 돌바닥에 팽개쳐져 있는 박정희를 힘들여 끌어 올려다 그의 감방으로 들여놓곤 거기에 철컥 자물쇠를 잠갔다.

## 점입가경漸入佳境

아침 해가 뜬 다음 이 독방 감방문이 열리길래 예의 간수가 아침밥을 가져오는가 했다. 거무죽죽해진 나무로 짠 도시락 밥통에 깡보리 덩어리를 비지 따위로 채워 놓은 '먹이'다. 그런데 오늘은 '강'이라는 간수가 또 다른 간수와 둘이서 들어오더니 잠자리에 앉아 있던 박정희를 양팔을 끼고 번쩍 들어 올려 방박으로 끌고 나가는 것이었다. 말 한마디 없이 위세 좋게 그러고 있는 꼴이 이게 무슨 정상 아닌 일이 벌어지고 있다는 게 분명했다.

그러면서 박정희 머리에 떠오른 게 여기 붙잡혀 오기 전 매일 듣고 지내던 제 친구들의 죽음들이었다. 그런 죽음의 소식들을 접할 때마다 그가 받는 인상은 그것들이 하나같이 닥치는 대로, 가차 없이 당한 죽음들이었다는 것이다. 두렵고 치가 떨리면서도 한편으로는 그럴 수밖에는 없기도 했겠다 싶었다. 여순사건만 해도 그건 피차간 다름 아닌 전쟁이었다. 사람을 죽이는 게 전쟁이다. 그래서 그들은 그렇게 서로를 미친 듯 죽이고 죽었다. 지금의 나는 그들에겐 그런 죽여야 할 적 중에서도 커다란 적임에 틀림없다. 그렇다면 그들이 이제 이 자리에서 나를 내다 찢어 죽인들 그건 하나도 뜻밖일 게 없는 일이다.

'형장의 이슬로 사라진다'는 말이 있었다. 이제 내가 바로 그 한 방울의 이슬이 되어간다는 것이겠구나. 그러면서 그 순간 벅차오르는 생각이 하나 있었다. 이제 죽음을 피할 도리란 없다. 그렇다면 나는 너희들 보라고 두려움에 떨어주진 않겠다. 죽으면 상희 형님도 만나고 먼저 간 내 동무들도 만날지도 모른다. 좋다. 나를 죽여라, 하는 악에 받친 생각을 하면서 끌려가고 있는데 이게 좀 이상하다. 죽이려면 형무소 안에 있는 형집행장에서 목을 매달든 총을 쏘든 해 죽이면 될 일이다. 그런데 이 자들이 자기를 마당에 정거해 있는 지프 앞으로 끌고 가서 밀어 넣는다. 그러곤 차가 형무소 문을 빠져나가 시내 쪽으로 달린다.

이거, 어디로 가는 건가. 두 간수 사이에 끼여 앉아 있는 박정희 눈에 비친 창 밖의 시내 모습은 밝은 햇빛 아래 평화스러웠다. 다들 저렇게들 밥 먹고 살면 될 일인걸, 어쩌다 이렇게 죽음이 난무하는 난장판이 됐단 말인가. 그런 생각에 어지러워지는 머리를 가다듬으면서 차 앞을 보니까 미군 헌병 차가 앞서 가고 있고 그것이 이 차를 영도해 가는 것처럼 보였다. 실제 그 헌병 차는 가끔씩 경종을 울려가며 달리는가 하면 교통신호 따위도 아랑곳없이 거리를 활개 치며 달려가고 있었다. 바깥 거리는 시내에서 한강 쪽으로 빠져 나가는 눈에 익은 길이다.

그러면서 얼마를 달린 끝에 그들 차는 미군 헌병들이 버티고 서 있는 미군 기지 입구에 닿아 멈췄다. 한강에 맞닿아 있는 용산. 이 일대는 일제 때에는 조선주둔 일본군의 본부가 도사리고 앉아 있었고 해방 후에는 서울에 진주해온 미군이 접수해 거대한 미군기지로 바꿔놓았다.

기지 입구의 관문을 통과한 차는 이내 큼지막한 건물 앞에 이르면서 정거해 선다. 똑같은 모양의 건물이 세 채, 둘레는 커다란 나무들로 둘러싸여 있는 꼴이 무슨 특별지역이라는 감도 도는 그런 데였다. 그리고 그 사방에 서양인 군인들이 서성거리거나 오가는 모습 따위들로 마치 외국 땅에나 온 것 같은 것이었다.

간수들의 부축을 받고 걸어 들어가는 그 건물이 병동이라는 것은 금세 알 수 있었다. 낭하에 연한 유리창 너머의 쭉 늘어선 침대 위에는 서양인들이 눕거니 앉았거니 하고 있었고 간호사들, 흰옷 차림의 의사 같은 사람들의 모습 등은 지금까지 보았던 어느 병원 광경과 다를 게 없었다. 그 낭하가 거의 끝나는 곳에서 왼쪽으로 문을 열고 들어간 장소는 두어 칸쯤 되는 독방이었다. 그 중앙에 침대 하나, 그 옆에 작은 책상을 끼고 있는 의자에 앉아있던 한 젊은 사나이가 방으로 들어오는 일행을 맞아준다. 잠시 뒤 두 명의 간수들과 바깥으로 같이 나갔던 청년은 방에 다시 들어오면서 박정희에게 이른다. "며칠 이 방을 쓰시게 되셨습니다." 그러면서 그는 얼굴에 가느다란 미소를 짓기도 했다.

아니, 대관절 이게 다 무어냐. 여기가 어디고 내가 어떻게 여길 온 것이고 며칠 동안 내가 이 방을 쓰게 되었다는 건 무슨 소리냐는 따위들이 어지럽게 머리를 스치고 있었지만 박정희는 무엇을 어떻게 물어야 할지 머리가 얽혀 입이 열리질 않았다. 그랬던 데에는 더 큰 까닭도 있었다. 나의 지금 이 순간의 처지란 무엇인가. 그건 공산당을 때려잡자는 세상에서 남로당으로 잡혀있는 몸이다. 그런 처지에서 뭘 묻고 자시고 한다는 거고 그러는 게 무슨 소용이란 말인가. 그래서 박정희는 입을 다문 채 이런 생각을 하고 있었다. '다 좋다. 너희들 할 대로 해라. 어디로든 가는 데까지 가보자…….'

그런데 그 젊은이가 이렇다 할 설명도 없이 이래저래 손을 쓰고 있는 품이 모든 게 이미 계획이 되고 준비가 돼 있는 것이라는 게 뻔했다. 그리곤 이내 그는 그저 멍하게 서 있는 박정희를 인도해 문을 열고 나가서 좀 떨어져 있는 다른 방문 앞으로 가더니 박정희에게 "우선 여기 들어가서 목욕부터 하고 나오시죠!" 하며 물 트는 것까지를 보여주곤 밖으로 나갔다. 더운 물을 손에 만져본 일도 언제적 일이었나. 그래서 하라는 대로 목욕통에 더운 물을 틀어 놓건 거기에 몸을 담그자 그동안 오그라들어 있던 온몸이 그 훈훈한 온기 속에 녹아드는 것이었다. 그저 이대로 온 세상이 가라앉아 버리고 모든 일이 끝장이 나버릴 수 있으면 얼마나 좋으랴 하면서 몽롱한 시간을 보낸 지 얼마나 되었을까.

아물아물한 눈을 감고 탕 속에 잠겨 있자니 문이 열리는 소리가 나 돌아보니 예의 젊은이가 얼굴을 드밀며 말을 건넨다. 수건과 옷가지들을 바로 마루턱에 있는 대바구니 속에 넣어 두었다는 것이다. 이제 나올 시간이 되었다는 신호겠다. 그래서 더 있고 싶었던 탕에서 억지로 몸을 일으켜 마루 쪽에 나가 보니 과연 그 바구니 속에는 큰 수건과 함께 깨끗한 무명 잠옷 한 벌과 두루마기 같은 가운이 소복이 쌓여 있었다. 그 옷들을 입었을 때의 기분은 새사람이 된 것 같았다.

이게 다 누가 어쩌자고 벌이고 있는 불가사의한 일들이냐.

그런 홀린 듯한 생각이 더 할 수 없게 일어난 것은 방에 돌아오고 얼마 되지 않아서다. 젊은이는 어디론가 사라져 혼자 의자에 앉아 있으니까 푸른 간호사 제복을 입은 서양인 처녀가 들어오면서 뭐라고 하는데 그걸 알아들을 도리가 있을 리 없다. 그래 멍하니 그의 얼굴을 쳐다보고 있자니까 그녀가 손으로 차를 마시는 시늉을 해서 고개를 끄떡이니까 또 뭐라고 하는데 이번에도 벙어리일 수밖에 없다. 그러자 그녀는 할 수 없다는 듯 그저 싱긋 하고 미소를 띠는 얼굴이 한자 그대로의 벽안碧眼에 홍모紅毛. 퍽 귀여웠다. 그리고 돌아갔다 몇 분 되지 않아 돌아 온 그녀는 찻잔이 놓인 쟁반을 의자 옆의 책상 위에 놓곤 먹으라는 시늉을 하며 다시 한 번 생긋 하는 것이었다.

점입가경漸入佳境이라는 말이 있었지. 그건 이럴 때 쓰라고 있었겠다. 사실 이런저런 벌어지고 있는 뜻밖의 일들은 박정희에게조차 '일이 이쯤으로 되어간다면 이건 구경거리다' 하는 느낌을 가질 수밖에 없게끔 해주고 있었다.

그런 시간들이 얼마나 더 지났을까. 창밖이 약간 어둡기 시작하는 기색일 때다. 그동안 보이지 않던 젊은이가 이번에는 밥상을 들어다 주는 것이었다. 침대 위에 앉아 있는 박정희 앞에 갖다 놓은 다리 달린 밥상 위에는 흰 밥 한 사발에 국 한 대접, 그 옆에는 두어 가지의 반찬들도 놓여있었다. 그런 흰 밥을 먹어본 지도 얼마나 됐는지도 모르는 박정희는 밥을 그 더운 국에 말아 숨도 쉴 새 없이 먹어 치웠다.

좋다. 모든 일들이 이런 식으로 나간다면 나로서도 마다할 일일 게 없다 하는 기분도 돌아 이 젊은 친구에게 이제 말을 걸어 적어도 그의 이름을 물어보는 건 괜찮을 듯해졌다. 그러자 그 질문에 대한 그의 대답은 자기 이름은 홍삼범이고 "미국 친구들은 나를 바미라고 부르고 있는데 소령님은 범範이라고 불러주시면 됩니다." 하는 것이었다. 그래서 그렇게 하기로 했다. "소령님" 할 정도로 나를 알고 있으면 군대에서 손아래 사람을 부르듯 "범이, 범이" 해도 되겠다 싶기도 했다.

그리고 잠시 후 범이는 박정희에게 밤에 급한 일이 있을 때 이 경종 단추를 누르면 자기나 간호사가 올 것이라고 말해준 뒤 먹고 난 밥상을 들고 돌아나갔다.

그 후 어두운 방에 전등불이 켜지고 난 한참 뒤에 이번에는 역시 서양인이지만 아까와는 다른 간호사가 와서 박정희의 맥을 짚어보고 가져온 대장에 그것을 기록해 넣은 다음 잘 자라는 인사 시늉을 하며 돌아나갔다. 그리고 박정희는 방에 혼자 남게 되면서 온몸에 왈칵 쏟아 내리는 피로감에 발을 뻗고 침대에 드러누웠다.

그러나 잠은 금방 오진 않았다. 이게 정말 일어나고 있는 일일 수 없다는 생각이 머리를 떠나지 않아서다. 모든 게 깜깜한 속에서 꽤 긴 시간이 지난 다음 박정희는 천천히, 그리고 깊은 잠에 빠졌다. 그렇게 그 이상하고 현실이라고 믿기 어려운 하루는 막을 내렸다.

# 짐朕이라고 불러줘

꽤 긴 시간이 지난 뒤, 다시 눈이 뜨이고 정신이 되돌아왔을 때 박정희의 머리에 먼저 떠오른 것은 도대체 여기가 어디인가 하는, 미궁迷宮에 들어와 있는 것 같은 그런 느낌이었다. 이게 형무소 감방이 아닌 건 틀림없다. 지금 덮고 있는 것은 더럽고 냄새 나는 모포 조각이 아닌 깨끗하고 푹신한 이불이다. 이게 내가 죽어서 와 있는 '저 세상' 어디인가? 그래서 이불 속의 뱃가죽을 꼬집어보기도 했다. 이게 꿈이거나 천당이 아닌 건 틀림없다. 그러면서 그가 형무소 감방에서 끌려 나온 다음에 있었던 일들이 주마등처럼 머릿속에 펼쳐졌다.

벽에 걸린 시계는 여섯 시가 조금 지난 시각을 가리키고 있었다. 그게 아침 여섯 신지 저녁 여섯 신지 모르게 창밖은 아직 캄캄했다. 그러면서 오줌이 마려워진 박정희는 침대에서 내려와 방에 달린 세면실로 발을 옮겼다. 거기에는 수건, 치약, 칫솔 따위들이 가지런히 세면대 위에 놓여있었다. 수도꼭지를 트니 더운 물도 나온다. 변기도 앉아서 뒤를 보는 수세식이다.

정말이지 별난 때에 별난 생각이 다 난다. 변기에 앉아 뒤를 보면서 박정희 머리에 떠오른 생각은 '내가 평생 똥을 눠도 이렇게 똥을 눠보기는 처음'이라는 것이었다. 그렇다면 그건 하나의 기록으로서도 두고두고 기억에 남을 만한 일이기도 했다.

그러면서 방에 돌아와 보니 창밖은 새벽빛에 밝아지고 있었고 조금 열려 있는 창 사이로는 새들이 지저귀는 소리들이 들려오고 있었다. 새벽

녘, 새들 지저귀는 소리를 듣는 것도 벌써 몇십 년은 되었나 보다. 옛 문경 마을 집, 싸리문 밖에 있던 대추나무에서 새벽이면 새들이 요란하게 지저귀고 있던 게 이제야 기억에 되살아나는 게 이상도 했고 얼핏 그것에 묻어 온 생각도 좀 뜻밖의 것이었다. 사람을 두고 만물의 영장이라고 했다. 지금의 심정으로는 인간이란 새들보다 잘난 것도 없고 더 행복하다고 할 것도 없다는 것이다.

그런 생각에 젖어 있다 보니 시간이 상당히 시났나 보다. 바깥은 더 밝아지고 간호사가 큰 소리로 "굿모닝" 하면서 손수레를 밀고 들어온다. 아침 식사 배달이다.

처음에 봤던 그 간호사는 밥상을 의자 옆 탁자에 올려놓곤 예의 미소를 지으며 하는 소리가 밥 잘 먹으라는 것이었겠다. 이에 대해 박정희도 꽤 오랜만에 처음으로 얼굴에 약간의 미소를 지으며 손짓으로 고맙다는 인사를 그녀에게 던져주었다. 그러면서 그런 행위를 할 수 있는 자신도 이제 보통의 사람처럼 되어가는 건가 싶어 좀 신기하기도 했다.

밥은 계란을 부친 것에, 무슨 고기 조각들과 식빵 몇 조각, 그리고 커피 한 잔. 이게 그들이 먹는 보통의 아침 식사겠는데 그게 무엇이든 식은 꽁보리 덩어리에 비지보다야 못할 리는 없겠다. 그래서 박정희는 그 서양식 아침을 깨끗이 다 먹어 치웠다.

그다음 커피 잔을 거의 다 비워가고 있을 때다. 범이가 환한 얼굴로 방안에 들어오면서 "편히 주무셨어요" 하고 고개를 꾸벅 하며 아침 인사를 한다. 그의 그런 얼굴과 목소리를 듣는 것은 마치 뜨뜻한 방바닥에 앉아 더운 누른 밥 한 그릇을 먹는 듯 편안함을 느끼게 해주는 것이었다,

그리고 이렇게 하고 있는 상범이의 행동들이 누가 그렇게 하라고 해서 그러는 건지 또는 워낙 그의 성품이 착해서 그러는 건지는 모르겠지만 하여튼 기특하기도 하고 고맙기도 했다. 그리고 이어지는 상범이 말은 아침 식사도 한국식으로 드시고 싶으면 그렇게 해 드릴 수 있다는 것이었다.

그에 박정희가 미안해할 것 같아서 그러는지 범이는 제가 몰고 다니는 지프차로 밖에 나가면 곳곳에 널려 있는 게 음식점들이라 그런 것을 구해 오는 데 힘들 건 하나도 없다 설명했다.

그 덕에 박정희 형편에 생긴 돌연변이突然變異는 변이치고도 그렇게 돌연한 것일 수 없었다.

범이와 그런 얘기로 시간이 그리 오래 지나지 않았을 때 간호사들을 거느린 중년의 미국 군의관이 방으로 들어왔고 의사는 박정희의 드러낸 가슴을 보청기로 더듬고 진맥을 하는 등 일련의 기초적인 검진을 했다. 그다음 다같이 발을 옮겨 간 곳이 X선과. 골격에 부서진 데가 없나를 알아보는 절차다. 박정희 생각으로서도 지난 며칠 동안 책상 다리만 한 각목으로 장작 패듯 두들겨 맞는 것도 거의 일상사였기 때문에 갈비뼈 몇 대가 부러져 있대도 그건 이상할 게 없겠다 싶었다.

그다음에는 외과치료실에 들러 얼굴, 등마루 따위에 입은 상처들에 약 바르고 붕대로 덮어주고 하는 '땜질'을 받고 방으로 돌아왔다. 돌아오면서 들른 세면장 속 거울에 비친 제 얼굴 모습은 처음 때보다 더했다. 그걸 보고 그는 이건 기념사진으로 찍어 남겨둘 만하다고 느꼈지만 그럴 도리도 없어 그저 기억 속에 새겨두기로 했다.

이 날에는 또 하나 큰일이 생겼다.

점심시간도 지나 범이가 가져다 준 신문 몇 장을 작은 활자를 읽는 게 쉽지 않아 그저 표제만을 들추고 있는 동안 이들이 차를 날라다 주는 오후 서너 시쯤 되었을 때다. 앞장서온 범이 뒤로 예의 미군 소령이 또 한 명의 동양인과 함께 들어오고 있었다. 그리고 그는 의자에서 일어 선 박정희 앞으로 다가오자 그에게 악수의 손을 내밀면서 "하우 아 유, 메이저(소령, 건강은 어떻소?)" 한다. 건강이야 자네가 보는 대로 아닌가 하는 생각이 나 박정희는 그저 싱긋 웃기만 한 다음 그 소령의 굵직한 손을 잡아 흔들었다. 그러는 동안 범이가 바깥에서 들어다 놓은 의자에 앉아 그들 셋은 탁자를 둘러싸고 마주보게 되었다.

그러면서 소령은 모든 미국 사람들이 그런 경우에 하는 것처럼 제 이름이 뭐라고 하는지 자기소개부터 시작한다. 자기 이름은 뭐라 뭐라 하는데 간단히는 '짐'이라 불러주면 된다는 것이었다. 그 말을 옆에 앉은 동양인, 이젠 한국인인 게 확실해진 동양인이 우리말로 통역을 해 주었다. 그러고 난 다음 갈수록 분명해진 일은 이 한국인이 모든 경우를 통해 이 미군 소령의 입 노릇, 귀 노릇, 아마 머리 노릇까지도 하는 그런 존재라는 것이었다. 짐의 그런 자기소개에 그럼 나는 "나를 '정희'라고 불러 다오" 하고 대답을 해야 하는 건지에 약간의 망설임이 잠깐 엉거주춤하는 동안 머리에 떠오른 생각 하나가 약간은 묘했다.

자기를 '짐'이라고 불러달라고? 짐이라면 황제를 가리키는 짐朕이라는 거 아닌가. 그런 생각이 박정희 머리에 먼저 떠오르는 건 그만한 까닭이 있어서였다. 그건 박정희가 대구사범학교에 다닐 때부터 거의 의무적으로 외다시피 하고 있지 않으면 안 되었던 일본 명치 천황의 소위 교육 칙어勅語 때문이다. 그 칙어는 '짐 오모 우니(짐이 생각하건대)……'라는 말로 시작된다. '짐이 생각하건대 우리 조상들이 이 나라를 세운 지 요원한 세월이 흘렀다'는 첫 구절이다. 그 말을 하루 안 빼고 매일 외우며 자랐다 보니 짐 하면 그건 거의 자동적으로 한자로 하는 임금 짐일 수밖에는 없었다.

나를 짐이라 불러 달라고, 그럼 네가 천황이나 황제란 말이냐 하는 생각이 순간적으로 생겼지만 그럴 리도 없어서 잠자코 있으니까 옆자리의 한국인의 설명은 미국에선 제임스란 이름을 짐이라고 줄여서 짐이라고 한다는 설명이었다. 그것은 자기 이름 곽동진을 줄여서 사람들이 진이라고 부르는 것과 다를 것도 없다는 것이기도 했다. 그러고 보면 자기가 오해를 해도 좀 지나쳤다 싶어 박정희는 속으로 잠깐 웃었다.

그다음 이들 짐과 진, 둘과의 대화는 주로 지금 여기서 지내는 일에 관한 것이었다. 지내는 데 뭐 불편한 건 없는가, 있으면 언제라도 '바미'에게 얘기해 주면 될 것이고 그 밖의 일도 간호사들에게 청하면 된다는 따위. 그런 대화가 진행되는 동안 짐의 말투나 풍기는 분위기가 마치 오랜 벗이나 동료들과 하는 것 같은 것이어서 마음은 가라앉고 편했다.

그렇지만 대관절 무슨 뜻으로, 뭘 하자고 이런 뜻밖의 대접인가 하는 의문은 머리에서 떠나지 않았지만 지금 여기가 그런 것을 묻거나 얘기할 자리는 아니라는 생각이 들어 우선은 돌아가는 형편을 보고만 있자고 입을 다물었다.

그러다가 이내 짐과 진은 서로 자기들 말로 오늘은 이쯤으로 해 두자는 건지 일어설 차비를 하면서 박정희에게 잘 있으라는 하직의 손을 내미는 것이었다. 그러는 그들의 손을 잡으면서 박정희는 참 엄청난 하루가 지나가고 있다는 느낌을 지우기 어려웠다. 그리고 짐은 가져왔던 작은 손가방에서 담배 한 보루를 꺼내 탁자 위에 놓는 것이었다.

짐이 박정희가 골초라는 것도 이미 다 알고 있다는 게 분명했다.

담배는 박정희도 일본말로 '아까다마'로 알고 있는 '럭키 스트라이크(Lucky Strike)', '행운표'였다.

## '하만'이라는 사나이

'그러면 짐이란 누구였나?'

그렇게 묻는 게 좀 무리다. 그는 공식적으로 '존재하지 않는 존재'라고 해야 할 그런 존재였기 때문이다. 아니, 그에게 공식 직함이라는 것이 있긴 있었다. 서울에 있는 유엔군 사령관의 '고문'이라는 자리다. 그러나 그것은 직함이기보다는 간판이라고 하는 게 좋았다. 실제 그가 하고 있는 일이란 사령관 자문을 한다는 것쯤이 아니었기 때문이다. 그보다 규모는 훨씬 컸고 무게도 무거웠다.

여기서 먼저 우리는 인물이건 사건이건 하는 것을 이해하는 데서 빼놓을 수 없는 하나의 '룰(Rule)'이라는 것을 생각하게 된다. 그것은 우리가 알려고 하는 대상을 제대로 알자면 그것을 그것이 처해 있는 보다 큰 그림 속에 놓고 본다는 것이다. 그것을 그 당시의 정치, 사회적 환경과 관련해서, 그리고 거기까지 이른 역사적인 문맥 속에서 관찰해야 한다는 것이다.

우선 그가 '존재하지 않는 존재'여야 했던 것은 미국의 '보이지 않는 정부'와 관련된 것임은 물론이다.

'뭐? 보이지 않는 정부라니?' 그렇게 말할 독자는 이제 그리 많지 않겠다. 미국에는 눈에 보이는 정부와 눈에 보이지 않는 정부, 이렇게 두 개가 있다는 건 이제 세상이 다 아는 공공연한 비밀이 된 지 오래다. 겉에 나타나 있는 공식적인 정부 그리고 세상 눈에 보이지 않는, 음지에서 활동하는 공작기관들. 같은 미국이라는 하나의 나라 속이면서도 그 기능에서 서로 다른 두 개의 정부가 있다는 것을 두고 하는 얘기다.

실상, 그 방면 책으로는 고전이라고 할 '눈에 보이지 않는 정부(The Invisible Government)'*David Wise and Thomas B. Ross, A Mayflower Paperback,1968, London. 라는 책이 나온 지 벌써 반세기가 넘었다. 그 책은 미국의 CIA를 중심으로 한 정보, 첩보기관들이 눈에 보이지 않는 음지에서 공작하면서 미국이나 세계의 역사를 얼마나 크게 주름잡고 있는가의 실상을 보여줌으로써 세인의 적지 않은 이목을 끌었다.

그것이 지난 대전 후의 소위 '냉전의 세계'라는 새로운 역사적 전개와 맞물려있던 건 물론이다.

새삼스러울 것도 없지만 역사라는 것이 사람을 데리고 하는 장난의 예로 우리는 이런 말을 해도 된다. 즉 8·15란 전쟁을 끝내는 종전終戰이면서 또 동시에 새로운 전쟁의 시작인 개전開戰이기도 했다는 것이다. 세계를 동서 간 진영으로 나눠 차지한 미국과 소련이 부리나케 다시 전쟁을 시작한 덕이다.

우리가 보아온 대로 소위 냉전이란, 총포로 하는 열전熱戰보다 얄궂고 심각하긴 더하다. 후자는 일정기간, 정해진 전쟁터에서 싸운 끝에 끝장을 낸다. 그러나 냉전은 흔한 말로 전천후全天候, 전방위全方位, 전시각全時刻, 제약도 끝도 없이 하는 전쟁이다.

그런 어려운 전쟁을 하고 거기서 살아남기 위해 생긴 것이 눈에 보이지 않는 정부다. 소련 역시 그러한 양태로 전쟁에 임했던 것도 물론이다.

그런 세계를 대표하다시피 해 온 것이 첩보, 정보기관의 대부代父라고 할 전설적인 덜레스(Allen Dulles, 1897~1969)가 만들어 놓은 미국의 CIA다. 자신의 기관을 반공전쟁에서의 새로운 십자군으로 본 덜레스는 그것을 문자 대로의 거수巨獸로 키워, 1950년 후반에 이르러선 지구 어느 구석치고 그의 수족이 닿지 않은 곳이란 없었다. 그리고 그늘진 지하에서 그들이 벌이는 공작은 무소불위, 불가침의 성역이란 없는 전력全力전이었다(All out, no-holds-barred conflict). 역사상 처음으로 공작을 통해 남의 나라 정부를 엎어버린 것도 덜레스의 CIA였고 미국의 국가권력이 '눈에 보이지 않는 정부'에 의해 행사되는 경우는 흔했다. 그런 뜻에서 세계 역사의 많은 부분이 그런 그늘진 데서 쓰이기도 했다 해도 무방하다.

CIA뿐만 아니다. 냉전과 보조를 같이 하며 늘어난 미국의 그런 첩보, 정보기관들은 이제 열일곱에 이른다는 것이 공개적으로 통하고 있는 통계다. 앞에 쓴, Wise 등의 책에 의하면 1950년대 초, 그 정보기관들에 종사하고 있는 인원만도 30만 명을 넘었다는 것을 보면 일괄해 소위 정보기관 복합체(Intelligence community)라는 것의 크기가 얼마만 한 것이었던가는 짐작하기에 어렵지 않다. 또, 미국인 누구나가 그들 기관을 공경恐敬의 눈으로 보고 받들었다는 것도 뜻밖의 일이지 않다(All, if for different reasons, tended to defer to the CIA).

그런 기관들이 반공전선의 전초적 보루로 통하는 한국 땅에 많이 몰려들었다는 것은 전혀 놀랍지 않은 일이다.

그런 보이지 않는 정부의 '현지 대리인' 격으로 있었다고 해도 되는 것이 바로 우리의 짐 하우스만이었다. 그는 그를 아는 사람들 사이에선 곧

잘 '하만'이란 약칭으로도 통했다.

그와 그가 거느리는 기관의 규모, 조직, 작업양태 등등은 그 기관의 통명대로 '보이지 않기로 된' 것이어서 밝혀지지 않은 것은 당연하다. 그러나 그 구체적인 내용을 굳이 알아야 할 것까지는 없다. 그들 작업의 족적足炙만으로도 그의 존재를 감지하기에는 충분하고도 남기 때문이다.

하우스만이라는 이름이 나처럼 그런 류의 정보에 남달리 통해 있다고 할 수 없는 사람에게까지 거의 귀에 익다시피 해 온 것에서만도 그렇다. 그것은 그의 활동의 폭이 그만큼 넓었고 그 열량熱量 또한 컸다는 것을 가리키는 것이라고 해도 되는 일이다. 실제 박정희가 죽을 고비에서 살아나올 때, 그가 쿠데타로 정권을 잡을 때, 그리고 그가 김재규의 총에 맞아 죽을 때 등 이 모든 경우를 통해 우리는 하우스만의 편모가 여러모로 우리 눈길에 스쳐 가는 것을 보게 된다.

30년이 넘는 세월, 그가 그 자리를 꾸준히 지켜 온 데서 우리는 그가 한국에서의 미국의 공작전쟁에서 하나의 '터줏대감' 노릇을 했다는 것을 볼 수도 있다. 그것은 얼핏 잡다한 기관들이 어깨를 비비며 활동하는 난맥상에서도 작업의 통일성, 일관성을 고려한 덜레스 기관 수뇌부의 고려를 반영한 것이기도 했을 것이다. 그리고 그를 중심으로 그의 기관의 꾸준한 노력이 그의 세력망을 방대한 규모로 구축했을 것도 상상하기에 어렵지 않은 일이다.

그러나 거기서 우리는 또 하나의 사실을 간과하기 어렵다. 그것은 이 방면에 들인 그들의 방대한 투자에도 불구하고 그들은 다분히 수세의 입장에서 오는 심리적 압력 아래서 작업하기도 했다는 것이다.

당시 극동에서 '자유세계'라는 것을 만들어가는 주역主役이던 극동사령관 '맥아더'나 주한 미군정사령관 '하지' 등 군인들에게 냉전이란 정치게임은 생소한 것일 수밖에는 없었을 것이다. 게다가 극동이란 그들의 서양과는 문화적으로 다른 딴판의 세계다. 그래서 그들은 다음에서 보듯 현지인이자 그런 정치게임에서 비교적 긴 경력을 쌓아온 일본인들의 도움에 의지하지 않을 수 없었고 그것은 불가피하게 그들 정책에 나름대로 영향을 끼쳤다.

그때 맥아더의 정치전쟁에서의 중추부를 이루고 있었기도 한, 그의 극동사령부 G-2 정보 참모부 아래에는 소위 카토(Katoh)기관이라는 일본인 보조기구가 있었다. 그 기관 기간요원들의 성씨 두 문자를 따 그렇게 불린 카토 기관은 전 일본군 고직 요원들로 된, 그 역시 '보이지 않는 기관'이었다. 말할 것도 없이 일본의 관동군은 러일전쟁(1904년) 때부터 제정러시아 그리고 그 후신인 소련 군대를 주적主敵으로 해온 군대다. 그래서 그들이 축적해 온 방대한 지식이나 자료들이 그런 게임에서의 비교적 '신참'인 미군에게 다시없이 귀중한 밑천이 되었을 건 뻔하다. 그런 일본인들이 대거 진출해 있던 것이 카토 기관이었다. 그래서 그들의 자문이나 영향은 동경의 맥아더 휘하뿐 아니라 서울의 하지나 하우스만들에게도 크지 않을 수 없었다.

새로운 전쟁을 전개해 나가는 데서 미국인들이 처해 있던 불안의 분위기(Atmosphere of security crisis)는 보다 큰 역사적인 대세라는 데서도 왔다. 대전 후의 정세 변화 중 으뜸가는 것은 서양 제국주의 세력의 전면적인 후퇴다. 그 상징적인 예로 중국과 월남에서의 공산주의의 승리가 전통적인 서양세인 미국인들의 심리적인 균형을 크게 흔들어놨을 건 상상하기에 어렵지 않다.

남한 땅에서도 그렇다. 수만에 달하는 인명 피해를 가져오는 '전쟁'이라 해도 될 대구의 '시월 폭동', '여순 반란사건', 제주도에서의 '4·3 사태' 등 모두가 미국에 대한 공산 측의 심각한 도전이었음은 물론이다. 그런 도전 앞에 미국이 효과적으로 대응할 적절한 태세는 아직 충분할 정도로 차려져 있지도 않았다.

그런 와중이어서일 것이다. 남로당 군사책인 박정희가 남쪽 관헌에 잡혔다는 것은 극동 현지나 워싱턴에서 커다란 뉴스가 아닐 수 없었다. 당의 군사책이면 지금까지의 대미 도전에서의 중요한 지도부라 해도 틀리지 않는다. 그런 그가 이제 이쪽 포로가 됐다는 것은 지금까지의 수세의 형편을 바꾸는 전환점이 될는지도 모른다. 그래서 현지의 그런 공작을 맡아 하는 짐에게 특명이 떨어진 것이었다. 그 큰 전리품戰利品이라고 해도 될 박정희의 처리를 적의 조처하라는 특명이다.

그것이 전쟁터에서의 사명치고 보통의 것이 아니었음은 말할 것도 없는 일이다.

# 진영과 남북의 김 씨들

박정희가 죽을 뻔하게 된 것은 우리가 진영이라는 데에 속해 있었기 때문이다. 속해 있지 않았으면 그런 일도 없었을 것이라는 뻔한 까닭에서 하는 말이다. 그가 그러다가 용케 살아난 것도 진영 덕이라고 해도 좋다. 그 뒤 박정희에 관련된 큰 사건들에서 역시 그랬다.

그렇게 우리 역사상 엄청난 일이었던 진영이란 것에 관해 지금 사는 사람들의 이해는 그저 하나의 문자나 어렴풋한 개념으로 아는 경우가 태반이다. 진영이라는 것이 불가피하게 가져왔던 끊임없는 전쟁 상태 그리고 우리가 의식이야 하건 말건 그 속에서 살아왔던 '공작 문화'에 관해서도 그렇다.

지금까지 우리의 역사를 엮어왔고 우리의 삶을 그처럼 엄청나게 좌우해 온 진영, 전쟁, 공작 따위의 실체란 과연 어떤 것이었나. 우선 그것부터 알아 놓는 것은 박정희에게 있었던 고비들을 이해하는 데서 크게 도움되는 일이다. 그리고 그런 커다란 틀(Context)을 이해하고 소화하는 데서의 한 가지 유익한 방편은 당시에 살았던 이름 난 인물들의 생애에서의 몇 가지 순간을 다시 훑어본다는 것이다.

이를테면 김구의 죽음이다.

'김구를 죽인 것은 미국이다' 하고 나선 것은 미국의 한 이름 난 논객이었다.

그(William Blum)는 그가 쓴 책(Killing Hope: US Military and CIA Intervention Since World War II, Zet Books Ltd., London, 2013)에서 1940년대 후반 미국 정부가 마련해 가지고 있던 해외 주요 암살 대상자 명단이라는 괴문서 제일 꼭대기에 우리 김구 선생의 이름이 올라 있었다는 것을 밝힘으로써 우리를 놀라게 했었다.

그런 주장이 미국의 관변 측에 의해 공식적으로 부인됐다거나 그 일로 인해 저자가 이래저래 봉변당했다는 말은 못 들었다. 그리고 또 하나, 당시 한국에서 군정을 맡아 하던 하지 중장이 김구를 면전에 놓고 "당신 속 차려서 거동하지 않으면 죽여 버리겠소!" 하면서 면박을 놨다는 것도 있었다. 『한국전쟁의 기원(The Origin of the Korean War)』을 쓴 커밍즈(Fred Cummings)가 그의 책에서 한 말이다.

하지의 불만이나 분격은 김구가 그 당시 미국이 추진해 온 정책노선에 반기를 든 데에 있었다. 그런 일이 있었던 다음 얼마 안 가 김구는 안두희의 총에 맞아 죽었다.

미국인들에 의한 이와 같은 사실의 '폭로'는 그런 말을 단 한마디도 공개적으로 해 본 일이 없는 우리의 경우와 큰 대조를 이룬다. 우리가 그런 일에 함구해 온 까닭은 누구도 '감히' 미국을 살인범으로 치지 못해서였는지도 모르고, 또는 그보다는 남을 난처한 입장에 처하게 하지 않는다는 우리 선비 사회인으로서의 겸양 때문인지도 모른다. 하여튼, 한 가지 사실을 대하는 태도에 한미 간 대조적인 차이가 있었다는 것에는 틀림은 없다.

그 차이는 미국이 우리보다 더 솔직하거나 그들 사회가 더 자유롭고 공개적이기 때문이라고 볼 건 아니다. 그보다 더 큰 까닭은 사물을 보는 시각이 우리와는 달랐기 때문이라는 것이다. 암살이란 것도 그렇다. 미국으로선 그것은 꼭 악행이거나 따라서 감추어야 할 일로 보지 않는다는 건 뻔하고 또 그들은 그럴 만한 까닭이 있는 것으로도 여긴다. 그런 관점이 있을 수 있게 해 주는 것이 진영을 보는 그들의 눈이다.

공산 측의 치열한 공세 속에서 한국 땅 남쪽만이라도 서방 진영에 남게 해야 한다는 것은 전후 미국의 대한전책에서 분명한 초점이 되었다. 그것은 한국까지도 잃을 수 없다는 미국의 체신으로서뿐만 아니라 극동의 안보安保라는 현실적 필요 때문인 게 틀림없다. 전쟁에서의 지선至善의 가치는 지지 않고 승리한다는 것이다. 그러한 고귀한 목적을 위해서는 앞에서 본 베이스빗치 교수의 설명대로 어떠한 수단이든 '받아들이지 못할 일'은 되지 않는다. 그런 일에는 정치지도자의 암살 역시 포함된다. 훗날 오바마 정부가 그 유명한 '킬 리스트(Kill List)', 즉 암살 대상자 명단이라는 것을 만들어 놓고 '드론(Drone)'이라는 무인 살인 기계를 벌 떼처럼 공중에 띄워 놓는 것 또한 바로 그런 논리에 바탕한 것이었다.

그런 논리가 역시 진영이라는 것에 속해 있던 38선 이북에서도 똑같이 작용됐던 것도 놀랍지 않은 일이다.

6·25 동란 중의 일이다. 이것은 직접 경험한 것이어서 나는 안다.

내가 속해 있던 인민군 소대가 경부 도로에 연해 낙동강 전선으로 행진해 내려가고 있을 때다. 맥아더 군의 인천 상륙에 앞선 약 이주일 동안, 우리가 행군해 가는 도로 위로 보급 차량이 내려가는 일은 단 한 번도 없었다. 전쟁은 보급 없이는 되지 않는다. 그러나 그때, 또는 그 전부터 낙동강 전선의 인민군에게 병참 보급이 거의 동이 나 있었다.

초전 시기 그 위력이 엄청났던 T-34 탱크들은 6·25 전쟁이 나고 한 달이 안 가 전멸되고 말았다. 제공권을 완전히 장악한 미 공군기들 공격으로 한국 지형에 별 숨을 데도 없는 탱크들이 박살이 난 건 당연했다.

그 당시 소련의 스탈린 수중에는 T-34 탱크만도 최하 5만 대가 있었다. 스탈린이 전생 전, 김일성에게 준 2백 대가 아니라 2천 대를 더 주더라도 그것은 새발의 피도 안 된다. 그러나 스탈린은 그것을 단 한 대도 김일성에게 더 주지 않았다.

까닭은 스탈린이 김일성의 남침을 자기 권위에 대한 불손한 불복으로, 따라서 공산 진영으로서의 이익을 해치는 것으로 여긴 때문이다.

2차 대전 후, 동구 공산권을 얻게 된 것은 스탈린으로서는 커다란 전리품이자 횡재였다. 그런 것을 고이 간직한다는 것이 당연한 일이긴 했어도 스탈린에게 그것은 힘에 부친 일이 아닐 수 없었다. 소련은 대전 중 살아남은 게 기적이라고 해야 할 정도로 국력은 탕진돼 있었다. 대조적으로 미국의 국력은 전쟁을 통해 그 절정에 이르러 있던 상태다.

그런 상황 속에서 스탈린이 미국과의 대결을 될 수 있는 한 피하고 현상을 탈 없이 유지하는 데에 주력한 것은 현실주의자인 그로서는 당연했다. 그 당시 소련이 소위 '현상 유지국(Status Quo Power)'으로 통해 온 것은 그런 연유에서다. 그러한 자세가 공산진영의 구성원이던 김일성에게 얼마나 분명히 시달되었는지를 알 도리는 없다.

그러나 6·25가 일어나고 김일성의 인민군이 남진을 시작한 사태가 스탈린에게 충격이었던 건 뻔한 일이다. 그것은 김일성도 '인류의 태양'으로 모시던 천하의 스탈린으로서는 용서 못할 불손으로 여겨졌을 것 역시 말할 것 없다. 그래서 그는 김일성의 인민군에 대한 일체의 지원을 하지 않았고 못하게 했다. 우리가 남하행진을 하는 동안 불안하게 느낀 것도 가도 가도 볼 수 없었던 보급차량의 부재였었다. 그러니까 이남으로 내려간 인민군은 맥아더가 인천에 상륙하기 전에 이미 스탈린에 의해 죽임을 당한 상태라고 해도 전혀 어폐일 게 없는 일이다.

스탈린은 소련이 버려도 중국의 도움으로 북한이 미국 손에 떨어지진 않을 것이라는 것쯤의 타산은 있었을 것이고 실제 그렇기도 했었다. 그리고 스탈린으로서는 중국의 모택동이 참전으로 약간의 골탕을 먹는다 해도 그걸로 밤잠을 설칠 일도 아니니다. 그래서 김일성을 죽을 지경에 내버려두었다.

그 후, 세상은 김일성 사상의 특색인 소위 '주체사상'을 듣기에 이른다. 주체사상이란 남에 기대지 않고 산다는 사상이다. 그런 발상의 시점이 김일성이 스탈린에 기대하다가 호되게 물을 먹은 데에 있었다는 것은 깊은 상상력을 발휘하지 않더라도 쉽게 알 수 있다.

그러니까 북쪽의 김일성도 남쪽의 김구처럼 진영이란 괴물의 생태를 충분히 몰랐거나 그것에 상응한 사료를 베풀지 않은 '죄'로 화를 당한 셈이다.

진영이란 전쟁터에 생겨나는 인간집단을 가리키는 군사용어다. 거기에는 그것을 통괄하는 장수將帥가 있고 그의 명은 엄격히 지켜져야 하는 것으로 모두가 안다. 그런 종속宗屬의 질서가 엄격히 지켜지지 않는 한 진영은 진영으로 작동할 수 없기 때문이다. 전쟁에서 지고 나면 다 죽는다. 그렇기에 그런 진영은 그 구성원의 생존과 공통선共通善이라는 것을 내세운 여러 주의主義라는 것들로 치장되기 마련이다. 그럴 때 그것은 진영 내 모두가 목숨을 바쳐서라도 지켜야 하는 성전聖典의 자리를 차지하게 된다.

남쪽의 김구, 북쪽의 김일성, 이 두 김 씨는 그렇다는 걸 미처 몰랐었다. 그래서 '당했다'.

진영이란 그만큼 무서운 것이었다. 그건 그게 싸움터에서의 일이니까 놀랍다 할 게 없다.

# 전쟁에 찢긴 깃발

어느 날 나는 난데없이 엉뚱한 생각이 나서 어리둥절했었다. 우리 한국 사람이 일본 사람들보다 더 잔악한 인종인가 하는 생각이다. 그런 의심이 난 건 이북으로 도망쳤던 시인 임화林和가 '미 제국주의 스파이'라는 죄명을 뒤집어쓰고 처형됐다는 뉴스를 들었을 때다.

나는 중학교 때 임화의 시집을 탐독한 일이 있다. 까닭은 시 읽기를 좋아했다는 것보다는 딴 데 있었다. 어디선가 그가 일제시대에 소위 '프롤레타리아 작가동맹'인가 하는 것을 만들어가지고 활동하다가 옥살이를 했다는 것을 듣고 '야아, 그 무서운 시대에도 그런 사람이 있었구나' 해서였다. 그래서 그의 시집을 읽기도 했다. 그 시집의 내용은 이제 하도 오래돼 기억에 남은 게 없다. 단 한 가지 아직도 생생히 기억에 남아 있는 건 그의 죽음 소식을 듣고 어쩌면 이럴 수 있나 했던 당혹감이다.

그는 그 악몽 같았다는 일제시대에도 옥살이는 했을망정 죽지는 않았다. 그런데 8·15로 해방이 됐다고 좋아한 지도 얼마 되지 않던 그때 임화가 남도 아닌 우리 한국 사람 손에 죽어야 했다니. 그렇다면 우리 한국 사람이란 일본 사람들보다 더 악랄하고 잔학하다는 얘기밖에 더 되겠는가. 그래서 밥맛도 떨어지고 잠도 설치고 했었다.

그러다가 그런 생각이 좀 당치 않은 것이라는 걸 알게 된 건 그 후 얼마 안 가서다. 임화가 죽어야 했던 건 인종이고 뭐고의 문제이기보다는 다른, 보다 깊고 거추장스러운 데 있다는 걸 깨달은 것이다. 보다 큰 원인은 우리가 갈라진 남북을 통해 이미 그때에는 전쟁상태에 있었다는 깨달음이다. 임화가 죽은 1953년 8월 6일은 그 격렬했던 한국전쟁이 정전된 지 며칠 되지 않은 시점이다.

말할 것도 없이 사람을 죽이는 게 전쟁이다. 그 전쟁 통에 적어도 3백만이란 믿을 수 없는 숫자의 사람들이 죽었다. 그리고 그런 전쟁은 6·25 동안에만 있었던 게 아니다. 6·25 전에도 남한에서만도 무수한 사람들이 죽었다. 이북에서 죽은 수도 어지간했을 것이다. 지금 이 순간에도 그런 전쟁이나 준準전쟁 상태는 끝나지 않았다.

해방 후, 남한을 반공 보루로 만드는 데에 앞장섰던 하지(John R, Hodge, 1893~1963) 중장이 공비토벌을 지휘하면서 "이것은 전쟁이다"라고 선언했던 것은 하나의 기념비적인 발언으로 우리 역사책에 적혀 있다. 북쪽은 북쪽대로 전쟁 자세였던 것도 물론이다. 임화가 작사한 '인민 항쟁가'에는 이런 구절이 있다. '깃발을 덮어다오, 붉은 깃발을. 그 밑에 전사를 맹세한 깃발…….'

그러니까 누가 평양에 들어와 '미제의 스파이 노릇'을 하고 있었다면 그건 '적'이다. 전쟁터에서 적이면 어떻게 하나. 두말할 거 없이 죽인다.

임화의 비극에 관해서는 일본 작가 마츠모토(松本清長, 1909~1992)가 재미있는 소설(北의 詩人)을 썼다.

그 책에서 마츠모토는 미국의 첩보기관이 어떻게 공갈과 회유를 통해 임화를 이북 땅에 침투시켰는가를 재미있는 소설로 꾸며냈다. 임화가 일제 때, 경찰 압력에 굴복해 제 동무들 활동을 밀고하는 배신행위를 한 비밀을 쥐고 있는 미국첩보기관은 그것을 임화를 굴복시키는 무기로 재치 있게 활용한다. 그 결과 임화는 미국의 첩자로서 이북 땅으로 들어갔다는 이야기다.

그 진위 여부를 확인할 도리는 없다. 그러나 확실한 건 그가 그런 죄명을 쓰고 죽었다는 것이다.

우선 그게 임화 개인으로서 커다란 비극이라는 것은 다음의 일을 생각하면 유난히 마음에 시리게 다가온다. 그는 자기의 인민 항쟁가에서 그가 죽으면 붉은 깃발을 덮어달라고 했었다. 그러나 그가 죽었을 때 그에게 덮어줄 깃발은 없었다. 미국 스파이로 죽은 그의 시체 위에 붉은 깃발이 덮일 수는 없다. 그렇다고 성조기나 태극기를 덮어 줄 일도 아니다.

뿐만 아니다. 그는 그가 한때 그를 위해 전사를 맹세했던 바로 그 공산국가의 손에 죽음을 당했다.

내가 그 자리에 있었으면 나는 그의 시체 위에 흰 무명의 천을 덮어주었을 것이다. 백의민족으로서의 비애를 나타내는 상징으로 말이다.

그런 비극이 평양에서만 있었던 것은 아니다. 서울에서도 있었다. ≪민족일보≫라는 이름의 신문을 발행하던 조용수가 말하자면 북쪽의 첩자라는 누명을 쓰고 목매달려 죽은 사건이다. 이것에도 내 개인적으로 뼈아프게 느낀 사연이 있었다.

그 당시 한국일보 논설위원으로 있던 나는 조용수와 아주 가깝다고 할 건 아니지만, 친분이 있었다. 나와 퍽 가까웠고 민족일보 이사로도 있었던 고정훈을 통해서다. 그래서 그와 밥도 여러 번 같이 먹고 글도 한 번 써주었다. '이승만적 반공의 재검토'라는 글이다. 난 직장관계도 있었고 좀 어디가 켕기는 게 있었나 '박중朴衆'이라는 익명을 써서 했다. 제목만 보면 반공이라는 것 그 자체를 물고 늘어지는 듯싶게도 보인다. 그러나 알맹이는 그런 게 아니라 이왕 반공이라는 걸 하려면 좀 실속 있게 해야 한다는 것이었나. 보기에 따라 그건 반공을 위한 것이라 못할 것도 없었다.

하여간, 그는 5·16군사정권에 의해 처형당했고 그의 신문도 문을 닫았다.

그런데 우리가 봐온 대로 2006년 11월 소위 과거사위원회는 조용수에 대해 '사형을 선고한 혁명재판부의 판단이 잘못되었다'는 결정을 내렸고 2008년 1월에는 서울중앙지법이 재심에서 "북한의 활동에 동조했다는 혐의로 사형이 집행됐던 조용수에게 무죄를 선고"했다.

국가권력이 일찍이 죄 없는 조용수를 불법으로 죽게 했다는 것을 확인한 셈이다.

물론 그런 과오가 저질러진 이면에는 법치라는 개념과는 다른, 또는 그것을 뛰어넘은 정치적인 측면이 있었음은 물론이다.

당시 조용수의 처형을 결정하고 그것을 밀어붙인 정치적 '실세'의 판단이 조용수의 신문을 이른바 '반공 보루'로서 한국의 안정을 심각히 위협하는 요소로 보았다는 것이다. 그러한 불안은 당시 장면치하의 한국 정국을 '붕괴 일보 전'으로 본 소위 '팔리 보고' 따위로 부채질된 것이기도 했다. 그러한 시국관이 마냥 터무니없는 것도 아니었다.

당시의 학생들이 외쳤고 지금도 그때의 시대상을 상징한 것으로 기억도 되는 구호에 "남으로 오라, 북으로 가자!"라는 게 있다. 남북의 학생들에게 모든 구애를 떨쳐버리고 서로 만나서 손잡자는 호소다. 그것이 진영이나 그 보루라는 국제주의적인 것과 꼭 맞물리지 않는 민족주의적인 움직임이었다고 해도 틀리지 않다.

역사적으로 언제 어느 곳에서건 제국적인 규모에 걸친 판도를 운영하는 입장에서는 모든 사물을 그런 규모에 놓고 보고 판단한다. 그러는 데서 그들이 우려하는 것 중 하나가 집단적 결속을 흔들어대는 민족주의적인 반발이다. 그것이 체제 그 자체에 대한 도전으로 여겨지기 때문인 건 물론이다.

≪민족일보≫라는 제호부터 그 신문의 자세가 진영적인 통제에 반발하는 민족주의라는 혐의를 끌 만은 했다. 과격파 학생들의 "북으로 가자, 남으로 오라"는 호소에서 역시 그런 냄새가 강했던 건 물론이다.

5·16 쿠데타라는 것이 '반공을 국시의 제1의로 한' 체제적 보위라는 군사 행위였다는 배경에 대놓고 본다면 그를 제거키로 한 실세가 그를 전쟁터에서의 '적'으로 간주했을 것도 상상하기에 어렵지 않은 일이다. 그런 환경 속에선 법치의 개념 따위가 문제되지 않는다는 건 물론이다.

그렇다면 조용수 역시 임화처럼 무엇보다 전쟁 상태라는 것에 의해 죽임을 당했다고 보아도 큰 어폐는 없겠다.

우리는 앞에서 8·15의 종전終戰 아닌 개전開戰이라는 역사적 '아이러니'를 언급했었다. 그런 전쟁의 시작을 우리 스스로가 원했던 게 아니었다는 건 말할 나위도 없는 일이다. 그건 역사적으로 견원犬猿 사이였던 미국과 소련이 벌인 일이었다.

그런데도 임화도, 조용수도 그 전쟁통에 죽어야 했다. 그리고 그 전쟁 상태는 지금도 끝날 줄을 모른다. 그래서 조용수에게도 흰 깃발을 덮어주고 싶었다. 우리 백의민족으로서의 한과 비통을 상징하는 깃발로서 말이다.

## 공작과 이승만 대령

이 소제목을 보고 누구나가 이거 이승만 대통령이라고 해야 하는 걸 통 자 하나를 빼 먹고 이승만 대령이라고 했구나 할 것이다. 당연하다. 이승만을 대령으로 알거나 듣는 일은 우리 사이에 거의 없다. 그러나 역사의 한 시기, 그가 이승만 대령으로 통했던 일이 있었다는 건 틀림없다.

다름 아닌 맥아더 장군이 미국 육군성에 보냈던 전보에 그렇게 적었다. 그런 인물이 공식 문서에 터무니없는 말을 적었을 리 만무하다. 구체적인 걸 따질 것도 없이 거기에는 그럴 만한 근거가 있었다. 그러한 사실은 역사책에 뚜렷이 기록돼 남아있다.

맥아더가 이승만을 대령이라고 부른 건 이런 연유에서였다.

지난 대전 중, 미국정부의 정보기관이자 훗날 생긴 CIA의 전신인 OSS(Office of Strategic Service)란 비밀조직이 있었다. 이승만은 1943년경부터 그 기구의 2인자(Preston Goodfellow)와 연계를 맺고 있었다. 그 계기는 이승만이 굿펠로에게 한국인 청년들을 일본군을 상대로 한 밀정으로 쓰는 안을 내놓은 데 있었다지만 그 내용을 아는 건 여기서 중요치 않다. 중요한 것은 그렇게 알게 된 굿펠로와 그의 동료들이 이승만이 한국에 돌아오고 남한 땅에 북과는 분리된 정부를 세우는 과정을 통해 거의 결정적인 도움이 되었다는 것이다. 그리고 그것은 흔히 미국정부의 공식적인 입장과는 맞물리지 않는, 정보기관다운 비밀공작을 통해서 된 일로 커밍즈 등의 사가들은 전한다.

이승만에게 대령이란 계급이 붙은 것은 굿펠로의 OSS와의 관련에 비롯한 것이었다고 봐도 틀림없다.

문제의 맥아더의 전문 내용은 이승만이 1945년 10월 21일 무사히 도쿄에 도착해 곧 서울로 향하게 된다는 것을 육군성에 알리는 것이었다. 맥아더가 굳이 그런 연락을 한 데는 그 나름대로의 까닭이 있었다. 당시 국무성 쪽에서는 이승만이 서울에 돌아가는 것에 그리 마음 내키지 않았다. 그러나 육군성 쪽은 찬성 쪽에 기울고 있었다. 그건 현지에서 남한을 군정으로 다스리고 있는 하지와 그를 미는 맥아더라는 군부의 입김이 닿아 있어서였을 것이다.

실제 이승만의 귀국과 그의 건국에까지 이르는 전 과정이 무엇보다도 하지의 결의와 공작에 힘입은 결과라고 볼 터전은 많다. 이승만이 그의 자서전에 기록해 남겼듯 그의 도쿄 도착을 하지가 일부러 서울에서 거기까지 나와 마중해 주었다든지, 맥아더가 그의 서울로의 여행을 전용기로 모셨다든지 하는 따위들이 모두 그들 간의 관계가 유별나게 가까웠다는 것을 가리키는 사례다.

하지가 이승만을 자기에게 대단히 긴요한 동반자로 보았을 까닭은 보다 깊숙한 데에 있었다. 한국에 관련된 정치적인 지향에서 그들이 잘 들어맞았다는 것이다.

한 예로 이승만은 OSS와의 관련 때부터 한반도에서의 미국의 중요한 사업을 소련의 침투를 막는다는 데에 있는 것으로 보았었다.*커밍즈, 같은 책.

그리고 그는 한국 문제를 다루는 데 있어서 북쪽과의 대화의 필요성을 내세우던 김구와는 달리 그런 것을 일체 배척하는 강경노선을 펴고 있었다. 그것은 하지의 자세와 딱 들어맞았다. 그의 반공전쟁에서의 동맹자의 필요를 절실하게 느끼고 있던 하지에게 이승만이 더 이상 바라기 어려운 동지로 여겨졌을 게 당연하다. 그들 사이의 나머지 얘기는 우리가 다 아는 역사다. 그러고 난 다음 이승만이 4·19로 대통령 자리에서 물러나게 된 데에도 미국 입김이 분명했다는 것을 우리는 사서를 통해서 안다. 군이 이승만 구제에 나서지 못하게 한 미국의 조처로 된 일이었다. 그 뜻은 딴 게 아니다. 미국은 이승만을 있게도 하고 없게도 할 수 있었다는 것이다.

거기에서 우리는 또 하나의 엄청난 사실을 보게 된다. 이승만의 진출이나 퇴진, 이승만의 건국의 바탕을 다진 하지의 '전쟁' 등등. 모두가 우리의 역사가 만들어지는 과정에서의 커다란 매듭들이다. 그런 것들이 대부분의 경우에서 눈에 잘 띄지 않는 막후나 지하에서의 공작으로 이루어졌다. 그렇다면 우리 역사의 얼마나 많은 부분이 그런 음지에서 쓰였고 그런 힘이 얼마나 큰 것이었던가는 짐작이 가고도 남는다는 것이다.

더 놀라운 게 있다. 그것은 이러한 엄청난 사실들이 우리에게 응당할 만큼의 관심을 끌지 않아 왔고 따라서 바람직할 만큼 의식도 되지 않고 있다는 것이다. 지금도 이승만 대령이라고 하면 누구나가 그걸 대통령의 통 자가 빠진 오식으로만 여긴다는 것도 그런 것을 가리키는 좋은 예에 다름 아니다.

그게 우리의 신경이 남달리 무뎌서 그렇다고 볼 일은 물론 아니다. 앞에서도 잠깐 언급했듯 그건 신경이나 지능의 문제이기보다는 문화에서 오는 것이기도 하다. 그것은 우리의 이웃인 일본과 비교해서도 쉽게 알 수 있다. 일본은 도쿠가와德川막부 3백 년을 칼 찬 사무라이들이 지배한 무자武者문화다. 우리 쪽은 한자漢字 시를 외워 감투를 쓴 벼슬들이 지배한 선비문화다. 첩보諜報로 하는 싸움이란 서양의 군사문화의 한 특징이지만 일본도 그 방면에는 능했다.

그것은 무자문화 속에서도 막부의 통치술의 결과이기도 했다. 막부의 두목인 '쇼군將軍'은 백 명에 달하는 봉건영주의 장인 '다이묘大名'들을 수도에 끌어다 놓고 거기서 일 년의 반을 보내도록 했다. 감시를 통한 통제의 수단으로서다.

머리 좋은 제 가신家臣들을 데리고 그 나라 수도 장안에 인질로 잡혀 있다시피 하고 있는 다이묘들이 밥 먹고 할 일이라는 게 뭐 따로 있겠나. 그들은 그들의 경쟁자이기도 한 다른 다이묘들이 무슨 꿍꿍이 속들인지를 알아내려는 걸로 나날을 심심치 않게 보냈다. 서로 스파이질 하는 솜씨들이 늘었던 건 당연하다.

그런 기술은 그들이 우리나라를 식민지로 먹어버리는 데 아주 쓸모가 있었다. 그 과정에서의 큰 사건이 그들 손으로 저질러진 윤비의 암살이다. 그 일을 해낸 범인들의 수작들이 알아줄 만한 것이었다. 그들은 서울에 떡 하니 신문사를 차려놓고 그것을 공작 본부로 썼다. 그 신문사의 발행인, 주필, 편집인, 기자 따위들이 실제에선 죄다 암살단원들이었다. 공작이 성공한 건 물론이다.

우리나라 사람들은 그런 걸 감쪽같이 몰랐었다. 사후에도 일본의 그 기묘한 공작이 우리 사람들의 특별한 관심을 끈 흔적은 전혀 없었다. 더 놀라운 건 그런 무관심, 무신경이 오늘날에 와서도 크게 달라진 게 없다는 것이다.

이와 관련된 퍽 흥미로운 일이 얼마 전 서울에서 있었다. 민비를 살해할 때에 그 신문사 편집장이란 탈을 쓰고 암살단 우두머리 노릇을 한 구니토모國友란 자의 자손들이 서울에 왔었다. 민비의 묘를 찾아가 자기들 할아버지가 저지른 큰 죄에 대한 뉘우침과 사죄의 뜻을 전하기 위한 것이었다는 보도였다. 실제로 구니토모의 외손자 일행은 서울에 있는 동안 홍릉과 여주에 있는 민비 생가를 참배하고 일본으로 돌아갔다.

하여간 그것은 기특하고 기묘한 행각이었다. 우리 사이에서도 그것은 화젯거리로서 적지 않은 것이 될 만은 하고도 남았다. 말할 것도 없이 민비의 시해는 우리 역사에 큰 영향을 준 극적인 사건이다. 그리고 유령 신문사 간판을 걸어놓고 해낸 그들의 공작은 수작치곤 007 영화에도 나올 만한 것이라 해줄 만하다. 그들이 그러한 공작에 성공했다는 것은 우리가 우리의 현대사를 어떻게 해서 남에게 나라를 빼앗기는 망국으로부터 시작할 수밖에 없었던가를 말해주는 역사적인 교훈이기도 하다. 그것만으로도 그 사건은 우리의 관심을 끌기에 충분하다.

그런데 이상하다. 그들의 내방이나 민비 시해 때 복마전 구실을 한 그 유령 신문사에 관한 얘기가 큰 얘깃거리가 되었다는 흔적은 내 과문 탓인지는 몰라도 어디서도 보질 못했다. 그저 방문에 관한 1단짜리 기사가 전부였다.

그런 류의 예는 우리 주위에 많다. 그러나 그런 예를 더 들지는 말자.

앞에서 공작이다, 음모다, 스파이다 하는 따위의 세계면 일부러라도 눈을 돌리는 우리 백의민족의 '백로 같은 결백'이라는 얘기를 했다. 우리는 생리상 그런 세계를 들여다 보는 것을 꺼려할 뿐 아니라 일부러라도 모르고 지내려고 하고 그렇게 하는 것을 덕목으로 치기도 한다. 정말 선비로서의 고고孤高한 기품이고  백로처럼 해맑은 결백이라고 해야 할 일인지 모른다.

그건 다 좋다. 그러나 우리는 이 세상에 우리 혼자 사는 게 아니다. 온갖 나라나 사람들과 어깨를 비비며 같이 산다. 그 속에는 그 나라 대통령이 백성들 보고 이제 남의 나라 대통령 암살하는 선 삭삭들 하라는 특명을 내리는 경우도 있다. 그것도 한 번으로는 안 되서, 되풀이하기도 한다.

그런 것이 우리가 살고 있는 '공작의 세계'다.

## '장군'에 '멍군'

임화 같은 인물을 평양 정권 깊숙한 데에 꽂아 넣은 것은 이미 그때 불이 붙어가던 지하공작 게임이나 장기판에서 남쪽이 부른 하나의 '장군!'이었다. 그러나 평양이 금세 그를 미국 스파이로 잡아 처형한 것은 평양으로서의 '멍군!'에 다름 아니다. 그것은 북쪽이 남쪽에 대고 '야, 너희 마음대로 될 성 불렀었더냐' 하고 얼굴에 찬물을 뿌려댄 반격이었다 할 만하다.

그런 공방이 일방적인 것이 아니었던 건 물론이다.

박정희 정도의 인물을 국군에 꽂아 넣었던 건 평양으로선 하나의 '장군'으로 쳐줘도 된다. 그러나 그를 붙잡아 낸 것은 평양이 임화를 붙잡아 낸 것과 맞먹는다. 그것은 남쪽으로서의 멍군이었다.

박정희가 잡힌 직후, 그의 처리를 두고 워싱턴이 서울의 짐에게 '적의 조처하라'고 명했을 때 그것이 무슨 뜻인가는 짐에게 분명했다. '멍군을 부르되 쓸 만하게 부르거라'라는 것이다.

그것을 알아차린 짐은 자기가 등에 짊어지고 있는 지게 위에 큼직한 짐 보따리가 덥석 안겨지는 것을 느낄 수 있었다. 까닭은 자기에 대한 워싱턴의 기대가 크다는 건 뻔한데 일을 그들 기대대로 해낸다는 게 결코 쉬운 일이 아니라는 것도 분명한 일이었기 때문이다. 서울이라는 데가 어떤 터전이고 한국인이라는 게 어떤 인종들인데 그런 일들이 떡 먹기로 쉬울까 보냐 하고 느껴져서다.

그 전날 밤, 그는 그의 동포이자 선배이기도 했고 구한말 고종 때 그의 고문으로 몇 년을 서울에서 지낸 '샌즈'가 쓴 책에서 그가 서울을 두고 '세계의 열강들이 벌이는 제국주의 게임판으로선 그가 일찍이 딴 데선 보지 못한 전형(most typical of the imperialist games ever played anywhere)' 이라고 한 것을 읽었다. 그러면서 그는 지금의 서울 역시 그때와 달라진 게 없는 게 아니라 그런 게임판으로선 한층 더 치열한 곳이 되어 있는 것으로 여겼고 그래서 자신이 짊어진 짐이 무겁다는 것을 새삼 느끼게도 되었다.

그런 '장군, 멍군'의 게임은 벌써 지구적 규모에서 격렬하고 화려하게 전개되어 왔다. 특히 미국과 소련이 얼굴을 맞대고 있는 독일과 한국 같은 땅에서 그것은 현저했다.

그중에서도 독일 베를린에서 벌어져 온 그런 게임은 짐으로선 자기 일과도 무관치 않아 커다란 관심을 가지고 지켜보고 있었다.

'게렌 장군(Gen. Reinhard Geglen)'이라고 해도 우리에겐 귀에 익은 이름은 아니다. 그럴 것이 그는 지난 대전 후 오랫동안 소위 '눈에 보이지 않는 재산'으로 있어왔기 때문이다. 그런 '재산'이란 미국이 전前 적국인을 전향케 해서 활용한 인물을 두고 하는  말이다. 미국 첩보기관에서 쓰는 전문 용어론 '에셋(Asset)'이란 말로 통한다.

대전 중, 히틀러 치하에서 게렌은 소련을 대상으로 한 첩보활동을 책임지고 있었다. 그러는 동안 그는 독일인다운 높은 능률을 발휘해 동유럽 일대에 상당한 규모의 첩보망을 펼쳐놓고 활약했고 그들이 축적해 놓은 정보량도 방대했다. 그것이 소련과 대결하게 된 미국에 귀중한 재산이 된 것은 말할 것도 없다. 그 당시 미국 첩보기관의 대부라고 할 만한 존재였던 덜레스는 즉각 게렌과 그의 조직, 자료 따위를 '송두리째 들어다 미국 CIA에 흡수해 활용했다.'(Bolted lock, stock, and barrel into the CIA).*CIA's worst-kep secrfet,'MartinLee.http://www. consortiumnews.com/2001/05·1601a.html.

그런 다음 '게렌 기관'이란 이름으로 그의 조직은 유럽대륙에서의 미국의 숨은 눈이자 귀의 역할(America's secret eyes and ears in Central Europe)을 하기에 이르렀다. 그리고 게렌은 소련과 동구의 붕괴까지 독일의 첩보활동을 책임지고 지휘해 왔다.

그러니까 덜레스에 의한 게렌의 흡수 활용은 '전리품戰利品'으로도 큰 것이었고 게임에서의 '장군'으로도 목청 높이 부른 것이었다.

그러나 소련도 그렇게 당하고 있지만은 않았다. 그들이 부른 '멍군'도 소리치곤 컸다.

영국에 전설적이라고 할 만한 대첩자가 있었다. 조지 블레이크(George Blake, 1922~)라는 이름을 모르는 영국 사람이란 없거나 드물다. 그는 007 뺨치는 대첩자였기 때문이다. 그리고 그는 우리와도 상관이 있었다. 블레이크는 6·25 때 서울에 있는 영국대사관의 첩보관으로 있다가 이북으로 잡혀가 거기서 3년을 지내는 동안 공산주의자가 되었다.

휴전으로 풀려 나와 영국으로 돌아온 그는 다시 영국의 CIA격인 M16의 첩보관으로 복직, 독일 베를린에 주재하게 된다. 그곳에 주재하고 있는 동안 그는 줄곧 소련의 첩자로서 이중간첩 사업에 활발히 활동했다.

그러니까 같은 베를린에서 게렌이 미국을 위해 활동을 하는 동안 블레이크는 소련의 '보이지 않는 눈과 귀'로서 활약하고 있었던 것이다. 그의 정보 제공으로 동유럽에서 활약하던 서방측 첩자들은 많은 수가 그쪽 관헌에 잡혀 목숨을 잃었다. 그러니까 블레이크의 흡수 활용도 소련으로서는 큼직한 '장군'이었던 셈이다.

그러나 서방측은 그의 꼬리를 발견해 잡아들임으로써 '멍군'을 불렀다. 그리고 그는 1961년 그가 희생시킨 첩자의 인원 수대로 42년이라는 기록적인 장기의 형기를 받고 런던의 한 형무소에 갇혔었다. 서방측이 부른 멍군으로서도 멋들어진 것이었다 해야 한다.

소련도 그렇다고 그저 당하고 있지만은 않았다. 그들은 그들대로 멍군 하나를 007 이상의 극적인 솜씨를 발휘해 불렀다. 블레이크를 '귀신도 빠져나가기 어렵다'는 그 감옥에서 '유유히' 탈출시켜 모스크바로 줄행랑치게 하는 데 성공한 것이다. 그가 소련에서 영웅 대접을 받은 것은 물론이다. 그는 소련이 없어져 버린 지금(2014년)도 러시아인 아내와 모스크바에서 살고 있고 그를 인터뷰하러 간 한 영국 언론인에게 자신을 '변함없는 공산주의자'라고 한 것으로도 전해진다.

미국과 소련 간의 게임이 이 정도로 치러지고 있는 판이니까 박정희를 잡았을 때의 미국이 짐에게 '전리품 활용'에 대해 적지 않게 기대한 것은 쉽게 상상할 수 있는 일이다.

그런 큰 보따리를 짊어지게 된 짐이 그 무게를 특별히 느끼게 된 것도 무리는 아니다.

독일의 게렌이나 영국의 블레이크의 경우는 전향했을 때, 그들이 봉사하는 주인이 바뀌긴 했어도 하는 일 자체야 '직업적으로 언제나 하던 일 그대로 계속' 하면 되는 일이었다. 그저 '직업인'으로 자세를 지켜나가면 되었다. 전후 미국의 또 하나의 커다란 '전리품'이었던 유명한 로켓 과학자 폰 브라운(Von Braun) 박사에 관해 한 해학諧謔 시는 그런 직업의식(Careerism)을 재미나게, 그리고 극명히 보여준다.

Once the rockets are up,
Who cares where they come down?
That's not our department,
Says Werner von Braun.*Howard Zinn, 'On War',Seven Stories Press, New York, 2011, p.186.

그걸 우리말로 대략 고치면 이쯤 되겠다.

일단 로켓이 하늘로 치솟으면 그걸로 됐지.
그게 어느 놈 대가리에 맞아 터지든 무슨 상관이냐.
그건 내 소관이 아닌데…….

그런 점에서 속 편한 게 직업인이다. 그저 직업적으로 하던 일만 그대로 하고 그 이상의 것은 생각하지 않고 지내면 인생 복잡할 거 하나도 없다.

그러나 박정희의 경우는 그게 통하지 않는다. 그가 남로당이었으면 그가 '하던 일'이란 '미국 놈들 현해탄에 빠뜨리자'는 것이었을 것이다. 그러니까 그에게 브라운이나 게렌에게처럼 '하던 일 그대로 계속하거라' 할 수는 없는 노릇이다.

그러면 무엇을 해야 하나? 대답은 뻔하다. 그에 관해 알 수 있는 일을 모조리 알아내는 일이다. 그러면 그가 쓸 만한 물건인지의 여부는 알게 된다.

그것을 알아내는 방법을 짐은 잘 알고 있었고 그 작업은 그리 어렵지도 않을 것으로 여겨지기도 했다.

## 'Just Kill Him(그저 내다 죽여 버려)'

"야, 이눔 자식아, 이게 대학 토론회장인 줄 아냐!!(This is not f-g Debating Society)"

순간적으로 벌컥 울화가 치민 짐은 제레미(라고만 해두자)에게 소리를 질렀다.

그런 화가 치밀 만도 했다. 박정희의 처리는 한 인간의 목숨이 오가는 일이다. 그것은 한 나라의 장래를 좌우할 수 있는 것이기도 하다. 그보다 이 문제에는 미국 자신의 이익을 위한다는 뜻도 있다.

박정희라면 그가 덩어리치곤 커다란 것이라는 데 의심의 여지는 없다. 당의 군사책이라는 자리란 보통의 인물에게 주어지는 것이 아니다. 그는 일제 때 우수한 일본인들조차 들어가기 어려운 육군사관학교 출신이기도 했다. 그것만으로도 이제 우리 손에 들어온 그를 '재생再生 재산'으로 활용한다는 상부나 자기 자신의 판단은 옳은 것이라 해야 한다.

그런데 제레미란 놈이 난데없이 "그거 안 된다" 하고 반대하고 나선다. 그건 필경 그가 대학 때부터 '하던 버릇'으로 하는 것에 틀림없다. 대학 토론회(Debating Society)에서야 그건 정해진 형식이고 절차였다. 한쪽이 한 가지 주장을 내세우면 이쪽은 '으레' 그 반대의 입장을 취한다. 그리고 정연한 논리를 펴가며 서로 공박의 열전을 벌인다. 그것은 즐거운 게임이기도 하고 토론술을 익히는 유용한 훈련(training) 수단이기도 했다.

벌써 10년도 훨씬 넘은 그 지난날, 뉴헤이븐의 예일대학 토론회에서 짐과 제레미는 한 쌍의 '스타' 적인 존재였다. 번쩍이는 두뇌, 물고 늘어지는 뚝심, 폭포처럼 흐르는 입심 따위에서 그들을 이길 만한 자는 교내에 별로 없었다. 그래서 짐과 제레미가 벌이는 토론 다툼은 적지 않은 구경거리였고, 특히 여학생들 간에 인기가 높았다. 그런 경험 때문이기도 했었겠다. 짐에게 제레미는 자기 주장을 '덮어 놓고 반대하고 나서는 놈' 쯤으로 여기게도 되었던 것이다.

대학시절에서야 그건 좋고 즐거운 일이기도 했다. 그러니 지금 박정희의 문제는 지난날의 그런 게임판에서의 일이 아니지 않는가.

그의 배알을 꼴리게 한 데는 이런 것도 있었다. 이 넓은 세상에 하필이면 제레미를 같은 서울 바닥에 보직을 받아 오게 한 숙명이라는 것의 짓궂은 장난이다. 그것도 비슷한 일로 서로 어깨를 비비며 살게 한 것에 순간적이나마 화가 치밀기도 했었다. 미 CIA 서울 지사(Seoul Station) 차석으로 있는 제레미와 유엔군 사령관 고문이라는 간판 아래 역시 지하공작 일을 하는 짐과의 사이는 직업적으로도 접촉이 잦지 않을 수 없었다. 앞에서 본 임화를 평양에 들여 보내는 일, 박정희를 살려내는 일 따위에서도 그들의 족적은 자연 엇갈리게 되었다. 그래서 순간적으로 머리에 오른 홧김에 "여기가 아직도 뉴헤이븐인 줄 아느냐, 인마!"라는 말이 입에서 튀어 나왔던 것이다.

또, 무의식적으로나마 그것은 그 지난날, 지금 돌아보면, 그렇게 행복했던 대학시절에 되돌아가게 해주는 것이기도 해서 기분이 나쁜 것만도 아니었다. 그래서 속으로 이런 생각도 들었다. '네가 그때 그 게임을 다시 벌여보겠다면 그러는 것도 좋다. 어디 누가 이기나 해보자.' 실상, 제레미가 박정희를 살린다는 것에 안 된다고 나섰을 때 그는 그것을 무턱대고 한 것은 아니었다. 토론회에서의 룰대로 정연한 논리를 내세우며 반대하고 나섰다. 그는 그랬었다

"우리가 이 땅에서 벌이고 있는 사업에서 제일 중요한 게 뭐냐. 그것은 '안전(Security)'이다. 우리가 박정희에 관해 아는 것은 그가 남로당 군사책이었다는 것을 빼놓곤 없다. 그가 사상적으로 전향을 했다거나 그럴 가능성이 있다는 이렇다 할 증거도 지금까지 없지 않았나. 그렇다면, 그의 사용가치가 뭐건 우리의 안전을 걸고 도박할 일은 아니다."

충분히 일리 있는 얘기다.

대학의 토론회에서 그와 맞붙었던 일로 이런 예도 있었다.

그날 토론 주제는 퍽 예일대학다운 것이었다. 그것은 반공 문학의 거장인 쾨슬러(Arthur Koestler, 1905~1983)의 책 『대낮의 암흑(Darkness at Noon)』을 두고 한 것이었고 그 초점의 하나는 '쾨슬러가 그의 책을 내놓은 후에도 여전히 공산주의자였을 수 있는가' 또는 그런 책의 출판은 '그가 공산주의자이길 그만두는 것을 의미했는가'였다. 별 희한한 걸 다 의제로 해놓고 하는 대학생다운 토론이다. 쾨슬러는 그 책을 쓰기(1941)에 앞서(1931) 그가 살고 있던 베를린에서 독일 공산당에 가입했었다.

알다시피, 『대낮의 암흑』은 소련 스탈린의 폭정에 대한 준열한 비판서다. 그런 책을 쓴 쾨슬러가 그다음에도 계속 공산주의자였나를 묻는 바탕에는 스탈린이나 스탈리니즘으로 표현되는 폭정 그 자체를 공산주의로 볼 건 아니라는 사상이 깔려있었던 건 물론이다. 그건 의회에도 의석

을 가지고 있는 일본공산당이나 프랑스공산당이 북쪽 땅의 김일성을 공산주의를 대표하는 것으로 보지 않는 것과 크게 다를 바 없다.

퀘슬러의 책을 그의 전향의 표시로 본 짐에 반해 제레미는 그렇게 보지 않았다. 까닭은 퀘슬러 정도의 두뇌와 당원이 될 만큼의 사상적 확신이 있었다면 스탈린의 과격이나 탈선을 공산주의 그 자체에서 오는 불가피한 탈선으로 보지는 않았을 거라는 것이었다. 따라서 그가 전향을 할 필요란 거기에 없었다.

진정한 공산주의자면 전향을 쉽사리 할 수 없다는 것이다.

마찬가지로 박정희에 관해서도 그저 간단히 그가 전향할 것으로 기대할 일은 아니라는 것이 제레미의 입장이었다.

제레미가 그의 반대를 이런 논리적 바탕 위에서 해 나왔으면 그에 대한 반응도 역시 정연한 논리로 내세워야 하는 게 '명예로운 교풍校風'이나 전통을 따르는 일이다. 그런 것을 모르거나 못할 짐도 아니다.

제레미의 그런 공격에 대한 짐의 반응은 여러모로 뜻밖의 것이었다.

우선, 짐에겐 기대된 대로 궁지에 몰린 자로서 당황하는 기색이 전혀 없었다. 그리고 아주 침착한 어조로 늘어놓는 그의 소견이라는 것도 놀라웠다.

그 대답의 요점을 간결하게 요약해 놓는다면 첫째, 그는 애초부터 박정희가 우리에게 충성스럽길(Loyal) 기대하지 않았다는 것이다. 뿐만 아니다. 박정희가 지금도 우리에게 충성스러울 거냐의 여부도 전혀 문제되지 않는다는 것이었다.

이에 대해 제레미가 '뭐라고?' 하는 놀라움을 얼굴에 비치자 짐은 "그렇다면 간단하게 설명을 해 주마" 하고 여전히 가라앉은 어조로 말을 이었다.

"네가 알아듣기 쉽게 간단히 예를 들어 설명해주겠다"고 전제해 놓고 짐이 한 말의 줄거리만을 간추리면 대략 이렇다. "……박정희는 우리에게 일종의 전리戰利품이다. 그걸 인민군이나 빨치산에게서 빼앗은 따발총이라 하자. 그것을 손에 든 우리는 그 총이 우리에게 충성스러운 것이냐의 여부를 묻지 않는다. 중요한 것은 우리가 그 총을 적을 죽이는 데 재생해 쓸 수 있느냐의 여부다. 마찬가지로 박정희가 우리에게 갖는 값어치는 그가 우리에게 무엇을 할 수 있느냐가 아니라 우리가 그를 써서 무엇을 할 수 있느냐다. 우리가 그를 어떤 식으로 쓸 수 있느냐는 정보학교까지 나온 너의 지능을 존중해 설명하지 않겠다. 너는 박정희가 사상이 나빠 적에게 다시 붙을는지 모른다고 걱정한다. 그러나 박정희로 하여금 절대로 그러지 못하게 하는 방법이 우리에게 많다는 것도 네 머리로 생각 못할 일이지 않다. 간단한 한 예로 김창룡을 그의 신원보증인으로 내세우기만 해보자. 우리는 박정희를 38선으로 끌고 가 북으로 넘어가라 해도 그는 넘어가지 못할 것이다…….

박정희의 쓸모에 관해 한마디를 더 해 주마.

네가 북쪽으로 보낸 임화가 잡혔다고 치자. 그는 죽을 것이다. 그때 너는 김일성에게 그를 박정희와 교환하자고 제의를 한다. 김일성이 그에 응할 가능성은 높다. 그러면 박정희는 북쪽에서, 임화는 남쪽에 내려와 한 자리씩 할 것이다. 얼마나 멋들어진(Glorious) 게임이냐."

짐의 이런 대꾸에 제레미는 눈을 둥그렇게 하고 듣고 있었다. 그렇다고 그가 짐에게 손을 든 것은 아니다. 그래서 둘 사이의 대립에는 결정적인 결판은 나지 않았다. 일이 그런 식으로 끌리자 짐은 제레미에게 "학교 때에 하던 버릇으로 그랬다. 내 호기심을 풀어야겠다(As a matter of interest). 너는 그렇다면 박정희를 어떻게 해 줘야 좋다는 거냐." 하고 물었다.

그러자 이에 대한 제레미의 대답은 즉각적이고 간단했다.

"저스트 킬 힘(Just Kill Him)." 군소리 할 거 없이 내다 죽여 버려!

# 벗과의 전쟁

적과의 전쟁보다 더 공교롭고 어려운 전쟁이 있다. 벗과의 전쟁이다. 박정희를 살리는 문제를 놓고 제레미와 벌여온 옥신각신은 짐으로 하여금 그런 것을 깊이 느끼게 했었다.

당시의 서울 바닥이란 잡다한 첩보, 정보기관들이 아마 세계에서 제일 많이, 그리고 제일 활발히 붐비던 장소였다. 미국 계통만 해도 그것은 소위 '정보계 공동체(Intelligence Community)'라고 하지만 그런 공동체'라는 말이 시사하는 서로 '협동'하는 집단이라고만 하기 어려웠다. 서로들 제각기, 제 나름대로의 영역을 이루고 있었을 뿐 아니다. 흔히는 서로 경쟁하고 시기하고 다투는 일도 드물지 않았다. 말하자면 '터전 싸움(Turf War)'이다. 그래서 한 가지 사건이 일어났을 때도 그에 관한 정보들은 곧잘 세 길, 네 길, 어떤 때는 열 갈래로 갈라진 경로를 통해 도쿄에 있는 극동 사령부나 미국 본토에 전달이 됐고 거기서들 허둥지둥 정리되는 경우가 비일비재했다(Intelligence was not coordinated within Korea but channelled in four or five or even ten channels to to Tokyo, where it was co-ordinated by MacArthur's G-2, General Willoughby). 문제는 그런 분파성으로만 그치지도 않았다. 기관들이 많고 복잡하다 보면 그들이 현지에서 벌이는 잡다한 비밀공작의 구체적인 내용들을 그들 상부가 자세히 파악조차 못하고 있는 경우조차 드물지 않았다. 그들 '상부'라는 것에 흔히 대통령도 포함이 된다. 그래서 그들을 통솔한다는 것도 쉬운 일은 아니었다.

그런 까닭의 또 하나는 그들 현지기관원들의 선민의식 같은 자만이나 자신이다.

미국의 정보기관들은 그들 선배인 영국의 그것을 다분히 본땄다. 그 하나의 예로 그들 기관의 수뇌급들은 거의 모두가 그들 나라의 고급 두뇌들로 채워져 있었다. CIA의 대부 격이었던 덜레스(Prinston 대학)처럼 그들 상층부는 대개가 그들 지성의 전당인 일류(Ivy League) 대학을 나온 정수분자들이었다.

영국이 세계적인 대제국을 건설해 나가는 동안 남의 사정을 탐지해 내는 첩보란 불가피하면서 어려운 사업이지 않을 수 없었다. 이것도 그들 지배계급 사이에 있었던 그들 나름의 사명감이나, 또는 소위 '노블레스 오블리주(Noblesse Oblige)'라는 책임감의 한 변형(Variant)이라고 할 수 있겠다. 이 음침한 지하 세계기관들에 '옥스퍼드', '케임브리지' 등 명문 출신 귀재들이 모여들었다. 이 어려운 국가사업을 우리 아니면 누가 하랴 하는 사명감에서였다. 그 전설적인 대첩자 '킴 필비(Kim Philby)'와 그의 4인조 스파이단, 해방 후 서울에 와 있던 '조지 블레이크' 등이 다 케임브리지 대학 출신들이다. 아이비리그가 미국판 옥스브리지라는 점에서도 미국정보기관이 영국의 원형의 복사판이었다고 하는 것도 그런 점에서 하는 얘기다. 그래서 그들의 자긍이라는 것이 보통이 아닌 것도 놀라울 일이 아니었다.

제레미의 경우, 그들 기관은 벌써부터 임화뿐 아니라 수많은 첩보원들을 북쪽으로 침투시키는 등 활발한 활동을 벌이고 있었다.

실제, 그 당시 북쪽을 대상으로 한 남쪽의 지하공작이 만만치 않은 것이었다는 것을 여러 권위 있는 사서들은 기록해 놓는다. '한국전쟁의 기원'을 쓴 커밍즈는 그의 책에서 '주한 미 군정사軍政史를 인용, 남쪽에서 북에 침투시킨 첩보원들이 이북 땅의 현황을 보고한 내용들을 소개하고 있다.

그런 활동들에 관계했을 제레미의 짐에 대한 자신감이나 경쟁적 자세가 보통의 것이 아니었을 건 쉽게 짐작이 가는 일이다.

그러던 중, 국내외 요로의 긴장된 시선을 모으게 된 일련의 극적인 사건들이 벌어졌고 그것은 제레미에게 짐을 공격하는 절호의 기회를 마련해 주었다. 남쪽의 육군 부대와 해군 함정이 38선을 넘어 대거 월북越北해버린 사건이다. 역사책에 기록돼 남아 있는 대로 춘천 주재 8연대 제1대대장 표무원 소령은 그의 대대 병력을 이끌고 38선을 넘어 이북으로 넘어가버렸다. 그 이튿날에는 같은 연대 2대대장인 강태무 소령이 똑같이 자기 병력을 대리고 월북했다. 그러고 난 며칠 후 이번에는 주문진에서 경비업무 중이던 해군의 508 특무정이 이북 땅으로 빼소니를 쳐 버리는 사건이 일어난다.

여기서 문제의 요점은 이들 사건이 일어난 날짜다. 육군의 두 경우는 1949년 5월 4일과 5월 5일. 그리고 해군의 경우가 같은 해 5월 10일. 이들 날짜는 박정희가 고등군법회의 제2심에서 감형과 그 집행의 정지처분이라는 이례적 대우를 받고 자유로운 몸이 되고 난 다음이다.

8연대는 박정희가 소속됐던 연대고 이미 그때부터 그를 남로당에 들게 한 이재복과 연계를 가지고 있던 그가 같은 당원인 표무원, 강태무를 모를 리는 없다. 그렇다면 그가 군내 세포 일체를 다 털어놓으면서 군에 협력했다는 설은 성립되지 않는다. 표, 강 두 소령이 박정희가 풀려 나온 뒤까지 무사히 있다가 월북했으면 박정희가 그런 무서운 고문 속에서도 끝내 그들의 존재를 밝혀놓지 않았다는 얘기다. 그건 박정희가 김창룡이나 짐에게 충분한 협력을 하지 않음으로써 국군부대의 월북이라는 사건이 벌어질 수 있는 소지를 만들었다는 말로도 통할 수 있다.

"그렇다면 어쩌자고 박정희를 살려줘야 한다는 거냐? 그를 어쩌자고 풀어준 거냐!" 하고 제레미는 짐에게 대들었다. 이에 짐으로선 그들이 월북한 사실을 부인할 도리는 없다. 또, 박정희가 그들에 관해 끝까지 입을 열지 않았다는 것도 아니라고 하기는 어려운 일이다. 무엇으로든 그것을 그럴 듯하게 얼버무릴 방법이란 있기 어렵다. 그렇다면 일은 어떻게 된다는 건가.

대학 토론회에서 일단 상대방을 논파할 길이 없어지면 손을 깨끗이 들어야 한다. 일단 그렇게 패배를 인정하면 승자의 의사에 따르는 것도 명예를 걸고 지켜야 하는 룰이고 전통이다. 그렇다면 박정희를 내다 죽여야 한다는 제레미의 말을 안 따를 도리는 있을 수 없다. 그건 보통의 문제가 아니다.

일견, 빠져나갈 길 없는 막다른 골목 속으로 몰려든 것 같은 처지인 게 틀림없다.

그런데 짐에겐 이번에도 조금도 당황하는 기색이 없다. 그리고 짐은 천천히 말을 꺼내는 것이었다.

"내가 너의 이상의 말에 대한 대답을 하기 전에 너에게 오늘 밤 잠자리에 들기 전에 한 번 꼼꼼히 생각해보라고 주문할 게 있다."

"너의 전우 하나가 적에 잡혔다고 치자. 너는 너의 전우가 적에게 무릎을 꿇고 너나 아군에 관한 모든 정보를 술술 불고 있는 꼴과 가능한 한 그것을 거부하려 버티는 태도 중, 어느 것이 한 인간이나 군인으로서 장하고 바람직한 것이라고 하겠느냐."

"이제 밤도 늦었다. 이것을 생각해보고 내일 다시 만나자."

그 이튿날, 그들이 다시 만났을 때 제레미도 역시 예일의 정예분자다웠다. 그는 짐에게 그러는 것이었다.
"좋다. 박정희의 배신이라는 건 더 말하지 말자. 그러나 그의 사상에 관해선 네가 인정을 해야 할 일이 하나 있다"고 해놓곤 말을 이렇게 잇는다.

"박정희의 공산주의사상이라는 것이 얼마나 뿌리 깊은 것인가는 누구도 모른다. 그러나 그의 사상적 동기라는 것이 강자에 대한 약자의 반항이라고 본다면 그건 어림없지 않다. 그가 소학교 선생으로 있다가 만주로 건너가 일본군 장교가 된 다음 장교 복장에 일본도를 차고 고향으로 돌아와 그곳의 면장, 경찰서장 등을 불러다 그의 앞에서 무릎을 꿇게 했던 것을 우리는 재미나는 얘기로 들어서 잘 안다. 박정희에게 그것은 오랫동안 품어 온 강자에 대한 약자로서의 보복심이 풀리는 순간이었을 것이다. 그런 심리를 정치적인 어휘로 계급의식이라고 해도 좋다.
그런 의식은 국내적 관계에서만 적용되는 것이 아니다. 국제적으로도 적용된다. 자기보다 크고 강한 나라에 대한 그런 반발 의식을 우리는 민족의식이라고 해도 된다.
대한민국과 미국은 동맹국이다. 그러나 우리의 국익이 언제나 똑같은 건 아니다. 언제든지 갈릴 수 있다. 그럴 때에 나타날 수 있는 민족의식은 계급의식의 충돌처럼, 또는 그 이상으로 심각할 수 있다. 내가 박정희의 사상이 문제되지 않는 게 아니라는 것도 거기서 나오는 말이다. 너도 그것만은 인정을 해야 한다."

짐도 짐대로 예일맨다웠다. 그는 그 즉석에서 제레미에게 "옳다. 나도 너의 말에 전적으로 동감이다"라고 했다.

# 역사의 곡절

그러고 보면 짐은 아슬아슬한 고비를 잘 넘겼다.

이건 독자로서 믿어도 좋고 안 믿어도 좋다. 그러나 하나의 틀림없던 사실은 당시의 짐이나 제레미에게 이 세상에서 제일 어길 수 없이 귀중한 일은 대학 토론클럽의 룰을 지킨다는 것이고 그것을 자신의 명예가 걸려 있는 일(Matter of Honor)로 친다는 것이다.

그렇다면 짐의 사람 됨됨이가 실제로 그가 그랬던 것과는 좀 못했다고 해보자. 다시 말하면 그가 막다른 골목에 처했을 때 거기서 헤어 나올 만한 기지機智가 모자라 제레미에게 손을 들었다고 해보자. 그렇다면 그 귀중한 명예를 위해서도 짐은 박정희를 죽여 버려야 했을 것이다.

또, 이런 것도 있다. 제레미에게 최선의 예일맨다운 세련된 맛(Sophistication), 아량(Grace), 도량(Guts) 따위가 부족했었다고 치자. 다시 말해 짐이 주문했던 군인으로서의 바람직한 자세라는 것에 관한 고려라는 것을 따지지 않고 덤볐다고 치자. 그래도 박정희가 죽었을 가능성은 컸다.

박정희가 그때 죽어버렸으면 그의 이름은 거기서 영영 지워져 없어져 버렸을 것이고 세상이나 역사에 그의 이름은 남지 않았을 것이다. 지금 그의 이름을 아는 사람은, 그때 죽은 그의 동료 최남근이란 이름을 아는 사람이 지금 세상에 없듯 전혀 없었을 것이다.

짐이나 제레미, 이게 다 우연의 일들이다.

그러니까 인간의 역사란 사관史觀이라는 것을 내세우는 사람들이 하듯 무슨 거창한 법칙에 따라 움직여나가는 것만이 아닌 게 분명하다. 이런 우연한 일로도 펼쳐 나간다는 것을 우리는 본 셈이다.

물론 거기에는 필연의 요소도 있긴 있었다.

당시만 해도 맥아더의 존재란 극동에서 불길하게 상승세를 보여 오는 공산주의 물결로부터 남한, 일본, 대만 등 나마지 '자유세계'의 땅들을 지키는 문자 그대로의 사령관이었고 거기서 오는 그의 권위는 거의 절대적이라고 할 만한 것이었다. 그런 권위로 극동의 방위사업을 밀고 나가던 맥아더에게 1948년 8월, 이승만을 수반으로 한 대한민국의 탄생은 진영 총수總帥로서의 첫 번째의 큰 전과戰果라고 할 만했다. 그리고 그것에 이어지는 사업으로 그는 새로 들어선 정부가 군사력, 경찰력을 갖추게 하는 데 정력을 쏟았다. 국가로서 행사하는 폭력 수단으로서의 공권력 조직을 사업의 최우선순위로 꼽은 것도 극히 상식적인 포석이었던 건 물론이다. 그러한 사업을 영도하는 기관으로 이미 창설되고 급속도로 보강되어가고 있기도 한 것이 미 군사고문단(KMAG, Korea Military Assistance Group)이었고 그것은 그 뒤 줄곧 한국의 군대와 경찰력의 유지, 성장을 보도保導, 보장하는 후견자로서 오늘에 이른다. 그런 보도는 '지도'나 '지원'이라는 말로 표현되기도 한다. 그 표현이야 여하튼 그 효과가 '지배'로도 통한 건 물론이다.

그런 후견이 처음부터 군대, 경찰, 사법 할 것 없이 권력 중추부를 어떤 인재로서 채우는가에까지 미쳤고 그들이 고른 인재들이 주로 일제 때부터 그런 직업에 종사해온 사람들이었다는 것은 당연하고 불가피한 일이기도 했다. 그들을 빼놓곤 국가행정의 기틀을 이어나갈 도리가 없었다는 간단한 이유만에서도 그랬다. 교원들의 경우, 전부 일제 때부터의 직업인들이었다는 데서도 우리는 그러한 사실을 보게 된다.

그 대표적의 예의 하나가 육군 초대 참모총장직을 맡은 전 일본군 대좌(대령) 이응준이다. 박정희의 일본 육사 선배기도 했던 이응준(당시 소장)은 박정희가 군사 재판에 올려졌을 때, 참모총장으로서 재판에서의 최종 재결권을 가지고 있었다.

그런 요직에 있는 사람들의 직업상의 진퇴가 그들 후견인들에 좌우되고 있었다는 당시의 배경을 놓고 생각해보자. 그런 후견세력의 적지 않은 거점이기도 했던 것이 짐이었다면 그가 그 재판의 향배를 결정하는 데서 어느 정도의 영향을 끼칠 수 있었던가는 그리 어렵지 않게 상상될 수 있는 일이다.

역사책이 기록한 대로 박정희는 1949년 2월 8일, 군사법정에서의 1심에서 국방경비법 18조 위반으로 사형구형을 받는다.

같은 재판에서 사형을 선고받은 그의 동료 최남근 중령, 오일균 소령, 조병건 대위 등은 곧 사형이 집행돼 죽었다.

그 해 4월 18일 용산 육군본부에 마련된 고등군법회의 2심에서 박정희는 사형에서 징역 10년으로 감형을 받았고 그것도 곧이어 '집행정지'로 자유로운 몸으로 풀려 나왔다.

그리고 박정희는 육군본부의 문관으로 자리를 얻었을 뿐 아니라, 육군본부 정보국의 정보과장으로 취임한다. 또한 그의 과에서 그는 육사 8기생이고 정보학교 출신이자 소위 청정회란 그룹에 속해 있던 정예 장교들을 거느리게 된다. 그리고 1950년 6월, 소령으로 군에 복귀한 다음 그의 군력軍歷은 순풍에 돛단 듯 뻗어 나갔다. 그것이 '특별한 조처'에 따른 것이고 그 막후가 누구인가는 뻔한 일이다.

그러니까 박정희를 살린 것은 백선엽이라는 공론(公論, 空論)과는 달리 그것은 미국이었다는 주장은 단 한 가지 지극히 단순하고 상식적인 바탕 위에서 할 수 있는 일이다. 그것은 그렇게 할 수 있는 힘을 가졌던 것이 그 당시 이 지구상에 미국을 빼놓곤 없었고 있을 수도 없었다는 사실이다. 지금까지 해온 장황한 얘기도 할 필요 없이 그것은 뻔한 이치의 이야기라 해야 한다.

이렇게 풀려 나오게 된 박정희를 짐은 우선 8군 사령부 내의 의료실에 들여다 놓은 다음 그 기지 안의 자기들 안가安家에 모셔놓았었다.

거기까지의 작업은 짐에게 성공이었음에 틀림없다. 그러나 박정희를 죽지 않게 살려 놓는다는 일과 그를 실제로 유용한 자산화資産化한다는 것은 말할 것도 없이 별개의 문제다. 남로당 군사책이었던 박정희를 반공전선에 앞장서게 한다는 것이 손쉬운 일이 아닐 건 누구에게나, 특히 그 방면의 일을 잘 아는 짐에게 뻔했다.

무엇보다 지금 현재 그 자신이 박정희에 관해 아는 것이란 그가 당의 군사책이었다는 것 외에는 별로 없다.

그래서 짐에게 '일은 이제부터'라는 감은 컸다. 그래서 그 작업을 도쿄의 G-2부터 시작했다.

앞에서 잠깐 언급됐듯, 윌로비 장군(Gen. Willoughby)이 지휘하는 극동군 사령부 정보참모부(G-2)에선 2차 대전 중 일본군 수뇌부 요직에 있던 일본인들이 '카토 기관'이란 이름의 집단으로 일하고 있었다. 일본 지성의 정상이라고 할 만한 도쿄대학의 경제학부 아라키荒木 교수를 수반으로 한 이들 팀은 그럴 만한 까닭으로 커다란 세력집단으로 급속히 성장하고 있었다.

이 앞에서 우리는 미국이 독일에서 게렌 기관을 크게 활용하고 있다는 것을 보았다. 그러나 독일은 유럽이고 유럽이란 미국으로 쳐선 '고향땅'이고 '친척 사이'다. 그러니까 크게 신기할 것도, 알기에 큰 어려움이 있는 것도 아니다. 그러나 동양은 딴판이다. 모든 게 서양과는 다른 종류의 문화고 따라서 거기에는 신비로운 점, 알기 어려운 측면들이 많다. 그래서 현지인의 지적 집단인 카토 기관에 대한 미국의 기대나 의존도는 독일의 게렌 기관의 경우보다 더 컸다. 기구의 규모, 인원 수 따위에서도 독일의 경우를 훨씬 상회했었던 것은 물론이다.

그래서 짐은 G-2의 윌로비 장군에게 카토 기관을 시켜 박정희에 관해 알만한 정보를 빠짐없이 모아 보내줄 것을 요청했다. 이 요청에 대한 도쿄로부터의 반응은 과연 그 기관답게 신속하고 광범위하고 면밀하고 만족하다 할 만했다. 채 보름이 넘지 않아 짐에게 전달된 자료들은 목침만 한 두께의 뭉치로 네 개나 되었다. 그뿐 아니다. 그 후에도 '추가(Addenda)'분들이 박정희 도시에(Dossier) 파일에 계속 보내져 왔다.

일본 육사 시절, 만주에서의 군관 시절 등등의 전 기간을 통해 박정희와 접촉했던 인물들을 찾아내기는 어렵지 않았다. 그리고 그의 관련된 자료들도 좀 놀랄 만큼 많았다. 그것들은 박정희에 관해 알만 한 일로, 이를테면 그의 인품에 관한 인상, 사상적 경향, 하다못해 무엇을 좋아하고 싫어하는가 따위까지가 포함되어 있었으니 그 자료 내용의 규모는 짐작되고도 남는 일이다.

그 방대한 자료를 심과 그의 벗은 밤을 새우나시피 하면서 샅샅이 읽고 필요에 따라 되풀이해 읽는 것도 여러 번 했다. 그 후 그들은 박정희에 관해 그를 마치 시험관에 넣고 들여다보는 것만큼 많이 알게 되었다고 느끼기에 이르렀다.

# 엄청난 실험

짐이 박정희의 신원을 G-2의 가토 기관에 의뢰한 것은 그가 그의 청년기의 가장 길고 화려했던 시절을 만주에서 지냈기 때문이었다. 그리고 그에 관한 방대한 자료를 받아 읽으면서 짐은 그러길 참 잘했다고 여겼다. 그것을 읽으면서 그는 그러지 않았으면 몰랐을 엄청난 새 사실을 발견하기에 이르렀기 때문이다.

짐처럼, 온몸이 지적知的 호기好奇에 찬 사람에게 새로운 사실의 발견처럼 반갑고 즐거운 일도 없다. 실제, 그는 박정희의 도시에들을 읽으면서 꽤 흥분까지 했었다. 그 내용은 그러기에 충분할 만큼 흥미에 찬 것이었기 때문이다.

이를테면 지금까지 그가 알고 살아온 현대사에 관한 자신의 지식이 얼마나 피상적인 것이었는지, 그리고 무의식중에 머리에 박혀온 고정관념이라는 것이 얼마나 사물을 있는 그대로 보는 자기의 눈을 어둡게 해주는가 따위. 박정희의 도시에를 탐독하면서 짐은 이와 같은 느낌이 가슴에 와 닿는 것을 어찌할 수 없었다.

한 예로 1930년대, 만주 땅에 만주국이라는 국가가 있었다. 짐에게도 '정말 그런 것이 있었던가' 할 지경으로 그에 관한 지식이란 그에게 없었다. 짐 자신은 미국 사회 내의 지식층으로선 상부에 속한다. 게다가 직업 또한 '정보통'이다. 그런데도 자신의 지식이 그 정도라면 일반적으로 말해 그것을 아는 미국인이란 하나도 없다 해도 과언이 아니다.

그게 좀 신기해 더 살펴보니 이 만주국이라는 것이 미국 등 서방 세계에 던진 도전의 크기가 엄청난 것이었다고 해도 조금도 지나칠 게 없었다. 그것은 하나의 큼직한 역사적 실험이기도 했다. 태평양 전쟁에 불을 붙인 소위 '진주만 공격'은 그것에 비하면 그 심각성에서 아주 작았다.

다행히, 그런 커다란 도전은 미국이 미처 그에 대응해야 할 지경에 이르기 전에 일본인 자신들의 손으로 망가뜨려지고 말았다. 말하자면 그것은 일본으로서는 하나의 거대한 '자살골'이었고 미국으로선 아슬아슬한 요행이었다. 거기에 이르는 과정과 거기에 얽힌 엄청난 '드라마' 또한 007 영화 정도는 싱겁다 할 정도로 컸다.

그런 큰 실험을 꾸미고 실천에 옮긴 것이 다름 아닌 일본인이었다는 것이 짐으로서는 놀라운 일이었다. 일본인들에 관한 미국인 또는 세계인들의 고정된 관념이란 어디서건 대동소이하고, 독창력에서 별로 발랄한 편이 못 되는 극히 평범한 인간들의 집단이라는 것이다. 이를테면, 그들에게 일단 공론이라는 것이 생기면 그들은 모두가 그것을 잘 따르고 그러면서 하나의 덩어리로 잘 뭉친다. 그런 집단적 전형에서 벗어나 제 나름대로의 이단異端의 목소리를 높이는 경우란 극히 드물다. 그래서 거기에 하나의 예외, 그것도 보통 아니게 큼지막한 예외가 있었다는 것은 짐에게 뜻밖이었다.

이시와라 칸지石原管爾라고 해도 그 이름이 짐에게도 귀에 익은 것이 아니다. 일반 시민들로선 더할 것이다. 이 자가 바로 그런 예외적인 인물이었다.

그가 만들어 놓은 만주국이라는 것이 무엇이기에 앞서 서방세계에 던져졌던 하나의 커다란 도전이었다는 말부터 그 뜻을 짐작해보고 가자.

지난 2차 세계대전 후, 세계가 목도해온, 그래서 누구나가 다 아는, 역사적인 사실이 있다. 우리 한국, 중국, 일본 등 동양인들이란 대단히 무섭기도 한 인종들이라는 것이다. 길게 설명할 것도 없다.

우리 자신부터 시작하자. 한국인이라고 하면 그저 개 때려잡아먹는 어렵고 미개한 민족이라고 누구나가 알아 온 게 그저 엊그제다. 그런데 그런가 하고 있자니 이게 웬일인가. 세계의 일류 전자제품이란 제품은 죄다 한국제인데다가 그런 '세계 첨단'이라는 게 그것뿐이 아니다. 미군부대에서 훔쳐 내온 '도라무통'을 부수어 '시발'차라는 '달구지'를 타고 다니던 솜씨로 이들은 이제 세계에서 좋다는 것으로 손꼽히는 자동차를 만들어내 세계 시장이 좁다고 설친다.

일본도 보자. 지난 대전으로 잿더미가 됐던 나라가 언제 그랬느냐는 듯 금세 '경제대국'이 되어 사람들을 놀라게 했다.

중국은 어떤가. 6·25 때만 해도 총 한 자루 제 손으로 만들 재주가 없어 병정들이 막대기를 들고 일선에 나가고 했었다. 그런 나라가 이제 '세계의 공장'으로 통한다. 세계 사람들이 쓰는 일용품이란 거의 다 중국제다.

그런 하나하나가 서방 세계로선 커다란 경쟁자이자 무서운 도전자다.

그런데 잠깐 이런 것을 상상해보자. 이들 세 나라가 서로 손잡고 힘을 합치기로 한다. 그러면 모든 게임은 끝난 것이다. 동양과 서양이 경쟁자라고 한다면 그들 간의 승부가 어떻게 날 건가는 기다려 볼 것도 없다. 지난 5백여 년 동안 세계에 군림해 온 서양 세계의 지배권은 거기서 끝장이다. 이제부턴 몇백 년이든 동양 사람들 세상이다. 장장 5백 년에 한 번 있는 일이라면 그 역사적 의미를 '엄청난 것'이라고 해도 터무니없을 건 하나도 없다.

바로 그런 구상을 바탕으로 생겨났던 것이 이시와라의 만주국이었다. 뿐만 아니다. 그것이 굳건한 바탕 위에서서 지탱될 가능성이나 실현성도 적지 않게 컸었다.

1932년의 일이다. 그 해, 이시와라는 만주 땅 위에 만주제국이라는 새로운 나라를 세웠다. 그때 이시와라는 만주에 주둔하면서 그 땅을 지배해온 일본 관동군關東軍의 작전참모로 있었다. 그 한 해 앞서, 이시와라는 그의 상관 이타가키板恒征四郎와 손잡고 소위 '만주사변'이라는 것을 일으켜 그 넓은 만주 땅을 군사적으로 제압해 버렸다. 그 당시 만주 땅에는 군벌 장학량張學良의 군대가 30만 가까이나 깔려있었고 관동군의 총 병력은 1만여 명이었다. 그러니까 이시와라들은 제 것의 30배나 되는 적을 쳐부쉈다는 것이므로, 세계 전사戰史에 남을 만한 기록이다.

그보다 더한 게 있었다. 그들은 재빨리 그 땅 위에 국가체제를 갖춘 제국이라는 것을 세우는 데도 성공한다. 아무리 엉성한 것이라도 개인이 하나의 나라를 만들어 놓는다는 것은 인류 역사상 일찍이 어디에도 없었던 일이다.

군사, 정치 양면에 걸친 그 거창한 사업을 구상하고 집행하는 데서 핵심적인 역할을 한 것이 바로 이시와라였었다.

전후, 미 점령군 사이에서도 일반화된 이시와라에 대한 평이 '보기 드문 천재적 전략가(Unpararrelled strategic genius)'라는 파격적인 고가高價로 통해 온 것이 놀라운 일이 아니다. 그는 전후의 전범재판에서 제외되었을 뿐 아니라 극동군 사령관인 맥아더가 그를 죽을 때까지 극진히 모신 것은 잘 알려진 사실이다. 같은 출중한 무사(Warrior)로서의 대접이기도 했었을 것이다.

사실, 나중에 보듯 역사적으로 특기할 만한 일본의 '자살골'이 없었던들 지금 우리가 사는 오늘날의 세상도 크게 달랐을 것은 틀림없다. 그래서 그 족적을 다시 더듬어보는 것은 그 흥행적인 이상의 값어치를 갖는다.

우선 이시와라의 역사적 실험이 성공할 수 있었던 바탕이 컸다는 것을 보자.

만주라는 터가 그런 실험을 하기에는 마땅하고 좋았다.

말할 것도 없이 유명한 중국의 만리장성은 오랑캐들로부터 중국 땅을 지키자고 쌓아 놓은 성이다. 그런데 만주는 그 성 바깥이다. 중원中原의 한족漢族이 아닌 동이東夷, 오랑캐들의 땅이다. 거기에는 옛부터 몽고족, 거란족, 만주족 할 것 없이 잡다한 인종들이 섞여 살았다. 고구려 때는 광개토대왕을 모신 우리 사람들도 그중 넓은 지역에 나라를 펴고 살았다는 것도 우리 역사책에 있는 그대로다.

그러니까 이시와라들이 만주 땅을 차지하면서 '이건 우리가 중국 땅을 훔친 게 아니'라고 우길 여지도 없지는 않았다. 하여간 거기다 그들은 청조 때 마지막 왕이던 부의溥儀를 황제로 하고 나라를 만들어 세웠다. 그 나라는 독일, 이탈리아 같은 소위 추축들을 물론 소련까지도 승인해주었다.

그 주변의 나라나 민족들로서도 만주국 같은 것은 없애버려야 한다고 들고 일어나는 일도 없었고 또 그러지 못하도록 돼 있기도 했었다. 그 한편에서 만주를 '파는' 일본의 선전, 선동 활동은 맹렬했다. 그 결과 아시아 사람들 간에 만주를 두고 적어도 '이게 무엇인가' 하는 호기심 어린 관심이 돌려지기도 한 것은 놀라운 일이 아니다,

무엇보다 2차 세계대전이 끝날 때까지 버틴 그 나라와 이시와라의 실험이 웬만한 조건 아래서는 오래 버틸 가능성이 컸었던 게 틀림없다.

## 거대한 자폭自爆

이제 얘기를 일본의 그 역사적인 '자살골'로 옮기자. 정말 이건 거대한 자폭自爆이었다. 그리고 그것으로 우리가 사는 세상은 크게 달라졌다. 또는 그런 자폭이 없었으면 지금 우리가 살고 있는 세상은 지금과는 사뭇 달랐을 거라는 것이다.

1937년이다. 만주에 주둔하고 있던 일본 육군 '관동군'의 참모장 자리에 도죠(東條英機, 1884~1948)가 있었다. 도죠는 역사가 기록하는 대로 1930~1940년대, 군국일본의 권력 정상에 있었다. 그동안 그는 육군대신, 참모총장, 총리대신 등 요직을 두루 거쳤고 전후에는 군사재판에서 A급 전범戰犯으로 목매달려 죽었다.

도죠 취임 몇 달 뒤 늦게 그의 바로 밑 관동군 참모부(副) 장으로 온 것이 이시와라였다.

그 둘 사이에는 이내 거친 불화不和가 벌어졌다. 만주국이란 어떤 것이어야 하는지 그 처리를 놓고 한 분규다.

역사책들은 그들 간 대립된 견해나 주장을 소위 만몽영유론滿蒙領有論, 만몽독립론의 둘로 가른다. 전자가 도죠, 후자가 이시와라의 것이다.

그 내용은 말 그 자체가 시사하는 대로다. 만몽영유론은 그때 일본이 차지하고 있는 만주와 몽고, 두 개의 땅을 일본이 차지하고 소유한다는 것이다. 따라서 그 땅은 그 당시 확대되어가던 일본의 군사 작전에 활용되어야 하는 것으로도 보았다. 그것은 일본 천황을 국가권력의 정점으로 한 황국皇國적인 국가관, 군사력 행사를 앞세우는 모험적인 제국주의 등, 그 당시 일본의 국가적 공론의 주류를 대표한 것이었다.

이시와라의 만몽독립론은 그와는 딴판으로 달랐다. 그 표현대로 만주와 몽고는 일본에 속하지 않는 독립된 존재여야 한다는 것이다. 우선 거기서만으로도 그건 일본 국론國論에 대한 반기叛旗요, 이단異端이라고 하기에 족했다. 그 당시의 일본이나 그 류의 맹신적 국가관이 지배하는 곳에선 막말로 '기관총으로 드르륵 해버리기'에 알맞았다 해야 한다.

이시와라는 그가 만들어 놓은 만주국의 국가적 이상을 소위 왕도낙토王道樂土, 오족협화五族協和라는 말로 표현했다. 왕도낙토는 문자 그대로 읽어도 그 뜻은 뻔하다. 문제는 오족협화다.

오족이란 만주에 살고 있는 중국, 몽고, 만주, 조선, 일본의 다섯 민족들을 말한다. 그들 다섯 민족들이 서로 협화하면서 만주라는 독립된 나라를 이루어 나간다는 것이다.

이게 도죠 주류에게 도대체가 당치 않고 위험한 사상으로 비친 건 물론이다.

우선 일본과는 따로 떨어진 '독립된 만주'라는 것이 그렇다. 그것은 일본의 지배적 영도권을 받아들이지 않는다는 주장이고 자세다. 그리고 만주에 사는 사람이면 자신을 무엇보다 만주인으로만 여겨야 한다는 것도 엉뚱하다. 그렇다면 일본인도 일본인이기를 그만두어야 한다는 말이 된다. 국수주의 생각에 젖어 있는 도죠와 그의 동료들에게 말이 될 리 없었다.

'탈선'은 그것뿐 아니다. 일본은 그 당시 중국에 대한 군사적 제압에 나서고 있었고 그에 어지간히 성공하고 있던 때다. 그러나 이시와라에게 그것은 무모하고 성공할 수 없는 모험에 지나지 않았다. 그래서 그는 그런 확전擴戰에 반대했다.

그러니까 이건 그 당시 일본의 국시國是에 반하는 반일反日, 반제反帝, 반전反戰이라는 반역적인 기미가 짙은 사상이라고 하지 않기 어렵다. 그에 대한 도죠 측 반격이 격렬했던 건 당연하다. 그러나 그에 쉽게 굽힐 이시와라도 아니었다.

오히려 그는 도죠를 두고 '도죠 죠토헤이上等兵'라 폄하해 불러대는 것을 서슴지 않았다(죠토헤이란 '하찮은 졸병'이라는 뜻이다).

그런 욕설이 도죠의 귀에 들어가지 않을 리도, 그 결과가 무사할 리도 없다. 계급도 위고 거느리고 있는 세력도 월등했던 도죠는 급기야 이시와라의 목을 자르기에 이른다. 이시와라는 그 이듬해인 1938년에는 관동군 참모부장 자리에서 밀려나게 됐고 1941년에는 예편으로 아예 군복도 벗었다.

그게 일본으로서 거대한 자폭自爆이었음은 물론이다. 무엇보다 그것은 이시와라의 큰 구상과 넓은 시야에 대한 도죠의 빈곤한 구상과 비좁은 시야의 승리였기 때문이다.

도죠의 경우, 그것은 일본 국가를 지상의 것으로 내세운 민족주의적인 것이었고 그의 시야 또한 중일中日이나 동북아東北亞라는 한정된 범위를 넘어서지 못했다.

대조적으로 이시와라의 경우에선 양쪽에서 더 넓고 컸다. 오족협화란 우선 민족주의적인 굴레에서 벗어나는 것을 종용하는 것이라는 점에서 그 시야는 시원하게 넓었다. 그리고 그는 사물을 동북아라는 한정된 범위 아닌, 동서양이라는 문화적, 지구적 규모에 놓고 보았다. 그에 대한 판단으로는 동양이 지난 몇 세기 서양에 유린당해야 했던 것은 동양의 상대적 약세 탓이었고 그것을 극복할 수 있는 단 하나의 길은 동양 민족들이 서로 대립하지 않고 힘을 합한다는 데에 있었다. 지금까지만이 아니다. 앞으로도 경생은 동서양 간에 벌어진다. 그의 저서 『세계 최종전쟁론』이 본 전망도 그런 것이었다. 이사와라가 그것을 보지 못한 도죠를 '죠토헤이'라고 깔본 게 무리가 아니다.

이시와라를 '죽인' 도죠의 우거가 없이 만주국이 이시와라 구상에 그대로 맡겨졌었다고 가상해 보자.

만주는 땅덩어리 크기가 일본의 세 배다. 거기 묻힌 자원의 양은 그보다 훨씬 더 많다.

일본이 전후 순식간에 경제대국이 됐다는 말을 했다. 그렇다면 만주의 대국화가 전후 일본의 그것에 비할 바 아니게 더 컸을 건 틀림없었다 해야 한다. 그 대국화라는 것이 비록 경제 면에서만의 것도 아니었을 것이다.

이시와라의 수상기 어디에는 그가 오족협화로 되는 만주를 미합중국 같은 아시아합중국으로 보았다는 것도 있었다. 그 큰 땅덩어리, 그 엄청난 자원, 그 뛰어난 재주덩어리의 오족들을 놓고 본다면 그런 만주합중국이 여러 면에서 미국보다 못할 게 없는 게 아니라 몇 술을 더 떠 그것을 빰칠 정도가 될 수 있음은 충분했다.

지금 이것을 쓰고 있는 순간 『만철조사부滿鐵調査部』라는 제목의 책이 일본 아마존 책 광고로 큼직하게 난 것을 봤다. 만철(만주철도) 조사부는 그 책의 부제가 말하고 있듯 거대 두뇌집단인 '싱크 탱크(Think Tank)'의 원조元祖 중 하나로 손꼽아도 된다. 거기에는 일본의 일급 두뇌들이 대거 몰려들었다. 그 가운데는 당시의 숨 막히는 일본군국주의에 좌절해 있던 좌경 지식인들도 적지 않게 포함돼 있었다.

그들이 수년에 걸쳐 해 놓은 연구 조사는 양, 질 양면에 걸쳐 엄청난 것이었다는 게 중평衆評이다. 전쟁을 하는 도중에도 '중국의 항전능력 조사' 등 문제의 역작들을 남긴 것만으로도 그들의 활동이 얼마나 활기찬 것이었나를 상상하기에 어렵지 않다. 그들이 만주의 개발에 연구 초점을 뒀던 건 물론이다. 국가주도하의 경제개발을 위한 청사진들 역시 그 당시 만주가 가지고 있던 잠재력을 시사해 준다.

그런 역사적인 실험에서 중추적 역할을 하던 이시와라를 도죠 죠토헤이 패거리들이 목을 쳤던 사실이 일본으로서 얼마나 어리석고 비극적인 자살 행위였던가는 더 긴 설명이 필요 없는 일이다. 일본이 급기야는 원자폭탄 세례를 맞고 망해버려야 했던 사실에 비춘다면 그런 느낌은 더하다. 그리고 미국이나 서양 세계로서는 오랑캐로 하여금 오랑캐를 다스린다는 이이제이以夷制夷로도 그 이상 가는 게 없었을 것이다. 안도의 한숨을 크게 내쉴 만하고도 남았다.

또, 박정희의 도시에를 통해 이런 사실을 알게 된 짐과 진이 자기들도 모르게 입에서 "야아, 이런 일도 있었구나" 하는 말이 나오게 된 것도 당연했다.

놀랍지 않다. 만주국이란 그들 사이에 들어 본 사람도 많지 않지만 들어 본 사람이라도 그에 대한 이해란 지난 대전통에 일본 제국주의와 더불어 잠깐 생겼다가 역사의 쓰레기통에 던져져 없어졌다는 것 이상이 아닌 게 보통이다.

만주라는 구상에는 일본으로선 놀랍게도 반일, 반제적인 이상주의적인 요소도 없지 않아 있었고 그것이 하나의 커다란, 그러나 불운으로 끝나버린 역사적인 실험이기도 했다는 것은 그들의 세상이 전혀 모르고 지내 온 사실이었기 때문이다.

그러면서 짐에게 그건 자기라도 '일본 군국주의 밑에서 싹 트다가 짓밟힌 이상주의'라는 것으로 박사학위 논문이라도 쓸 만한 감이라는 생각도 들었다.

# 만주에는 왜 갔나

그 이시와라의 만주로 박정희가 갔었다. 1939년의 일이다.

이시와라를 알고 그를 찾아간 건 아니다. 이시와라는 그 한 해 앞서 도죠에 의해 참모부장 자리에서 밀려나 만주를 뜨고 없었다. 실제 그때까지만 해도 박정희는 이시와라에 관해 아는 것이 없었다.

그가 만주에 간 건 무엇보다 '넓은 세상 구경 한 번 해보자'는 호기에서였다.

그가 사범학교를 졸업하고 시굴 구석에서 소학교 선생 노릇을 하던 나이는 20대 초반, 그는 그대로 그자리에 눌러 앉아 지냈어도 되었다. 선생 노릇으로 밥 세 끼 먹을 수는 있고 한창 나이에 밤이면 여편네 끼고 자면서 살림 꾸려나가면 그것으로도 된 거다. 실제 대다수의 사람들은 그렇게 지냈다.

그런데 이게 사범학교에 다닌 탓이겠다. 언젠가 학교에서 만주 얘기가 나오고 그것이 조선도 일본도 중국도 아닌, 새로 생긴 나라라는 게 좀 신기하기도 했고 지도를 펴 보니까 웬 놈의 나라가 이리도 큰가.

그래서 죽기 전에 구경이라도 한 번 해보자고 간 게 만주 땅이었다.

아닌 게 아니라 땅덩어리 하나 크긴 컸다. 그리고 그게 제 시골 고향과는 딴판인 시끌벅적한 새 천지다. 거기에는 온갖 잡종들이 다 모여 살았다. 중국인, 만주족, 조선인과 일본인 따위 잡다한 민족들이 섞여 살면서 떠들썩했던 것만은 아니다. 마적馬賊, 군벌軍閥, 도둑놈, 전도사, 놈팡

이, 공산주의자, 우익, 재벌, 거지떼 할 것 없이 그 넓은 땅이 좁다 하고 설쳐들 대고 있었다. 이쯤이면 이거 구경 안 하고 지낼 땅이 아니다. 이 넓은 땅 여기저기 돌아다니며 할 만한 구경 다 했으면 싶었다.

그러나 가지고 온 돈 몇 푼으로 그게 될 일이 아니다. 그러면서 끙끙 이속으로 며칠 지낸 끝에 머리에 떠오르는 것이 군대에 들어가 병정 노릇을 한다는 것이다. 그러면 우선 밥 먹는 건 해결이다. 그리고 군복을 걸치고 있으면 이곳저곳 돌아다니게도 될 것이다. 그래서 그는 만주군관학교에 들어갔다. 그게 그의 인생에 그렇게 큰 일이 될 줄은 몰랐었다.

거기서 이시와라를 알게 된 것이다.

앞에서 '이시와라의 만주'라는 말을 썼다. 그 뜻은 다른 게 아니다. 그것은 이시와라가 만주를 떠서 일본으로 돌아간 다음에도 만주는 여전히 이시와라의 만주였다는 것이다.

무엇보다 그에 관한 전설傳說이 살아있었다. 이 전설이라는 게 묘하다. 한 번 퍼지기 시작하면 한없이 퍼지기도 한다. 더 묘한 건 그걸 누가 무슨 까닭에서건 없애거나 눌러버리자고 하면 더 기승을 부린다. 이시와라에 관한 전설도 그랬다. 도죠를 우두머리로 한 군국주의 주류들이 이사와라의 목을 친 다음 그의 흔적을 없애버리려고 하자 무슨 전설적인 인물로서의 이사와라의 소문은 외려 더 걷잡을 수 없는 것이 되어갔다.

능히 그럴 만도 했다. 젊은 세대, 그중에서도 지식층이나 정치적으로 비교적 의식화돼 있는 또래들 간에는 우상 숭배의 버릇이 있다는 건 동서고금을 통해 다르지 않다. 그들은 그럴 만한 인물을 찾아내 하나의 우러러 볼 우상으로 모시고 따른다. 특히 모든 전통적인 것에 반발하는 반골反骨형의 인물이면 그 인기는 자력磁力 같은 힘을 더 한다.

그런 형으로는 이시와라의 모든 게 격에 아주 잘 들어맞았다.

우선, 일제의 그 무서운 전체주의적 통제와 탄압 속에서도 체제 측 국론에 반기를 쳐든 이시와라의 이단적 행위가 사람들의 놀란 눈길을 끈 건 당연했다. 그리고 일본의 국수주의 맹신에 등을 돌린 오족협화 사상에는 일진의 청풍처럼 참신한 맛도 있었다. 누구보다 박정희 같은 처지의 청년에게 이시와라의 파격破格이 주는 충격이나 감명이 각별한 것이었을 건 짐작하기 어렵지 않다.

그처럼 만주군 군복을 걸치고 있는 처지에는 두 가지 영상이 따랐다. 첫째가 만주라는 괴뢰국가와 침략적 일본군국주의에 매달려 사는 하잘것없는 주구走狗. 또 하나가 오족협화에 바탕한 새로운 역사적 실험에 앞장 서는 자랑스러운 역군役軍. 그중 자기 자신을 첫째가 아닌, 둘째 것으로 볼 수 있게 된다고 하자. 그건 단순한 행운 그 이상의 것이다. 그것은 족히 '절망 속에서의 희망, 암흑 속에서의 등불'이라고 해도 지나친 말이 아니다.

박정희에게도 조선인으로서 '식민지의 아들'이란 관념이 언제나 의식 어디엔가는 붙어 다니지 않을 수는 없었다. 그래서 일본군복을 걸치고 있는 그의 심기는 편하기 어려웠다.

그런데 군인으로서의 자신의 입장이 조선이다, 일본이다 하는 민족적 주종主從관계와는 전혀 무관한 것일 수 있다고 해 본다. 그렇다면 그것은 곤혹困惑으로부터의 해방이고 잃었던 자존自尊의 회복일 수 있는 일이다. 박정희는 그렇게 해서 이시와라의 열정적인 팬이 되었다. 그게 놀라운 일이 아니었던 건 물론이다.

박정희는 1939년부터 만주군관학교 생도로서 2년, 일본 육사생으로서 2년 그리고 관동군 견습사관으로서의 현지훈련 몇 개월 등, 5년이 넘는 세월을 보냈다. 그 세월 동안 그가 이시와라적 이단사상에 얼마나 공감, 공명했던가는 그의 도시에에 실린 동료들의 증언들로 역력했다.

되풀이할 것 없이 그런 영향이 박정희에 한정된 것이 아니었던 건 물론이다. 그리고 그런 영향의 폭은 일반적인 상상보다 컸다. 그렇다는 것은 한두 가지 역사적 사건을 통해서도 어렵지 않게 짐작이 간다.

그 당시의 만주에선 소위 '만철조사부 사건'이라는 커다란 사건이 두 차례 있었다. 만철조사부에 있던 좌익분자들을 색출, 숙청한 사건이다. 그 사건으로 그 조사부에 있던 마흔 네 명이나 되는 부원들이 관헌에 잡혀 재판에 걸렸었고 그중 네 명은 옥사獄死까지 하는 불운을 치렀다. 그 두 번째 사건이 일어난 해가 1943년이었다는 사실은 그런 좌경지식인들의 활동이 전쟁 중에도 줄곧 활발했었다는 것을 가리킨다.

그 사건 때문에도 만철조사부는 일명 '좌익분자의 소굴'이라는 별명까지 얻게 되었지만 그 당시 만주에는 소위 좌경 지식인들이 대거 진출해 있었다. 그 동기는 그들이 당시 일본 본토를 덮어 가던 군국주의적 압제로부터의 피난처를 만주 땅에서 찾으려고 몰려든 데 있었다. 그들이 그런 것은 이시와라의 정치적 지향이 꼭 좌경적이었다기보다는 그의 오족협화라는 따위의 사상이 일본을 질식하게 하고 있던 도쿄들의 국수주의적 압제로부터의 이탈이자 그에 대한 보다 바람직한 대안代案일 수 있는 걸로 여겨진 데에 있었다.

그래서 그렇게 모여든 지식분자들은 일명 '지知의 집단'으로도 통한 만철조사부뿐 아니라 만주 각지, 각처에 걸쳐 퍼져 '이시와라적 새 비전'의 '아지프로'에 적극적으로 앞장섰었다. 그 반동으로서의 숙청활동에 걸린 '위험분자' 가운데에 '만주평론'이라는 언론기관 편집인, '협화협회'라는 사회단체 간부 등이 다수 포함되었다는 사실에서도 그들의 활동이 넓은 규모에 걸친 것이었다는 것을 엿볼 수 있다.

이시와라가 떠난 다음 도죠들, 군국주의자들의 어리석음으로 인해 오족협화라는 것도 구한말 때 일본의 '조선독립'처럼 그들 제국주의의 흉계를 눈가림하는 장식물로 전락해버리고 말았지만 그러면 그럴수록 의식층들 간의 '이시와라 신화'는 더욱 줄기찬 목숨을 이어 갔었다. 거기에 박정희를 비롯한 관동군이나 만주군의 청년 장교들 다수가 포함되었던 건 물론이다.

이 같은 내용의 박정희 도시에를 탐독하면서 짐과 진은 박정희에 관한 자기들 나름대로 한두 가지 사실에 유의했다.

첫째, 그가 이시와라의 오족협화라는 구상에 그렇게 크게 공명했다는 것은 그의 사고가 민족주의적인 편협한 틀에서 벗어나 있었다는 것을 뜻하는 것이라고 볼 수 있다는 것이다. 그것은 역시 그의 젊은 시절을 만주에서 보낸 김일성의 경우와는 대조를 이룬다. 김일성은 조선과 일본이라는 틀 속에서 민족의 적으로 본 일본을 반대해 싸웠다. 민족주의적인 열정이고 투쟁이다. 그런 점에서 그는 이시와라의 오족협화라는 초超

민족주의적인 자세와는 궤軌를 같이 하지 않았고 간격도 컸다.

또 하나, 이시와라가 속했던 일본의 관동군은 전통적으로 러시아를 주적으로 한 것이다. 그 러시아가 10월 혁명으로 소련이 된 다음에도 일본은 그것을 여전한 잠재적 적수로 보았다. 거기에 따른 일본의 사상적 기조가 반공적인 것이 아닐 수 없었던 건 당연하다. 소련을 적어도 경계의 대상으로 보는 데선 만주 역시 다를 것은 없었다. 그렇다는 것은 그 반공이라는 것의 구체적인 내용이야 어쨌든 하나의 관념으로선 박정희에게도 그것이 전혀 생소한 것은 아니었는지도 모를 일이다.

그렇다면 박정희가 진영이라는 탈脫민족주의적인 틀에서 움직여줄 가능성을 기대하지 못할 것도 아니지 않나 하는 느낌도 짐에게 들었다.

## 전설과의 대면

박정희의 호의나 협력을 산다는 게 쉬운 일이 아니라는 것을 모르지 않는 짐들은 서울에 오기 전에 본토에서의 훈련 때 배웠던 교과목敎科目들을 충실히 따르기로 했다. 적국인 재활용에서의 작업요령들이다. 우선 상대방으로 하여금 이쪽이 그를 이용하기 위해 서두른다는 인상을 주어서는 안 된다. 그리고 그의 환심을 사고 협력을 얻는 데서의 방편으로서의 첫 번째가 자신을 그의 은인화恩人化하는 작업이다. 그로 하여금 자기를 크게 은혜롭고 고맙게 여기게 하는 일이다.

우선 박정희를 소정의 재판과정을 거치게 하는 것은 그 방편으로 쓸 만한 것이라 생각되었다. 그래서 그들은 박정희의 군사재판 제1심이 있던 1948년 2월 8일을 일주일 앞둔 날 박정희를 8군 의료병원에서 서대문 형무소로 되돌려 보냈다. 왜 그를 의료병원으로 데려갔었고, 왜 지금 그를 다시 형무소로 돌려보내는지 등에 관한 설명은 그에게 일체 해주지 않았다.

무슨 영문인지 모르면서 서대문 형무소에 다시 갇히게 된 박정희에게 그 형무소는 처음보다 더 끔찍한 지옥이 아닐 수 없었다. 그랬던 하나의 까닭이 용산 8군에서의 꿈같은 경험 탓이었다. 사람이 사는 세상에 어쩌면 이렇게 딴판의 것이 병존할 수 있다는 건가. 그러면서 만주시대의 '좌경 활동'까지 불라고 대드는 김창룡의 고문도 또 있겠구나 하는 생각도 들어 소름이 자꾸 끼쳤다.

그러다가 그 재판 제1심에서 박정희는 남로당에 가입하고 국가변란을 획책한 죄과는 국방경비법 제18조 등에 위반되는 것이어서 죽어 마땅하다는 판결을 받는다. 그런 판결이 박정희에게 의외일 건 전혀 없었다. 춘천에서 다같이 소속돼 있던 연대의 연대장 최남근 중령, 부연대장 이상지 소령, 일본 육사 1년 선배인 김종식 중령 등이 다들 벌써 사형을 당해 죽었다. 자기는 그들보다 당원으로선 위인 군사책이었다. 그렇다면 죽지 않을 도리가 없었다.

그러면서 감방 추위에 냄새 고약한 모포를 뒤집어쓰고 있는 박정희의 머리에 지금 자기가 바라고 있는 것이 한 가지 있다는 생각이 스쳤다. 그것은 이왕 피할 수 없는 죽음이라면 그의 동료들처럼 처참한 죽음보다는 지금 빨리 자신의 손으로 죽을 수 있으면 좋겠다는 것이었다. 그러나 어디를 보나 그런 자살을 할 수 있는 길은 보이지 않는다. 그리고 간수들의 감시도 지시 때문인지 빈틈없이 엄했다.

그런 악몽 같은 나날이 지나고 나흘째 되던 날이다. 생각조차 못하던 방문객이 그의 감방으로 찾아 왔다.

김정열. 그는 박정희의 일본 육사 선배여서 국군에 입대 후에도 줄곧 가까이 지내온 사이다. 얼마나 반갑고 고마웠는지 모른다.

그래서 그 둘은 간수들이 들여다 준 탁자를 끼고 마주 앉아 한참 동안 묵었던 회포를 풀었다. 그런 다음 김정열은 그동안 그가 육군참모총장을 비롯해 군 수뇌부를 다 찾아다니며 박정희의 구명을 호소해 봤으나 결국 죄다 허탕일 수밖에 없었다는 것을 털어 놓아야 했고 그러면서 침울하고 딱하기 짝이 없는 자신의 심정을 어찌할 줄 몰라 했다.

그 모습을 보면서 오히려 박정희 쪽에서 김정열에게 "어쩔 수 없는 일입니다. 너무 심란해 하지 마십시오. 저로 인해 그런 어려움을 당하신 것 죄송합니다"라고 해 놓곤 말을 이었다.

"선배님. 이런 어리석은 말을 드려도 될 일인지 모르겠습니다. 그렇지만 제가 지금 하도 절실하게 느끼는 것이어서 염치 무릅쓰고 말씀드립니다. 제가 지금 원하고 있는 게 하나 있습니다. 그건 제 손으로 제 목숨 끊을 수 있으면 좋겠다는 것입니다. 그럴 수 있게 선배님께서 도와주실 수 있으시겠습니까?"

이에 무어라 대답할 수 있는 처지가 아닌 김정열은 아무 말 없이 그저 박정희의 손목을 꽉 잡고 한참 동안이나 묵묵히 서 있다가 발을 돌려 밖으로 나갔다. 박정희에게 그건 육사 선배와의 이 세상에서의 마지막 인사였다.

그러고 열흘이 지난 추운 2월 아침이었다.

잠이 깨는 둥 마는 둥하고 있을 때 "박정희!" 하는 간수의 질그릇 깨지는 목소리에 눈을 뜨자 두 명의 간수들이 문을 열고 들어오면서 "옷 입어!" 한다. 언제나처럼 호령이고 명령 식이다. 그러면서 박정희 머리에 떠오른 게 이제 갈 때가 됐다는 거로구나 하는 것이었다. 이게 바로 '이슬처럼 사라진다'는 거로구나 하는 생각이 제 일이 아닌, 마치 무슨 영화 속에서 보는 남의 일인 듯한 느낌이기도 해서 이게 형장에 끌려 나가는 사형수의 심정이라는 것인가 했다. 이제 형장에 나간다는 것 외에 감방 밖으로 끌려 나갈 까닭이란 없었다.

그래서 두 간수들에 끌려 밖으로 나가자 이들이 박정희를 마당에 정거해 있는 지프로 데려가 그 속으로 들이밀며 태운다. 어디 형장이 바깥에 따로 마련돼 있어서 거기로 끌고 나간다는 거냐 하는 생각을 하며 좌석에 주저앉자 거기에 헌병 둘이 따라 들어와 앉고 이내 차가 형무소 밖으로 떠난다.

그리고 길이 서대문, 서소문, 서울역을 지나 뻗어 나가는 것이 한강 쪽으로 가는 게 분명하다. 한강 백사장이 사형장 노릇을 한다는 것도 언제 어디선가 들었지, 아마? 하여간 이 사람 세상 모습 더 볼 거 없다는 생각도 들어 박정희는 눈을 감아버리고 숨을 안정시키려 했다.

그러다가 차가 정거하고 헌병들이 "내리시오" 해서 눈을 떠 보니까, 이건 또 뭐냐. 여기가 얼마 전에 왔었던 그 용산 기지다. 그리고 그는 헌병들에 호위되어 한 별채 이층집으로 인도되었다. 그리고 그 현관에 발을 들여놓자 그를 거기서 마중하고 있는 것이 이게 또 누구냐. 그 '범이'였다.

이건 지금 내가 꿈을 꾸고 있거나 무슨 귀신에 홀리고 있는 게 분명하다. 이런 일이 정말일 수 없다. 그러면서 눈앞이 깜깜해지는 듯한 박정희는 그저 왈칵 범이의 몸을 부둥켜안고 아무 소리도 하지 못하고 한참 동안을 서 있었다.

얘기를 이런 식으로 더 해 나가면 흥행 삼아 억지로 꾸며대는 것으로 안 볼래야 그러기 어렵다. 그러니까 이런 얘기는 더 이상 길게 하지 않겠다. 다만 한 가지, 그때 박정희가 다다른 그 집은 짐들이 소유하고 운영하는 소위 안가安家의 하나였다.

그 순간이 박정희에게 생지옥으로부터 천당으로의 돌연변이었다는 말까지 하면 그것도 싱겁다. 그러니까 그런 류의 얘기도 그만 두자.

그렇지만 하나만은 더 해놓는 게 좋겠다.

박정희가 다시 그 안가로 옮겨지고 닷새째 되던 날이다. 짐이 다시 얼굴을 나타냈다. 그런데 이번에도 그는 이 만화책에나 나올 법한 일들이 무슨 영문으로 일어나는 일들이냐에 관해 한마디 설명도 없었다. 짐이 무언지사면 박정희도 워낙 말이 적은 편으로 통해 온 터다. 그래서 그도 입을 열지 않았다.

짐은 다만 박정희에게 어디 갈 데가 있다고 해서 따라 나와 차에 타자 차는 기지에서 얼마 되지 않은 여의도로 달려가 멈추었고 거기에는 녹색 경비행기 한 대가 기다리고 있었다. 거기서 그들을 맞는 조종사는 짐과 박정희 그리고 조영주라는 한국인 셋을 비행기로 안내했다. 비행기를 타는 거니 형무소로 다시 가는 건 아닌 것 같은데 도대체 하늘로 날아 어딜 간다는 건가.

그러다가 공중으로 붕 떠오른 비행기가 한참 가더니 밑으로 바다가 보인다. 지금 바다를 건너고 있다면 이게 일본으로 날아가고 있다는 것이겠다. 왜 이 자들이 나를 난데없는 일본으로 실어 나르고 있다는 건가. 그렇게 급유를 위해 땅으로 한 번 내려앉았다가 다시 날아 한 시간쯤은 더 갔을까. 비행기가 끝내 내려앉은 곳은 도쿄 근교의 하네다 비행장이었다.

거기서 이미 연락이 다 마중 나온 자동차에 실려 시내로 들어가면서 창밖으로 내다본 도쿄 거리는 아직도 전쟁 때 부서진 꼴들이 남아있었고 박정희가 육사생도 때 보고 다니던 것과는 사뭇 달랐다.

그런 끝에 차가 머문 곳은 이상하게 옛 그대로의 모습인 그 이름난 데이고쿠帝國호텔이었다. 그 호텔로 들어가 일행은 이층의 한 큼직한 방으로 안내돼 들어갔다. 거기에는 한 늙수그레한 일본인이 다른 두 사람과 앉아 그들을 기다리고 있었던 듯이 보였다. 이내 양쪽은 일어서서 서로 인사와 소개를 교환했다. 거기서 일본말의 통역은 서울에서 같이 온 조영주란 사나이가 맡았고 그는 일본 노인과 잘 아는 사이로 보였다.

여기서 또 한 번 가공의 소설에도 나옴직하지 않는, 그러니까 도대체가 그럴 듯하지도 않는 얘기를 하게 됐다. 거기서 박정희 일행을 맞아 준 그 일본인 노인이 박성희에게는 '뜻밖의 사람'이라고 할 때의 '뜻밖의'라는 표현으로는 모자란다. 이게 도대체가 있을 수 없는 일이어서다.

그 노인은 대체 누구였나.

그가 다름 아닌, 그 지난날, 박정희가 그저 하나의 전설로만 들어서 알던 이시와라였다.

제2부

# 박정희 쓰기

미국이나 짐이 박정희를 죽음에서 살려낸 것은 그들이 인도주의자여서 그런 건 아니다. 그렇게 하는 것이 자기들에게 이로울 수 있으리라고 여겼기 때문이다. 좀 더 막말로 하면 언젠가 '써 먹을 수' 있을 거라고 생각되어서였다.

실제 일은 그렇게 됐다. 그렇게 살아 나온 박정희는 끝내 큰일을 한다. 우리가 보아온 대로 그는 5·16군사 쿠데타를 일으켜 한국의 역사를 바꿔놓았다. 그건 미국 입장에서도 커다란 성공이었다. 이미는 미국이 지난 세계대전 후 세계 어디에서도 보지 못했던 희귀한 성공 사례라 해도 될지 모른다. 미국은 자신의 대외 간섭주의 정책 비판자들에게 곧잘 그 반론으로 이런 말을 한다

'오늘의 한국처럼 성공한 예를 다른 데서 본 일이 있느냐'고. 없으면 더 이상 미국을 두고 '가타부타' 할 일이 아니라는 것이다.

그에 대한 시비야 보는 시야에 따라 다를 수도 있겠다. 그러나 누구나 다 알아줘야 할 것은 미국이 자기 소기의 목적을 이루기 위한 노력에서 끈질기고 억척스러웠다는 것이다.

박정희가 죽을 뻔하다 살아나고 그런 다음 쿠데타로 정권을 잡기까지에는 13년이 걸렸다. 그들은 적어도 10년 이상 앞을 내다보며, 그리고 그 짧지 않은 세월을 꾹 참고 앉았다가 일을 해내는 눈이나 뚝심이 있었다는 얘기다.

말할 것도 없이 죽을 사람을 살려낸다든지 그를 써서 정권을 엎어버리게 한다든지 하는 따위의 일은 지하공작을 통해서 하는 일이고 그런 걸

통해야만 할 수 있는 일이다. 그런 것을 하는 것이 일명 '보이지 않는 정부', '심층국가'라는 것으로 통하는 비밀 첩보기관들이다.

지금 이 글을 쓰고 있는 순간 한 인터넷 통신은 미국 상원의 중진의원이자 대통령 후보 노릇도 했던 정계 중진이 "그런 첩보기관 없애버리자"고 했다는 소식을 전하고 있다.

아마 없어지지 않을 것이다. 그런 소리는 예전부터 있어 왔지만 지금까지 실현된 적 없고 앞으로 실현될 가능성도 적다. 무릇 국가라는 것에는 그런 것이 필요하기 때문일 것이다. 하여간 그런 것이 있어서 국제 정치라는 것이 적어도 따분하기만 하지 않은 구경거리가 된다는 것에는 틀림없겠다.

그래, 그런 구경 좀 더 하고 가자.

# '무다無駄'를 말거라

짐이 박정희와의 도쿄행을 결정한 것은 우선은 제 욕심 때문이었다. 일본에도 이런 기괴한 인물이 있었다는 것을 박정희의 도시에를 통해서 읽으면서 도대체 어떻게 생긴 인물인지 얼굴이라도 한번 보고 싶었다. 동경 G-2의 가토 기관은 그가 아직도 살아있다고 했고, 그래서 짐은 그 자리에서 그를 만나게 해달라는 회신을 보냈었다.

그런 전설적인 인물의 육신을 눈앞에 놓고 보고 싶은 제 호기好奇가 먼저였지만 거기에는 박정희에 관한 사료도 물론 있었다. 박정희가 만주에서 청년장교로 지내던 시절, 그가 존경할 만한 인물로 치던 이시와라를 만나게 해주는 것이 그에게도 좋은 일일 게 틀림없다. 게다가 짐으로선 지금 박정희의 호감과 우의를 사는 게 큰일이다. 만일, 이사와라와의 면담에서 그가 박정희에게 삶의 의욕을 바람직한 방향에서 북돋아 준다면 그건 큰 득이라 해야 한다. 그리고 카토 기관의 사람들 역시 박정희와 이시와라를 만나게 하는 것은 뜻 있는 일일 수 있고 실제 그렇도록 힘써 보기도 하겠다는 의향이기도 했다. 그래서 도쿄행을 결심한 것이다.

그렇게 모처럼 이루어진 면담이었지만 실제 서로 얘기할 시간은 그날 오후의 차 시간(Tea Time)인 두 시간 동안에 한정된 것이었다. 그런 제한은 이시와라 측근 쪽의 요청에 의한 것이었고 그것은 노쇠한 이사와라의 몸을 고려한 것으로 알았다. 실제 박정희(당시 31세)보다 28세나 위인 이시와라(당시 59세)는 그 이듬해 여름 폐수종과 방광암 등으로 세상을 떠났다. 그러나 짐들이 그를 찾았을 때에는 그의 정신만은 맑았다.

일본차와 과자를 놓고 주로 박정희와 이시와라 사이에 있었던 대화는 물론 만주시대를 놓고 한 것이었다. 박정희도 대화를 일본말로 했다.

그 대화에서 이시와라는 자기 생애에 관해 그가 만년에 이르러 가져온 하나의 커다란 후회에 관해 이야기했다. 그건 만주국에 관한 것이었고 그 알맹이는 이랬다. 이미 본 대로 이시와라는 도죠와 맞서 싸우다가 만주에서 밀려났고 군복도 벗었다. 그런데 그게 무엇보다 그가 젊었을 때의 호기豪氣 탓이었고 그래서 그는 그것을 크게 후회하게 되었다는 것이다. 사실 그렇기보다는 하다못해 간계奸計를 써서라도 만주를 잃게 하지는 않았어야 했다는 것이 그의 뒤늦은 후회였다. 그저 젊은 패기로 모든 걸 훨훨 벗어 던진 것은 만주국을 만들었을 때까지의 자기 자신과 그의 동지들의 노고勞苦 그리고 많은 사람들이 만주국 장래에 걸었던 꿈과 기대를 헛되게 해버렸다는 술회이기도 했다. 그러면서 그는 그것이 "무다데시다(낭비였다)"라는 말을 거듭했다.

그렇게 자기 자신의 실책이라는 것을 말하면서 이시와라가 시사하려던 은유를 박정희가 감지하기는 어렵지 않았다. 그것은 자기의 꿈이나 뜻하는 바가 실현될 수 있는 기회가 있으면 만사 불구, 꼭 붙들어 놔야 한다는 것이다. 무릇 무엇을 할 것인가의 판단은 자기가 지향하는 바의 가치에 두고 할 것이지 자신의 호기나 감정에 따라 할 것은 아니라는 말도 했다. 그러고 보면 그 지난날 그와 그의 젊은 동료들이 이시와라 이상의 좌절에 느꼈던 실망으로 쳐서도 지금의 이시와라의 후회가 까닭 없는 게 아니라는 것을 박정희도 느낄 수 있었다.

그 말을 옆에서 듣고 있던 짐도 이 살아 있는 전설과 한마디의 대화라도 나누고 싶었을 것이다. 그는 이시와라에게 "그 당시 온 일본을 덮치고 있던 군국주의적인 분위기로 봐서 도죠가 있건 없건 이시와라적 실험이 성공할 가능성은 적지 않았는가?" 하고 질문을 던졌다.

이에 대해 이시와라는 "그렇다"고 즉시 대답하면서, 그러나 그의 후회는 가능성이라는 것을 두고 한 것이기보다는 자기 소신의 깊이에 관한 것이었다고 설명했다. 자기 신념을 너무 일찍 버린 것이 후회라는 것이었다.

그 엄청난 전설적 인물이 이제 자기의 모자람을 나무라고 있는 게 짐이나 박정희에게는 좀 이상스럽게 느껴지기도 했지만 그들 간의 대담은 그걸로 끝내야 했다. 그러나 그들 둘에게 전설로만 알던 이시와라를 살아 있는 육신의 몸으로 보며 이야기를 나누었다는 사실이 여전히 뜻밖의 기적 같은 것으로 여겨져 흐뭇했다. 그것이 그들이 서로 얼굴을 맞댄 처음이자 마지막이었던 건 물론이다.

그리고 짐 일행은 곧장 다시 같은 비행기로 서울로의 귀로에 올랐다.

비행기가 일본열도의 서남, 시고쿠四國 지방 위를 날고 있을 때다. 눈 아래 보이는 푸른 수목들에 덮인 산천 모습은 퍽 아름다웠다. 그러자 짐이 박정희를 향해 엄지손가락을 위로 치켜 올려 보이는 것이었다. 그 뜻이 무엇이었던가는 박정희에게 금세 분명해졌다. 얼마나 아름다우냐, 사람이 살려면 환경을 저렇게 차려놓고 살아야 하는 게 아니냐는 것이다. 그것은 서울에서 도쿄로 향할 때 내려다보던 한국 땅의 처량한 모습과의 대조를 두고 하는 것인 게 분명했다. 사실, 비행기가 현해탄을 다시 건너 우리 영공에 들어서자 가도 가도 눈 아래 이어지는 산천 모습은 헐벗고 황폐해져 있었다. 그걸 내려다보는 짐이 이번에는 엄지손가락을 밑으로 내리면서 얼굴을 찡그린다. 어쩌자고 이런 꼴인 게 한국인가 하는 것이겠다.

그러면서 박정희 머리에 무슨 울화처럼 치솟은 것이 이런 생각이었다. 아니, 이게 어찌된 일이냐. 일본은 전쟁에 조각이 나버렸다는 패전국이고 우리는 춤을 추게 기쁜 해방을 맞았다는 나라다. 그런데 지금 하늘에서 내려 보이는 산야의 꼴은 헐벗고 굶주려 길바닥에 자빠져 있는 거지 꼴이다.

산을 푸르게 하려면 거기에 나무를 심으면 된다. 얼마나 쉽고 할 만한 일인가. 안 하면 강제로 시키면 된다. 그런 강제는 스탈린식으로 해도 나쁠 거 하나도 없다. 그러면 몇 년이면 산천은 푸르러진다.

그리고 또 하나 머리에 떠오른 생각은 이랬다. 자기 어렸을 때 꼴이 꼭 저 밑에 보이는 산천 모습 그대로라는 것이었다. 어머니는 학교 가는 제 아들에게 변또밥(이라고 도시락을 제대로 되지도 않는 일본말로들 그랬다)을 싸주지 못하는 것을 가슴 아파하셨다. 그리고 가끔 부엌 구석에서 고개를 숙이고 훌쩍거리기도 하셨다.

그러면서 아까 만났던 이시와라 생각이 머리를 스쳤다. 그는 만주라는 그 끝없이 넓은 땅덩어리 위에 국가라는 것을 만들어 세웠었다. 한국이란 그것에 비하면 조막만 한 것이지도 못하다. 거기에 있는 산 하나 푸르게 만든다는 게 어렵다는 거냐?

그러면서 왈칵 머리에 일어난 생각이 그렇게 해보고 싶다는 것이었다. 그리고 그러기 위해 살고 싶었다. 이 땅에 있는 산이 지금처럼 헐벗은 채로 있는 걸 한 평도 없게 한다. 또 있다. 이 땅에 사는 애들이라면 학교에 변또 못 싸가지고 가는 애가 하나도 없게 한다. 딴 것 다 그만두고 이 두 가지 일만 할 수 있다면 그게 얼마나 보람찬 일인가. 박정희는 가난에 찌혀 살던 어머니가 저를 배었을 때 애가 또 하나 나오면 먹여 살릴 길 없어 그걸 낙태落胎해 버리려고 장독대에서 뛰어내려 보기도 했다는 소리를 들었다. 그런데도 어떻게든 태어난 이 목숨이 생전 이 두 가지 일을 해 놓을 수 있다고 해보자. 그러면 그 목숨 하나 이시와라 말마따나 '무나'로 낭비한 게 아니라고 할 수 있는 일이다.

무엇보다 그건 상희 형님이 바라는 것이기도 할 게 틀림없다. 어느 점심 때 그가 소학교 교실에서 고픈 배를 달래며 앉아 있었을 때였다. 뜻밖에 교실로 머리를 들이민 상희 형님이 아무 말 없이 어디서 얻어 온 주먹밥 한 덩이를 자기에게 안기고 갔었다. 춘천부대에서 형님이 대구에서 총에 맞아 죽었다는 소식을 들었을 때 박정희는 그 주먹밥 생각을 하면서 소리를 내어 울었다. 그 주먹밥은 가난해서 점심밥조차 못 먹는 애가 없었으면 하는 형님의 염원이었음에 틀림없다.

그렇다면 '이 세상에 점심 변또 못 싸가지고 가는 게 한 놈도 없게 한다'는 것은 상희 혐님의 절실한 바람이었을 것이다.

무슨 주의다 하는 걸로 지금 우리 둘레에서 사람들이 서로 죽이고 죽는다. 자기도 어쩌다 그런 걸로 지금 죽을 몸이 돼 있다. 그러나 까놓고의 얘기가 내겐 무슨 거창한 주의나 사상이라는 것이 필요할 게 없다. 꼭 있어야 한다면 그건 그 변또밥이라는 것만으로 족하고도 남는다. '헐벗은 산이 한 평도 없게 한다'는 것은 하나의 개평으로 끼워 넣어 주면 되는 거고.

짐이 죽을 몸이던 자기를 살려내고 지금 여기 일본까지 같이 와서 이시와라를 만나게 하는 꼴이 자기를 언제 어떤 뭐로든 이용해볼까 하고 있는 꿍꿍이 속임에 틀림없다. 그 이용이라는 것이 어떤 것이건 좋다. 그러나 그것이 나에게도 나의 바람이나 꿈을 실현하기 위한 수단이 될 수 있는 거라면 거기에 기꺼이 응하겠다. 그런 꿈을 무슨 주의고 사상이라고 불러도 상관없다. '상희주의'라고 해도 나로선 만족하고 자랑스럽다.

이시와라도 기회가 생기면 붙잡고 '무다' 하지 말라고 했었지. 그건 바로 상희 형님이 "나처럼 덧없이 죽지는 말거라" 하신 것과 똑같은 말이다.

그런 생각을 하면서 하늘을 날아가던 박정희는 그런 '사상'을 갖게 된 것만으로도 이번 일본 여행은 값어치 있는 것이었다고 여겼다.

# '음지陰地 장군'

'음지陰地 장군'이라고 써 놓은 것을 보고 독자가 이게 무슨 말인가 했으면 그건 당연하다. 누가 어디서건 이런 말 쓴 일 없다. 자판을 치면서 그저 내 머리에 떠오른 것을 그대로 옮겼을 따름이다. 무슨 뜻으로 그런 말이 나왔다는 건가.

거기에 대한 설명부터 간단히 하고 시작하자.

여기서 장군이란 박정희를 두고 한 말이다. 알다시피 박정희가 5·16을 일으킬 때에 이르러선 별을 어깨에 두 개나 달고 있었다. 그건 여기서 써 나온 것처럼, 그가 1948년(그러니까 5·16부터 따지면 그저 10여 년 전이다), 남로당으로 잡혀 우선 입고 있던 군복부터 벗어야 했던 것에 비춰본다면 놀랄 만한 변신變身이라 하지 않으면 안 된다. 그건 아무한테나 있을 수 있는 일이 아니다.

왜 그런 것이 가능했는가에 관련해서 나오는 게 그 음지라는 말이다.

이에 앞서 '미국에는 눈에 보이는 것, 보이지 않는 것 두 개의 정부가 있다'는 말이 나왔었다. 그런 말로 시작되는 책이 1964년 선을 보였을 때 세상 사람들은 놀랐다. 그건 보통 사람들이 미처 생각지도 못한 일이었기 때문이다. 그래서 그 책은 세계적으로 적지 않은 이목을 끌었고 지금도 미국의 편모를 그린 하나의 고전으로 친다.

그러나 한 나라에 그런 두 개의 정부가 있다는 건 따져보면 놀랄 만한 발견일 것은 없다. 가시可視, 불가시不可視, 양지陽地, 음지陰地에서 노는 두 개의 정부가 있다는 게 어디 미국에서만의 일인가. 대한민국도 그렇고 조선민주주의 인민공화국도 그렇고, 국가면 다 닮았다. 그건 국가의 경우에서만도 아니다. 무슨 기관, 기업체, 하다 못해 각 개인들에 이르러서도 그들 생활이 겉으로 나타나 있는 양 부분, 속으로 감춰지는 음 부분으로 나뉜다는 것은 우리 자신을 생각해보더라도 알만한 일이다. 그건 해가 비치면 거기에 양지와 음지가 생기는 것과 같다. 그래서 음이고 양이고 선악善惡, 우열優劣로 구별해볼 일도 아니다. 다 그렇게 돼 있는 게 세상이고 자연이다.

이미 본 대로 박정희가 남로당이라고 해서 소정 군법에 따라 사형을 구형받았던 건 '눈에 보이는 정부'가 '정상적'으로 행동한 결과다. 그것이 계속 그러기만 했으면 박정희가 사형당했어도 이상할 건 없다. 그러나 '눈에 보이지 않는 정부'는 '비정상적으로' 감형 처분해 그를 자유의 몸으로 풀어주었다.

그랬던 이유가 우리가 지금까지 보아온 대로 음지에서 움직이던 미국 정부가 박정희라는 하나의 인물 안에서 그들에게 국가적인 이익이 될 수 있는 '자산'으로서의 값어치를 본 때문인 건 되풀이할 게 없다.

그 당시 미국 대외정책 전개에서의 초점은 자유진영을 이끄는 영도국으로서 소련의 공산진영에 대항한다는 데에 놓여 있었다. 한반도 내에서의 일들도 그런 지구적 규모의 관점에서 정해졌고 그런 결정이나 집행이 흔히는 음지에서 이루어졌다는 게 이상한 일이지도 않았다. 박정희 같은 특정 개인의 처리에서 역시 다르지 않았다. 그런 점에서 박정희가 특정한 시기, 음지의 미국정부, 그리고 그것을 현지에서 대표하고 있던 짐과 만났다는 것은 우연이었지만 결과적으로 그 자신과 그의 생존으로 혜택을 입은 사람들에겐 큰 행운이었다.

그러니까 그가 군사재판 제2심에서 감형되고 이어 형 집행정지로 풀려나온 것은 이미 단순한 형식적 절차에 지나지 않았고 곧 그가 미국과 밀접히 연결되어 있던 육군본부 정보국에 소속돼 일을 보게 된 것도 의외일 건 전혀 없다. 그 후 그의 군에서의 경력도 순풍에 돛단 듯했나. 죄수의 몸에서 그저 십 년 남짓해 별을 단 장군이 된 것은 다 음지적 작용덕이기도 했다면 그에게 '음지의 장군'이란 칭호를 달아준다고 해서 어색하거나 엉뚱할 것은 없는 일이다.

짐과 그 일행의 도쿄까지의 여행이 이시와라와의 한 번의 대면, 한 잔의 차, 그리고 "무다하지 말길"이라는 한마디의 말로 그쳐버린 것은 박정희와의 모처럼의 회우치곤 얼핏 좀 싱거웠다. 그러나 그 만남을 마련했던 짐에게는 그 뜻은 대단히 컸다.

어떤 개인을 새 세계, 새 길로 인도를 하거나 그것을 하나의 사건으로 기념하는 의식을 흔히는 '시발식(Initiation Rite)'이란 말로 표현한다. 짐이 박정희를 그 긴 여행에 인도한 것도 짐으로서는 자기 세계로의 박정희의 합류를 기념하는 그런 의식으로서의 뜻을 가진 것이었다. 무엇보다도 그가 박정희와 이시와라를 서로 만나게 해주고 싶었던 동기가 박정희로 하여금 '생生의 의욕'을 갖게 하자는 데 있었다는 점에서 짐으로선 그들의 도쿄행은 성공으로 여겨졌다.

짐 자신을 위해서도 그랬다. 이시와라라는 인간이나 그의 사상에 대해 다같이 느꼈던 호감이나 호기는 짐과 박정희에게 언제든지 흥미로운 공동의 화젯거리를 가져다주는 호재好材가 되고도 남았다.

앞에서 잠깐 본 것처럼, 지知의 집단으로 통한 만철조사부 지식인들의 이상주의라는 것을 주제로 한 학술 논문을 쓰고 싶다는 짐의 순간적인 꿈이 실제 실행으로 옮겨졌는지의 기록은 없어 모른다. 그러나 짐과 박정희 그리고 짐의 이목구비 역할을 하는 진 등 셋이서 시바스 리갈 병을 뜯어놓고 이시와라 얘기에 밤새는 줄 몰라 했다는 흔적은 많았다.

그러는 동안 짐은 여러 방면을 통해 그것에 관련된 적지 않은 양의 서적들을 모아 들여왔고 박정희를 위해서도 그의 도쿄 연락망을 통해 일본어로 된 것을 수없이 구해 그에게 전해주었다.

그들이 어느 날, 이시와라의 관동군이 1931년 9월에 만주사변을 일으켜 그 넓은 땅을 군사적으로 정복한 다음 단 6개월 만인 1932년 3월 1일, 만주국의 성립이라는 정치적인 정복까지를 곱빼기로 해낸 묘기妙技라는 것을 화제로 해 하루 저녁을 술타령을 겸해 지내고 난 밤이다. 짐이 지나가는 말로 한마디 하고 넘어갔던 것이 나중에 난데없이 고개를 처들어 박정희는 오랫동안 밤잠을 설쳐야 했다. 짐이 그랬겠다. "이시와라의 아이디어나 재주를 박정희라고 모방 못할 일이 아니지 않느냐"고. 이건 나보고 한 판 벌여보자는 얘긴가. 짐이 그런 말을 했을 때 박정희는 "아니, 그럴 생각이 있으면 왜 그걸 이시와라 식으로 해야 한다는 거냐. 내 식대로 하는 거지" 하고 웃으며 넘겨버리고 그 이상의 생각도 얘기도 더 하지 않았었다. 아무튼 그들 사이는 그쯤의 얘기도 나눌 만큼이 되어가고 있었다.

그들과 헤어진 다음, 밤중에 오줌이 마려워 일어났다가 냉수를 한 잔 들이켜고 술기가 좀 깬 다음이다. 하나의 생각이 갑자기 무슨 망치로 머리를 때리는 듯해서 박정희는 정신이 바짝 들었다. 아까 짐이 '이시와라를 모방'한다느니 하던 말이다. 그에 대해 자기는 자기대로 '그럴 생각'이니 '나대로'니 하는 말 따위를 했었다. 그 말들의 뜻을 그땐 별 생각하지 않고 그저 입에서 나오는 대로 해 놓았었다. 그런데 이게 지금 따져보면 모두 다 맹랑하기 짝이 없는 소리들이 아닐 수 없다.

이시와라를 모방한다고? 남의 땅에 가서 전쟁을 하고 거기다가 국가라는 것을 세우고 거창한 거사를 벌였던 것이 이시와라였다. 그러니까 그를 모방하라는 건 그 비슷한 일을 여기서도 한바탕 벌여보자는 건가. 자기가 한 '그런 생각'이라든지 '내 식' 운운한 것도 마찬가지다. 그저 입에서 굴러 나온 거지만 그 말들의 뜻도 씹어보면 한바탕의 거사라는 것을 무의식중에나마 머리에 두고 한 말이었던 것도 틀림은 없다. 그러니까 짐이나 자기가 그동안 꿍꿍이속으로 품어온 '한바탕의 거사'의 꿈이 이제 슬슬 그 본색을 드러내고 있다는 건가.

아니라고 할 도리가 없었다. 그래서 잠이 오지 않았다.

박정희가 짐의 도움으로 죽음의 문턱에서 빠져 나온 다음 그들의 잦은 대화가 현 시국에 관한 것이고 체제적 불안에 관한 우려 섞인 것인 적도 드물진 않았다. 그러나 화제가 그러한 사태를 바로잡기 위한 무슨 모사謀事라는 데에 이르는 일은 없었다. 다만, 큰 거사를 치렀던 이시와라의 용기와 지략에 매혹됐던 그들 머리 어디 한구석에 여차했을 때 한 깃발 올린다는 생각이 없지 않았다는 것은 서로 간 알만 했었다. 더더욱 공작 세계에 뿌리를 내려놓고 있는 짐의 일을 모르지 않는 박정희로서 언젠가는 그런 일이 그들 간에 '본격적인' 관심사로 벌어질 것이라는 것은 상상 외의 일은 아니었다.

이쯤에 와서도 앞에 내건 '음지'라는 말에 좀 거리낌을 느끼고 있을 독자들도 있을 것이다. 아닌 게 아니라 음지란 어감이 좋은 것이진 않다. 그렇지만 생각을 이렇게 해볼 수도 있다. 박정희를 우리 역사에 있게 한 것은 눈에 보이지 않는 음지에서의 미국이었다. 그게 양지만의 것이었으면 박정희는 1948년에 죽었다. 그리고 우리 역사는 그만큼 가난했을 것이다.

그리고 역사란 그렇게 그늘에서 많이 쓰인다는 것도 분명한 일이다.

# 케네디의 악몽

미국 역사상 최연소 대통령이 된 케네디가 미국 사람들의 커다란 기대와 인기를 한몸에 모으면서 지내던 세월 속에서도 1961년의 여름만은 악몽 같은 것이었을 것이다. 카스트로와 쿠바 때문이다.

그해 4월, 쿠바의 그 유명한 '돼지들의 해변(Bay of Pigs)'의 참사는 정말 막말로 한다면, 케네디 개인과 미국이라는 국가의 얼굴에 똥칠을 한 것이었다.

쿠바의 카스트로 정권을 엎어버린다고 그 나라에 쳐들어간 것부터가 국제적으로 떳떳한 일이지는 않았다. 뿐만이 아니다. 쿠바 망명객들을 모아 미국이 훈련시켜 보낸 '반혁명군'이라는 것이 그 돼지들의 해변에 상륙을 하곤 제대로 싸움 한 번 해보지도 못하고 카스트로 군대에 정말 돼지들처럼 모조리 도살을 당하고 말았다. 꼴불견도 그만하기 어려웠다.

사실, 이 쿠바문제는 그 돼지 바닷가의 참사에 2년 앞서 카스트로가 이끄는 '반도'들이 미국이 뒷받침해 온 군사정권을 엎어버리는 데 성공했을 때부터 미국으로선 목구멍의 가시 같은 존재가 되어왔었다. 쿠바는 바로 미국 문턱이라고 할만 한 곳이고 오랜 세월 미국의 안마당쯤으로 여겨져 온 터전이다. 그런 자리에 떡 하니 공산 정권이 들어서다니! 그건 대국인데다가 자유세계를 이끄는 나라로 자처해온 미국으로서 견딜 수 있는 일이 아니다. 그래서 카스트로는 미국의 '죽일 놈 명단(Kill List)'의

제1호가 되어 왔고 실제 그를 죽이려는 시도는 몇 번이고 거듭되었다. 그러다가 미국이 당한 게 이 '돼지들의 해변'이었다.

쿠바가 케네디에게 악몽이었던 까닭은 그것만이 아니다. 쿠바를 둘러싸고 그의 군부와 정보기관과 한 판 전쟁을 겪지 않으면 안 되었다.

쿠바에 상륙한 반혁명군이 곤경에 빠지자 연합참모부의장(Lyman Lemnitzer, 1899~1988)과 CIA 부장(Allen Dulles)은 케네디에게 미국이 즉각 군사력을 동원해 그들을 지원해 나서야 한다고 주장해 왔다. 그런데 이게 의외다. 케네디가 이에 "안 된다" 하지 않는가. 지금까지 그런 일은 한 번도 없었다. 그렇다고 그에 조용히 주저앉을 합참부장이나 정보부장이 아니다.

그래서 파란은 일어났다. 그것이 보통의 것이 아니었다는 것은 기록에 남은 몇 가지 사실史實만을 통해서도 짐작되고도 남는다.

그들의 파란은 급기야 케네디가 렘닛처와 덜레스의 목을 자르는 데까지 치달았다. 거기까지 이른 과정이 얼마나 거친 것이었던가는 그들 간에 오갔다는 언어만을 보아도 알 수 있다. 그의 수정주의적 사관으로 주목된 대작 '미합중국 비사秘史(The Untold History of the United States)'를 쓴 사가史家(Peter Kuznick)에 의하면 케네디는 그들의 목을 자르면서 합참의장을 '의장이라는 개자식들(Joint Chiefs sons of bitches)', 정보부장을 'CIA라는 상놈의 자식들(CIA Bastards)'이라고 불렀다. *Vietnam and the Legacy of the JFK Presidency,' www.truth-out.org/news/item/20207

그리고 케네디는 이런 말을 덧붙이기도 했다.

"이 나라의 대통령은 너희들이 아니고 나다."

이에 대해 반대 측이 남긴 말도 곱지 않았다. 미국군 개입에 관한 자기 제의에 안 된다고 하고 나선 케네디 반응에 크게 놀란 렘닛처는 그의 조처를 '충격적이고 범죄적인 것'이라고 공언하면서 맞섰다. '범죄적'이라고 한다면 벌 받아 마땅하다는 말이다.

중앙정보부장의 반응 역시 그보다 고왔다고 볼 일은 물론 아니었다.

그들의 반응이 그토록 거칠었던 게 뜻밖의 일은 아니다.

합참의장이면 군을 대표하는 존재다.

소위 '군산복합체(Military Industrial Complex)'란 말은 아이젠하워가 그의 유명한 '대통령직 고별 연설'에서 쓴 다음 누구나가 미국의 권력구조상의 한 특징을 상징하는 데 쓰기 좋은 일상어가 되었다. 그 연설에서 아이젠하워는 그런 권력집단으로서의 복합체의 영향력이 과다하게 되는 경우에 관한 경고를 남겼었다.

그리고 중앙정보부로 말하면 이미 앞에서 본 대로 흔히 자신을 눈에 보이지 않는 또 하나의 정부로 간주하기도 하는 강력한 권력집단이다.

그러니까 쿠바 돼지의 바닷가를 둘러싸고 미국의 두 음양 간의 권력집단이 요란하게 충돌했던 셈이다.

그런 지 한 반 년이 지나, 우리가 본 대로, 그 해 11월 케네디는 한 괴한이 쏜 총알에 맞아 암살당해 죽었다.

이를 배경으로 놓고 본다면 그들 간의 관계가 파국에 이르기 전에 케네디와 덜레스가 다름 아닌 우리 한국 땅에 관한 한 가지 일에서 의견을 같이 하게 된 것은 거의 기적에 가까운 것이라고 해도 지나치지 않는다. 케네디가 그에게 해온 덜레스의, 그로서는 필경 놀랍고 충격적이었을, 제의를 받아들이기로 한 것이다. 그의 제의란 이런 것이었다.

미국이 어떤 효율적인 조처를 당장 취하지 않으면 한국이 '극동의 쿠바'가 될 위험성이 크다는 것이다.

지금의 우리에게도 좀 믿기 어려운 이러한 사실들은 그 당시의 상황을 다시 살펴보면 그리 놀라거나 그것을 받아들인 케네디의 대응을 기적적이라고 할 것까지는 없다.

그 당시 워싱턴의 권력 중추부에는 한국에 관련된 몇 가지 특기할 만한 보고서들이 들어와 있었다. 그 대표적인 것으로 4·19 후 장면 치하의 남한 정국에 관해 서울의 제레미 등 CIA들이 공들여 모아서 보낸 보고서(1961년 3월 21일자)가 그 하나이다. 또 하나는 작성자인 주한 미국 원조사절단(USOM) 부단장의 이름을 딴 소위 '휴 팔리(Hugh Farley) 보고서'다. 이들 두 보고서는 그 대략의 내용에서 별로 다르지 않았다.

그 둘 중 보다 먼저 공개된 문서인 팔리 보고서는 다음과 같은 몇 가지를 그 요점으로 열거한다.

- 장면 정권은 그 무능 부패상에서 이승만 때와 다를 것이 없다.
- 정부, 언론, 교육, 교회, 기업 할 것 없이 모두가 그에서 예외가 아닌 한국은 '병든 사회(Sick Society)'라고 할 수밖에는 없다.
- 따라서 미국은 주권문제 따위에 구애됨 없이 사태의 교정을 위해 적

극 개입해야 한다.
- 그렇지 않는 한 한국 사회가 공산화나 군사정변으로 붕괴되는 것을 피하기는 어렵다.

이 같은 내용의 반복이 렘리에 전달된 CIA의 보고였었다.

그런 분석과 판단이 빗나간 것이 아니었다는 것은 몇 가지 간단한 사실들을 되돌아보는 것만으로도 수긍되고도 남는다. 이승만 때의 학생들은 "왓쇼, 왓쇼" 하는 뜻 없는 소리거나 기껏 해야 "못살겠다. 갈아보자"는 비명에 가까운 구호를 부르며 데모를 했다. 장면 때의 학생들은 남북한 사람들에게 "남으로 오라, 북으로 가자" 하면서 데모를 했다. 그만큼 사람들은 더 의식화하고 적극화되고 있었다.

해방 후 그때까지 남한은 15년을 넘게 '자유진영'의 보루로 살았다. 자유를 명분으로 전쟁까지 치렀다. 그 결과가 밥 세 끼 먹기조차 힘든 빈곤으로부터도 자유롭지 못한 현상을 보는 민중들이 미국에다 대고 "그런 자유 필요 없으니 가져가라!" 하며 대든다고 해도 놀랄 일일 것은 없었다.

그렇다면 한국을 두고 덜레스가 '극동의 쿠바화' 운운하는 표현을 하게 된 것도 망발로 볼 일도 아니다.

이에 케네디가 '좋다'고 응한 것은 덜레스의 설득력이 대단해서라기보다는 쿠바라는 말 한마디가 갖는 악몽 같은 충격이 호소력으로선 더 했을 것이다.

하여간, 그러한 의견을 받아들이기로 한 케네디는 당장 대통령실 직속 아래 '한국문제에 관한 특별대책반'이라는 것을 두고 한국의 쿠바화를 막는 긴급조치들을 강구하기로 했다. 덜레스의 정보기관을 비롯해 군부, 산업계, 학계, 외교통 등등 각계의 선발된 두뇌들로 작업반(Task Force)을 구성해 한국의 체제적 안보를 위한 활동을 벌이게 한다는 것이다.

그 회의의 참석자들이 앞으로 한국 사태를 '눈에 불을 켜고 주시하고 그것을 항시적인 바탕 위에서 한다'고 했다는 것이고 보면 그들의 결의가 비상한 것이었다는 것도 분명했다.

## '상희주의 당원'

1961년으로 접어들면서 한국 땅에서의 변화를 조짐한 움직임이 차츰 활발해지고 있다는 것은 요로에 있는 사람들에게 분명했다.

우선 짐에게 그랬다.

박정희를 죽음의 아가리에서 건져내던 1948년 말만 해도 극동에서의 미국의 시정 체계에 관한 짐의 시야는 극동사령부 G-2를 넘지 못했다. 도쿄의 극동군사령부에 의해 선제적으로 취해졌을 박정희의 '자산화'가 도쿄을 넘어 어떤 경로를 통해 미국정부의 결정이라는 공식성을 갖게 되었는지도 짐으로서는 모르는 일이었고 알 필요도 없었다.

그러나 워싱턴의 한국 문제를 전담한 작업반이 각계의 직업인들로 구성되고 그들이 상시적인 바탕 위에서 작업하게 된 다음부터는 달랐다. 그것은 분명 하나의 발전이고 시정의 보다 분명한 체계화라 해도 좋았다. 그 후 짐에게 직접 오게도 된 연락, 문의, 자문, 지시 등은 짐으로 하여금 그의 서울과 워싱턴 간 체계선이 뚫렸다는 것을 알게 하기에 충분했다. 그것은 앞으로 혹, 어떤 시책에 관한 정부기관 간 혼선이 생길 때 그것을 조정하는 '교통정리'의 역할이 작업반을 통해 기대될 수 있다는 것을 의미한다.

이러한 움직임은 쿠바사태로 인한 불안, 그리고 그 작업반을 이끄는 '지하공작(Clandestine operations)의 대부代父' 덜레스가 이제 소매를 걷어붙이고 나온 덕임이 틀림없었다.

그런 움직임은 박정희 역시 벌써부터 피부로 느낄 수 있었다.

장면정부가 들어서고 얼마 안 돼 짐과 진이 자기가 군수기지 사령부를 맡고 있던 부산까지 내려와 "이제 자리를 서울로 옮기는 것이 좋겠다"고 해 왔을 때의 느낌도 '이게 슬슬 올 것이 오는구나' 하는 것이었다. 게다가 서울에 옮겨 앉은 자리가 용산에 있는 육군본부인데다가 그것도 육군의 중핵 중에서도 그 이상 가기 어려운 작전참모부, 그것도 그 우두머리인 참모부장 자리였으니 박정희 자신도 '이게 뭐냐' 하게 된 것도 무리는 아니었다. 그가 죽는 줄만 알면서 그저 끌려와 이곳 미군 병원에 들어왔던 게 그저 10년 남짓한 전의 일이다. 그런 몸이 이제 대한민국 육군 전체의 작전을 주물러 대는 참모부장으로 온다니. 그러나 그게 꼭 놀랍거나 신비로울 건 없었다.

짐이 서울로의 이동을 얘기하면서 새로운 보직 가능성을 비쳤을 때 박정희는 설마 하는 생각에 "네가?"라는 말을 웃음을 섞어 했었다. 그에 대한 짐의 대답은 언제나처럼 짤막했다. "댓 캔비 어레인지드(That can be arraged. 될 수 있어)."

서울에 마련돼 있는 것이 그뿐이 아니었다.

벌써 부인과 애들 셋과 다섯 식구가 된 가족들이 살 만한 크기의 집도 마련돼 있었고 그것 역시 짐에 의해 '어레인지' 된 게 틀림없었다.

일이 이런 식으로 벌어지면서 박정희는 지금까지 줄곧 밀어온 생각 하나를 정리해야 할 필요를 느끼게도 됐다.

'나와 미국이란 어떤 관계에 있다는 것인가. 또, 나로서 그것을 어떤 것

이어야 한다고 여겨야 하는가.'

형무소에서 나온 다음 이런 질문을 제 자신에게 했던 게 몇백 번, 아니 몇천 번이었던가. 그럴 때마다 그 마지막 정리는 다음에 하자고 한 것도 몇 차례였었나. 그러나 이제 자리를 서울로 옮기기까지 한 지금, 생각을 그처럼 계속 미정未定의 상태로 내버려둘 일은 되지 않았다.

물론 지난 10년이 넘는 동안 이 문제에 관한 어느 정도의 정리가 되지 않은 것은 아니었다.

언제부터인가 박정희에게는 무슨 문제가 잘 풀리지 않을 때에 쓰는 하나의 방식이 마음 한구석에 짜여 있었다. 그것은 문제를 되도록 간단히 생각하고 그렇게 이루어진 최소한의 결론을 언제나처럼 상희 형님의 승인을 얻어 한다는 것이다. 물론, 상희 형님의 승인이란 자기 창작의 것이긴 하지만 그렇게 생각하는 것이 언제나 마음 든든했다.

그래서 박정희는 문제를 이쯤의 것으로 봐둬도 되겠다 싶었다.

미국이 내 목숨을 구해준 은인임에는 틀림없다. 그에 대한 고마움은 필요할 때 적당히 판단하고 표현하면 된다.

미국의 이익이라는 것이 나나 내 나라의 이익과 얼마든지 같을 수는 있다.

미국은 나를 이용하려 할 것이다. 마찬가지로 내가 미국을 이용하지 못할 일도 아니다.

미국에 진 은혜라는 것으로 치를 빚은 클 것이다. 그러나 그보다 더

한 득이 있다면 그 대가는 치러도 좋다.

미국과 한국. 더 현실적으로 짐과 나 사이에 공감의 광장을 찾아내는 것도 가능한 일이다…….

박정희의 이러한 정리는 몇 가지 일로 고무되기도 하였다.

무엇보다 미국에 '이용당한다'는 심리적 거부감이다. 그러나 그것이 박정희에게 부담을 안기진 않았다. 미국에 가까운 제3세계의 소위 '우호세력'을 다루는 데서 미국, 특히 짐의 솜씨가 그렇게 서투른 편이 아니어서다. 사실, 미국의 요원들은 한 가지 기초적인 상식을 몸에 익히고 난 다음에야 제3세계라는 일선에 나서게 되는 걸로 돼있다. 그 상식이란 상대방에게 '미국의 수족'이란 생각을 절대로 갖지 않게 한다는 것이다. 그런 처신법(Diplomatic manner)에 짐은 잘 훈련돼 있었다.

그리고 짐과의 일본 여행 때, 하늘 위에서 땅 밑을 바라보면서 우리의 산야를 푸르게 하고 싶다는 짐의 신호를 박정희는 잊지 않고 있었다. 그래서 박정희는 그때도 그랬지만 그 후에도 자주 이런 생각을 했었다.

'짐, 네가 나를 놓고 무슨 꿍꿍이 생각을 하고 있는 건진 나는 모른다. 그러나 네가 지금 헐벗고 황폐해 있는 우리 산야를 한 평도 남김없이 푸르게 하고 싶다는 내 생각에 따라 준다면 나도 너에게 충분히 협력해 주마…….'

그 밖에도 고무적인 일이 몇 번인가 있었다.

언제나처럼 짐이 용산 PX에서 사오는 양주병을 열어 놓고 셋이서 밤

시간을 보내고 있을 때다. 화제는 자유라는 것에 이르렀었다. 자유세계, 자유진영, 하는 그 자유다.

술이 좀 돌면 언제나 그러했듯 이날 밤도 박정희의 말에는 거침이 없었다.

"야, 짐." 해 놓고 흘려대는 박정희의 말은 이랬다.

"너희들, 자유 자유 하는데 그게 어디에 써먹자는 자유냐. 너도 부인 못할 것이다. 이승만의 자유당 때나 지금의 장면 때나 그 자유라는 게 무엇이었느냐. 그건 감투 쓰는 걸 정치의 제1의로 하는 족속들이 부정하게 모은 돈 뿌리며 한 자리씩 챙기는 자유였었다. 그건 자유가 아니다. 사기고 도둑질이다. 그 지경이면 학생들이 북으로 가자, 남으로 오라 하게 안 됐겠나. 우리에게 필요한 자유란 다른 게 아니다. 도시락 못 싸가지고 가는 애들이 배고픈 데서 풀려 나오는 자유다."

이에 짐의 반응이 좀 뜻밖이었다. 그는 그에 대해 이러는 것이었다. "나도 너와 전적으로 동감"이라고. 그래서 "정말이냐" 하고 얼굴을 그의 얼굴에 맞대면서 하는 박정희 말에 짐은 "오브코오스. 그렇고말고!" 한다. 그러고서 박정희 머리에 잠깐 생각난 것이 도쿄에서 돌아오던 공중에서 저 산들이 푸르렀으면 얼마나 좋겠느냐 하고 있었던 게 짐이었으면 그가 지금 배고픈 애들이 없어졌으면 하고 있는 것도 의외일 건 없지 않겠느냐는 것이었다.

사실, 짐이 그동안 수없이 거듭돼온 그들 간의 대화에서 여러 문제에 관해 생각이 비교적 트여 있다는 느낌이 들었던 적은 여러 번 있었다. 그래서 박정희는 그에 좀 놀랍다는 생각도 했다. 그러나 자유라는 문제에

서까지 그의 생각이, 말하자면 상희 형님 격이었다는 것은 그때까지 미처 알지 못했었다.

그런 생각을 잠깐 하다가 박정희는 짐에게 그랬다.

"그런 소리 할 줄 알면 됐다. 이제 나는 너를 상희당 당원으로 입당시켜 주겠다."

박정희의 그런 난데없는 말이 대관절 무슨 소리인지 알 리 없는 짐이 눈만 멀뚱히 뜨고 있자니까 박정희는 이렇게 말을 이었다.

"'몰라도 좋다. 다만 이건 내가 네 입당을 축하해 주는 거니 받아 마셔라." 하고 짐의 잔에 시바스 리갈을 잔뜩 따라 주었다.

# 마지막 보루

쿠바 혁명에 혼쭐이 난 미국이 부랴부랴 한국에 손을 써야겠다고 나선 건 충분히 이해가 가고 남는다. 일명 '흰 벌 떼(WASP, White Anglo-Saxon Protestant)'로 불리는 미국 지배계급의 '나전계 사람들'(Latinos)에 대한 편견은 크다. 그들을 '마냐나'라는 별명으로 부른다. 남반구 더운 지방에서 사는 사람들이어서 오늘 안 해도 될 일이면 으레 내일(Manana)로 미룬다는 것이다. 한국은 어떤가. 그들은 미국처럼 북반구 사람들일 뿐 아니다. 일을 해도 일벌레처럼 죽어라 한다. 그러니까 마냐나들이 쿠바에서 한 번 한 혁명이면 한국인들은 족히 다섯 번은 하고도 남는다.

게다가 쿠바라야 미국의 유한층이 경치 구경하고 노름하고 다니고 하던 정도의 땅이다. 그러나 한국은 어떤가.

지금까지 한국에 관해 '반공보루'란 말을 몇 번 썼다. 그런데 그걸 그대로 보루라고 말하는 건 표현으로선 좀 모자란다. '마지막 보루'라고 하는 게 훨씬 더 그럴 듯하다.

얘기를 순서대로 하자면 우선 그 반공보루라는 발상이 애초에 미국에서 왔다는 것부터 말해야겠다. 반공이고 진영이고 보루고 하는 말들은 해방 후 미국 사람들이 그것을 가져올 때까지 우리들 대부분은 들어보지도 못했고 쓴 일도 없다.

그럼 다음으로 가서 지도를 잠깐 펴보자.

우리 땅 서울을 미국의 수도 워싱턴으로부터 보면 정말 지구 땅덩어리 저 끄트머리다. 미국 사람들 참 잘도 여기까지 먼 걸음했다. 그 시초부터 보면 그걸 대원정大遠征이라고 해도 좋다.

미국 땅에 사는 사람들은 거의 다 워낙 유럽에서 살던 서양인들이다. 그러니까 그들의 시발점을 서양 땅으로 쳐놓고 보자. 거기서 그들은 대서양을 건너 아메리카 땅을 밟았다. 건너는 동안 많이 물에 빠져 죽기도 했을 것이다. 그다음 그 넓은 대륙을 가로질러 갔고 그 땅이 끝나자 이젠 또 그 넓은 태평양을 건넜다. 그 끝에 다다른 게 우리 극동이다. 그 역정歷程, 얼마나 길고 대단한 것이었나.

그것을 '대단하다'는 건 그 원정이라는 말만을 들여다보아도 알 수 있다. 원정이란 싸우면서 죽이고 정복한다는 것이다. 그들이 그 큰 대륙을 서쪽으로 건너갈 때 원주민들이 가만히 있었을 리 없다. 덤볐다. 그러자 그들은 총기들로 이들 원주민들을 무더기로 죽이면서 그들의 씨를 말려버렸다.

그러면서 서부西部로, 서부로 정복을 거듭해 간 끝에 생긴 것이 북미합중국이라는 세 나라다. 그들의 역사책이나 '카우보이' 영화들은 그들의 나라나 문화를 움직여 온 에스프리(Esprit), 기본 정신이라는 것이 '개척開拓'이라는 데에 있었다는 것을 보여준다. 그리고 그들의 개척이라는 것이 그저 사전이 설명해 주는 말 정도가 아니었다는 것도 그들의 영화들은 '신이 나게시리' 우리들에게 잘 보여주었다.

그 개척지가 끝나는 변경을 그들은 프론티어(Frontier)라고 불렀다. 그것은 전선이란 말이다. 그리고 그들의 그 프론티어란 한 자리에 그대로 있는 것이 아닌, 언제나 늘어나고 넓혀지는 것이어야 했다. 앞으로 밀고 나가고 넓혀나가는 것이 개척이고 미국의 정신이다.

그러한 전진을 막는 장애물은 제거되어야 한다. 그것이 인디언들이면 죽여 버려야 하고 철길을 막는 산맥이면 폭발물로 터뜨려 터널을 뚫고 간다. 그렇게 '길을 막는 것이면 없애고 비키지 않는 놈이면 죽여 버리는 기백'을 보여준 게 그들의 카우보이 영화였었다.

그런 기백이나 정신이 미화되거나 영웅시 되는 것에도 그럴 만한 까닭이 있음은 물론이다. 개척에 앞장서는 그들은 미개한 원주민들과는 다른, 정의의 사도고 굿 가이(Good guy), 즉 선의의 인산들이다. 그들이 하는 개척이나 정복은 그들 자신뿐 아니라 원주민을 포함한 모든 사람들을 복되게 해준다는 믿음도 깊다.

태평양을 건너오는 도정도 쉽지 않았다. 하와이, 괌, 필리핀 등을 정복하는 데에도 수많은 사람들이 죽었다. 일본에게는 그 진주만 공격으로 잠시 뒤통수를 맞기도 했지만 그 따위가 문제되진 않았다. 미국은 그 원주민들 머리에 역사상 처음으로 원자탄을 터뜨려 그들의 무릎을 꿇게 했다.

미국이 그런 다음에 올라온 곳이 우리 땅 남쪽이었다. 그리고 거기서 얼굴을 맞대게 된 것이 소련이라는 공산대국이다.

공산주의란 그것이 국가의 탈을 쓰게 됐던 소련 혁명 때부터 미국 비위에 맞지 않았다. 그래서 그것이 더 자라기 전에 문질러 없애버리자고 군사 개입을 했던 게 그들 반공의 시초다. 그들 반공의 역사는 그만큼 길다. 그렇지만 공산주의란 미국에 있어선 그저 좀 거추장스런 '원주민' 정도지 그 이상은 아니었다. 이 공산당이라는 것이 한국 땅에서 전쟁을 일으켰을 때도 그들을 대단치 않게 보는 미국의 눈이 크게 달라지진 않았다.

실제, 6·25 전쟁이 일어난 다음에도 맥아더가 인천상륙이라는 것을 한 번 하니까 그걸로 조선인민군이라는 군대는 싹 없어지다시피 하고 말았다. '그러면 그렇지' 하고 마음을 놓은 미국군은 내친 김이라고 북으로 밀고 올라가 압록강까지 갔었다. 그래서 미국의 프론티어는 드디어 동양의 중국과 경계를 접하기에까지 이른 것이다.

그런데 그다음 일어난 일이 보통이 아니다. 중공군이 들어오면서 그 경계가 뒷걸음질을 치기 시작한 것이다. 아니, 뒷걸음질 치는 프론티어가 어디 있단 말인가. 그래서 당황한 맥아더가 이번에도 원자탄을 쓸까 했었지만 10억의 인구를 다 죽이자면 미국 역시 그 방사선 잿더미를 피할 도리란 없다. 그래서 할 수 없이 통상 무기를 써서 했는데 문제는 그걸로 풀리진 않았다. 그걸로 아무리 죽여도 이 중공군이라는 게 넘어지지 않고 덤빈다. 서로를 죽이는 판도 하루 이틀이지 그게 한이 없어서야 아무리 강국인들 견딜 노릇이 아니다. 그래서 미국은 결국 이제 전쟁을 잠깐 멈추자는 휴전에 동의하기로 한 것이었다. '상승常勝'의 미국이 이기기를 포기한 것이다.

그것은 미국이 동양에 와서 중국이라는 커다란 벽에 부딪쳤다는 것을 뜻했다. 그것은 미국의 전진이나 프론티어의 확대가 벽에 부딪쳐 걸음을 멈추어야 했던 역사상 최초의 일이다. 그리고 그 프론티어는 휴전선에서 더 나가지 못하고 거기서 굳어 버리고 말았다. 그리고 그 선 남쪽이 다름 아닌 반공의 보루가 된 것이고 그것이 더 이상 나가지 못하게 되었다는 뜻에서 '마지막 보루'라는 것이다.

그렇다면 그것을 보는 미국의 감정이 어떤 것이었나를 상상하기란 어렵지 않은 일이다. 카우보이의 오기만으로도 그것을 다시는 '절대로' 잃을 수 없는 것이라고 했다면 그 기분 알만 하고도 남는다. 그것을 위태롭게 하는 것이면 지체 없이, 만사불구하고 걷어내야 하기로 했대도 그 역시 알만 하다.

미국은 우리가 본 대로 그 후 월남에서도 원정을 해보려고 했었다. 그러나 그것은 불행히도 허탕으로 끝이 났다. 발설음이 그 땅에서 멈춰진 것에서 지나 그 땅에서 아예 쫓겨나는 패배로 끝이 났다. 그런 경험의 역사적인 의미는 미국이 이제 동양 땅에서 커다란 벽에 맞부딪쳐 있다는 사실을 다시 한 번 확인한 것이었다는 데에 있었다.

'다시 한 번'이라고 하는 것은 다른 뜻이 아니다. 그런 사실은 이미 6·25 때의 한국에서 보고 알았을 일이었다는 것이다. 그러지 않은 것을 미국의 건망증 때문이라고 볼 일은 아니다. 그보다는 우리는 거기서 한 가지 놀라운 사실을 보게 된다. 그것은 사람이건 국가건 자기 자신에 관해 가져온 자화상이란 쉽게 바뀌진 않는다는 것이다. 그게 그럴 만도 하다.

서양인의 '원주민'에 대한 우월감은 적어도 5백 년의 역사를 갖는다. 그 긴 세월에 걸쳐 형성된 자신감을 없애버리긴 어려운 일이다. 그중에서도 미국이면 근년에 와선 둘도 없는 초강대국이고 '미국의 세기'라는 것을 펴나가기로 작정한 사람들이기도 하다. 그런데 난데없이 나타난 중국 사람들이 가로막는 바람에 발목이 묶여 멈춰야 했다니. 그건 무소불위의 미국에게 믿을 수도, 있을 수도 없는 일이다. 그래서 미국은 월남에서도 다시 한 번 실험을 해보았다. 그러나 거기서도 그 '벽'이라는 새로운 현실은 여전했다.

그러나 그게 정말일 수 없다. 세상 사람들이 다 본 대로 그 어마어마한 소련도 급기야는 그 앞에서 무릎을 꿇게 했던 게 미국이다. 그런 미국 앞에 누가 떡 하니 나타나 길을 막고 선단 말인가.

하여간, '마지막 보루'라는 것에는 미국 사람들이 전통적으로 믿어 온 미신 같은 게 있다. 그런 마지막 보루가 떨어지면 집안 꼴 들통 난다는 것이다. 미국이란 나라도 그런 것을 잃으면 파산할 위험이 커진다는 생각이다. 그렇다면 그런 보루는 무슨 일이 있더라도 잃을 수 없다. 그러니까 미국이 한국에 머물러 있는 건 미국이 한국에게 인심 좀 쓰자는 게 아니다. 한국 사람들이 흔히 미국이 나갈까 봐 걱정하는 것도 그래서 터무니없는 일이다.

누가 "미국은 한국에서 나가야 한다" 하면 "어이구, 형님, 그런 소리 하지 마소!" 하고 나설 것은 누구보다 미국 사람들일 것도 틀림없다.

## '닌자忍者 대부代父'

미국이 몰락 직전의 위기에 처해 있다고 본 한국 문제를 다루기 위해 대통령 직속의 긴급 작업반이라는 것을 만들었다는 것을 앞에서 보았다. 그것을 발안했고 그 작업에서 그 당시 미국 CIA를 이끌고 있던 덜레스가 그 중추적이고 영도적인 역할을 한 것에 의심이 들 여지는 없다.

그 덜레스란 어떤 사람이었나. 그의 이름은 앞에서도 잠깐 비췄지만 요즘 사람들 귀에 잘 익어있는 편은 아니다. 당연하다. 사람 눈에 안 띄는 데서 일하는 게 그 정보부란 기구다. 그러나 우리로선 좀 더 알아둘 만한 인물임에는 틀림없다. 지금 우리가 살고 있는 삶의 틀을 잡아 놓은 것이 그였다고 해도 지나치지 않기 때문이다.

그렇다는 예로 미국의 한 이름난 사가는 덜레스에 관해 그의 책에서 이런 말을 한다.*Washinton Rules, Andrew Basevich, Metropolitan Books, New York, 2010, p.34.

"덜레스가 오늘날의 미국의 국가적 기틀을 짜 놓는 데서 한 역할은 근년의 미국 대통령 여럿의 경우보다 더 컸다. 그래서 그는 워싱턴 백악관 앞길에 동상으로 기념될 만한 값어치 있는 인물(Rate a memorial on the Mall in Washington)이다."

무얼 했다고 그런 찬사인가.

그에 대한 대답으로는 그가 한 단 한 가지 일만 들어도 되겠다. 그는 미국이 일찍이 해보지 않았거나 못 했던 엄청난 일 하나를 했었다. 민주적으로 선출된 남의 나라 정부를 그의 CIA의 지하공작을 통해 엎어버린 것이다. 1953년 중동의 이란에서의 일이다.

그 직접적인 동기는 이란의 '모사데크(Mohammad Mossadegh, 1882~1967)' 정부가 그 나라의 방대한 석유 채굴권을 독점하다시피 해온 영국계 석유회사를 국유화시켜버린 데에 있었다. 이를 마땅치 않게 여긴 덜레스는 영국과 합동한 쿠데타를 통해 모사데크 정부를 친서방 왕정으로 갈아치워 버렸다.

소위 에이젝스 작전(Operation Ajax)이란 이름으로 역사에 남게 된 이 공작을 '엄청난 일'이라고 하는 까닭은 길게 설명할 것도 없다.

그런 '정부 엎어버리기'는 그것이 시작이었다. 그다음 그런 것이 거의 상례화되었다는 걸로 쳐서 그런 길을 터놓은 덜레스의 첫 번째 거사의 역사적 의미는 컸다.

그 공작의 명분으로 내세워진 것이 그저 석유채굴권의 탈환이라는 데에 그치지 않았던 건 물론이다. 거기에는 보다 더 차원 높은 명분이 있었다. 공산주의의 침식 위협으로부터 자유를 지킨다는 것이다. 거기에 담긴 사고가 자유의 수호라는 '지구적 대의大義'를 위해서는 주권이라는 '지역적 이기利己'는 무시될 수 있다는 것이다. 그런 사고思考도 역사적 선례로서 엄청난 것이었다고 해도 과장은 아니다.

미국의 체제적 특징을 두고 하는 말로 소위 '안보국가' 란 말은 이제 많이 들어 귀에 익었다. 미국의 국가적 안전을 외적外敵의 항시적인 도전

앞에 서 있는 걸로 보고 그의 방위를 지상의 과업으로 치는 체제를 두고 하는 말이다. 그런 안보를 위해 덜레스는 비밀공작을 주무기로 하는 기구를 제도화하고 그 실제적 기능을 방대한 규모에 걸쳐 조직해 놓았다. 그런 점에서 그를 '발군의 시스템 조성자(System Builder)'라고 하는 평은 옳다.

1953년 CIA 부장에 취임하기 무섭게 그 사업을 벌인 덜레스와 그의 팀은 1960년대에 이르러선 지구 어느 곳도 CIA의 손이 미치지 않는 데가 없게 만들어 놓았다(His network of stations spanned the entire planet) *Basevich, 같은 책, p.38. 거기서 한국이 예외이지 않았던 게 아니라 그중 가장 활기 띤 경우에 속했다는 것은 말할 나위도 없는 일이다.

덜레스의 사업이 그렇게 성공한 데에는 트루먼의 반공 열, 특히 한국에서의 그것에 크게 힘입은 것은 확실하다. 그것을 가리키는 예로 트루먼은 한반도를 두고 이런 말을 한 것으로 한 사서는 전한다. '바로 이 땅이야말로 우리가 전 아시아를 통해 소련과 벌이는 이념 싸움에서 이기느냐 지느냐를 결판내는 장소다(An ideological battleground which our entire success in Asia may depend).' *'The Way of the world,' Alan Lane, London, 2006, p.593.

이미 벌써부터 공개적으로 논의되어 온 것처럼 트루먼이 2차 세계대전 말기에 일본의 히로시마와 나가사키에 대해 원자탄 폭격을 하게 한 목적의 하나는 일본으로 하여금 소련의 약속한 대로의 대일 참전이 있기 전에 항복하도록 하고자 한 데도 있었다는 것이다. 소련이 참전함으로써 그들이 한국 땅 등에 진출하는 것을 막자는 것이었다. 그러나 일본의 항복 지연으로 소련은 참전했고 우리 이북 땅으로도 진출했었다. 하여간 이 지역에서의 미국의 대공 경계는 그렇게 일찍부터 그만큼 컸었다는 이야기다.

그런 결전장에서의 비밀공작들이 실제 어떤 양태로 조직되고 기능하는가를 구체적으로 알아보려 한다는 것은 부질없는 일이다. 그 조직망의 활동이 극비로 부쳐진다고 해서 붙는 게 비밀공작이란 말이다. 뻔히 밝혀지는 것이라면 거기에 '클란데스틴'이란 말은 붙지 않는다.

그저 한 가지 분명한 사실을 알고 가면 된다. 그건, 지하에서 그런 공작을 맡아 하는 '보이지 않는 세력'이란 지구적 규모에 걸쳐 영향권을 행사하는 나라면 예외 없이 필수적이라는 사실이다. 한때 지구적 규모의 제국을 경영했던 영국이 세계에서 제일 크고 잘 짜인 정보기관을 가졌었다는 것은 그 좋은 예다. 007 영화, 르 카레의 소설 등 그런 흔적은 아직도 많다. 지금 템스 강변에 자리 잡고 있는 첩보기관 M16의 건물은 수상 관저보다 훨씬 크고 으리으리하다. 우리 국정원 건물이 청와대 뺨칠 정도라는 것과 같다.

그러니까 우리 땅에 있는 미국 정보기관의 크기 또한 거대한 것이라고 보면 틀림없다. 그리고 그런 크기를 만들고 유지하는 것도 어렵지 않을 거라는 것도 충분히 짐작되고 남는다. 미국이 가지고 있는 제반 자력의 크기를 두고만 하는 말이 아니다.

미국의 전문 정보통이 서울의 한 언론 매체에 이런 흥미 있는 말을 한 것을 독자들도 보았을 것이다.*Netizenphotonews,2013011-9, 원본 한겨레닷컴 인용.

"한국에는 자발적으로 미국에 정보를 가져다 바치는 사람들이 부지기수다. 미국의 정보기관원으로 한국에 파견되어 있는 한 관리는 재임 기간 중, 한국 국방부, 합참, 방위사, 법정 관계자들이 찾아와 자신이 속한 조직의 문제점을 까발리고 상관에 대한 험담까지 늘어놓는 것을 듣고 깜짝 놀란 적이 많았다고 회고한다. 정치적 야심가들이 청와대에 관한 정보를 미 대사관에 제공하는 사례도 흔하고 거물 정치인들이 미국 측을 찾아가 정치 현안을 설명하는 것도 관례화되어 있다. 문제의 '위키리크스'를 보더라도 한국에는 이 같은 자발적으로 미국정보원 노릇을 하는 사람들이 널리 깔려 있다는 것을 알 수 있다……."

그렇다면 몇십 년을 서울에 눌러 앉아 살아온 짐 같은 경우 대군을 거느리자면 그건 떡 먹기로 쉬운 일이었을 것이다. 게다가 제레미의 CIA에다가 열 개가 훨씬 넘는다는 각종 정보기관들까지 치면 그 크기가 얼만큼 클 것인가는 쉽게 짐작된다. 그렇다면 남로당 군사책을 하던 한 장교가 쿠데타로 대한민국 정부를 전복시킨 5·16을 미국이 까맣게 모르고 있었다는 공론公論은 공론空論치고도 어림없고 어처구니없기가 그 이상 가기 어렵다고 해야 한다.

지금 내 옆에는 박정희 시대에 관해 한국학 대가들이 쓴 목침만 한 두께의 책이 있다. 스무 명의 한국인, 네 명의 이름난 외국인 학자들이 박정희 시대의 모든 것을 다룬 대작이고 권위를 자랑하는 하버드대학 출판사가 내놓은 책이다. ('The Park Chung Hee Era, Harvard University Press, 2013, New York.) 이 책은 총 744쪽, 8만 자에 달한다.

그런데 거기에 덜레스란 이름은 단 한 번도 나오지 않는다. 어디에도 단 한마디도 없다.

그쯤이면 눈에 보이지 않는 닌자의 대부로서의 덜레스의 면모가 약여했다고 해줘야 한다. 정말 베이스빗치의 말마따나 워싱턴행 길에 큼지막한 기념비라도 세워줄 만한 인물이었음에 틀림없다.

5·16이 나던 때 워싱턴의 한국 작업반 정상 위에는 바로 그 덜레스가 있었다.

그리고 또 한 번 베이스빗치 교수의 말을 빌리면 "지하공작과 그에 따른 모험에 무한한 매혹과 성취감을 느끼는 것이 체질화한 덜레스는 그의 공작들 모든 측면에 개인적인 관심과 관여를 게을리 하는 일도 없었다(With his fascination with tradecraft and risk-taking, he had intense interest in all aspects of clandestine activity)"는 것이다.

# 주고받기 흥정

미국은 무엇을 위해 5·16을 기획하고 지원하였나?

이런 질문을 주제로 한 글들은 이미 나온 것만도 산더미 같다. 앞으로도 그걸 주제로 백과사전 두께만 한 학위 논문을 쓰자고 나설 사람들도 있을 것이다. 그러나 그걸로 아무리 땀들을 흘려봤자 짐이 박정희에게 했던 단 세 마디 말보다 더 완벽할 수는 없다.

그 세 마디 말이란 이런 것이었다.

"유 키프 더 컨트리(You Keep the Country; 이 나라는 네 거다)."
"키프 잇 안티커뮤니스트(Keep It Anti-Communist; 단 그게 반공국가이게만 해라)."
"위 아 비하인드 유(We Are Behind You; 우리는 너를 지원할 것이다)."

1960년대에 들어서면서 국제 정세는 갈수록 어수선해졌다.

어느 날 저녁 다시 박정희 집에서 짐이 사가지고 온 술잔을 비우면서 짐이 "이제 까놓고 우리 생각들을 정리해 놓는 게 좋겠다"고 말을 꺼내게 된 것도 그런 흐름을 탄 것이었다.

그 '생각'이란 지금 파멸의 위기에 처한 한국 땅을 구한다는 것이고 그러기 위한 수단으로서 정면 정권을 갈아치운다는 것이다. 정말 드디어

올 게 온 것이다.

그런 얘기를 서로 한참 나눈 다음 짐이 박정희에게 그 날의 대화를 마무리 짓는 뜻으로 한 것이 앞의 세 마디였다.

일종의 홍정 제의라고 해도 될 짐의 말은 박정희에게 뜻밖일 것은 없었다. 좀 놀라울 게 있다면 그렇게 엄청난 일이 그렇게도 간단한 몇 마디의 말로 정리될 수 있었다는 것쯤이었다.

그렇지 않은가. 이 대화의 내용은 자그마치 한 정부를 엎어버린다는 것이다. 그런 음모를 한다는 건 까딱 잘못됐다간 모두가 목매달려 죽을 죄다.

하긴 사형감이 되었던 건 박정희로선 벌써 한 번 치른 일이다. 그 후, 10년을 넘게 더 살았으면 지금 죽는다 해서 밑졌다 할 건 없다. 게다가 짐이 나처럼 죽을 사람을 살릴 수 있었던 건 미국이란 거대한 힘 덕이었다. 그렇다면 이번 일도 그런 힘의 뒷받침이 있을 거라고 일단은 믿어줘도 괜찮을 일일지도 모른다.

그렇게 얘기를 그렇게 마무리한 것을 축하하는 뜻에서 한 잔 더 하자고 박정희와 짐, 진들은 잔을 몇 차례씩 더 비웠다.

그러는 동안에도 박정희는 머릿속에서 짐의 세 마디 제의를 여러 가지로 저울질하고 있었다.

쿠데타로 국권國權을 장악한다는 것은 이제 이 나라를 내 뜻대로 주무를 수 있는 기회를 얻는다는 것을 뜻한다. 그 대신 미국은 남쪽 땅이 반공의 보루나 기지로 남기를 원한다. 극동에서 커다란 공산대국을 감시하는 전방 관측소 같은 것이 필요한 미국으로서 그것은 이해할 만한 요구다. 그리고 반공이라는 것을 꼭 미국식으로만 볼 것도 없다.

이렇게 생각해도 된다. 나로서의 반공은 내가 남한 땅을 내 구상대로 만들어 가는 과정에서 북쪽이 대들거나 간섭하는 것을 절대로 용허하지 않는다는 뜻에서의 반공이라고. 그건 이시와라의 반소反蘇, 반공反共이 우선은 만주의 보위에 있었다는 것과 같다.

그러니까 나의 나라와 짐의 반공을 하나의 '주고받기의 홍정'으로 받아들이는 것은 밑질 게 없다고 박정희는 생각하기로 했다.

마무리가 그런 식으로 지어지기에 앞서 그 날 모임에서는 꽤 심각한 얘기들도 그들 사이에서 오갔다. 이를테면 지금 그들이 획책하고 있는 쿠데타가 무엇을 위한 것이고 그것을 어떤 식으로 표현해야 하느냐는 따위다.

화제가 거기에 이르자 짐은 대충 이런 식으로 표현해도 될까 하는데 어떻게 생각하느냐고 글줄이 쓰여 있는 종잇조각 한 장을 꺼내면서 박정희에게 보여주었다. 훑어보니 내용은 쿠데타를 일으키는 날 아침 방송을 통해 그 거사가 무엇을 약속하는 것인가를 국민들에게 알리는 혁명공약이었다. 그것은 짐이나 미 CIA 둘레에 벌떼처럼 모여 있기도 한 무슨 대학교수쯤의 현지인 보좌원들이 써준 것임에 틀림없었다.

그 첫 줄을 읽었을 때 박정희는 저도 모르는 사이에 폭소를 터뜨리고 말았다. 그 공약은 다음과 같이 시작하고 있었다.

'대한민국은 반공 국가다.' 그것을 보자 박정희 머리에 먼저 떠오른 것이 '언제 누가 대한민국이 그런 게 아니라고 했느냐'는 것이어서 그만 저도 모르게 폭소가 터져 나온 것이었다. 그리고 나머지를 훑어보니 거의가 다 그런 수준의 글이었다.

박정희의 그런 이외의 반응에 짐이 어리둥절해 하는 꼴이어서 박정희는 웃음의 까닭을 설명하지 않을 수도 없어서 그것을 그에게 말해 주었다. "누가 이런 것도 글이라고 너에게 써주었는지 모르지만" 하며 그는 솔직히 말을 꺼냈다. "이런 것을 혁명위원회의 이름으로 내가 읽을 수는 없다"고. 그리고 이와 같은 일은 바로 혁명 주체의 위신에도 관계되고 그것은 거사의 성패를 좌우할 수도 있다고 설명해주자 머리 회전의 속도가 느리지 않은 짐은 곧 그 뜻을 알아들었다. 동석해 있던 진도 박정희 말을 듣곤 그 의견에 전적으로 동의해 주었다.

그래서 박정희가 "내가 읽을 것은 내 손으로 써야겠다"는 말을 하자 짐은 선뜻 이에 동의하면서 그렇게 해주면 크게 고맙겠다는 말까지 붙였다. 그래서 그 혁명공약이라는 것은 박정희 자신이 다시 쓴 것으로 교체돼 오늘에 이른다. 그 직후 짐이 어느 대학교수의 '딸라 밥통' 줄을 끊어버리기도 했을 것도 틀림은 없겠다.

그 이튿날 그가 써 놓은 공약을 다시 읽으면서 박정희의 마음에 약간 거리끼는 점이 없지는 않았다. 그러나 그것은 역사적 문헌에 남겨진 박정희의 발자취이기도 하다는 생각에서 그대로 놔두기로 했다.

이를테면 '대한민국은 반공국가다' 한 것을 '반공을 국시의 제일의로 하고'로 고쳐 놓은 것이 그가 사범학교 때 배운 일본어 문어체文語體 같은 냄새가 나지 않나 하는 느낌도 없지는 않았으나 적어도 그것은 하나의 문장이다. 치졸하지 않아서 좋았다. 그래서 그것을 그대로 놔두었다.

그리고 그 혁명공약은 '대한민국 만세. 궐기군 만세'라는 말들로 끝을 맺는다. 이것도 보기에 따라 오해 받을 수도 있는 대목이다.

무슨 연설문 끝에 예외 없이 '무어 만세. 무어 만세' 라는 말이 붙는 건 공산주의, 특히 스탈린 시대의 소련 같은 사회에서 주로 있던 일이다. 연설의 이곳저곳에 (만장의 우레와 같은 박수), (청중들의 열광적인 기립 갈채) 따위의 말들이 삽입되고 그 끄트머리는 '스탈린 대원수 만세', '세계 근로인민들의 친선과 단결 만세' 등의 말로 끝이 난다. 미국이나 다른 나라 대통령의 연설에 그런 만세 하는 말이 붙는 경우란 없다.

그래서 혁명공약을 '만세, 만세' 소리로 끝맺은 것도 공산주의 냄새가 나는 게 아니냐 할 사람도 있지 않을까 하는 생각도 들었지만 그것도 좋다. 그것도 박정희의 몸 냄새로 쳐두거라 하는 생각에서 그대로 두었다.

그 후, 5·16이 실제로 일어난 날 새벽 다섯 시, 김종필을 거느리고 서울 중앙방송국을 찾아간 박정희가 박종세 아나운서를 시켜 그 혁명공약을 읽게 하고 그 아나운서가 그것을 "대한민국 만세, 궐기군 만세"라는 말로 마무리 짓고 있는 것을 들으면서 박정희는 그 말을 그대로 놔둔 것이 잘했다 싶었다.

그 이튿날 박종세 아나운서와 교체한 강찬선 아나운서가 그 공약을 읽는 것을 듣곤 박정희는 한결 더 신이 나는 듯한 느낌을 어쩔 수 없었다. 축구 중계로도 이름이 나 있던 강창선은 그 목청이 낭랑한데다가 성량도 박종세보다 훨씬 더 커서 좋았다. 그래서 그가 읽던 "대한민국 만세, 궐기군 만세"는 어렵사리 차 넣은 공이 멋들어지게 골문으로 들어갈 때 외치는 "골인!" 하는 것 같은 혈기에 찬 율동도 있는 것이어서 박정희의 기분은 한결 더 들뜨는 듯했다.

또 하나 만족한 것은 그 혁명공약에 들어있는 "기아선상에서 헤매는 민중들을 구제하고……"라는 어귀다.

헐벗고 굶주리는 사람들을 그 찢어지는 빈곤과 억눌림에서 살려내자고 한 것은 다름 아닌 상희 형님의 평생의 염원이었다는 것이 박정희의 생각이다.

그렇다면 상희 형님은 지금 내가 이런 일을 하고 있는 것을 좋다고 해주실 게 틀림없다. 그래서 박정희는 그날의 짐과의 홍정을 그만 하면 된 걸로 치기로 했다.

# 그거 우리 모르는 일야

박정희가 쿠데타를 하던 시절 서울에는 맥그루더(Carter B. Magruder, 1900~1988)라는 미국의 사성 장군이 있었다. 그는 UN군, 주한 미군, 8군 사령관이라는 무거운 모자를 쓰고 있었다. 그는 우리 역사에 잠깐 얼굴을 비쳤다가 사라진다. 그가 한 일은 역사적으로는 전혀 중요치 않다. 그러나 우리의 역사라는 데에는 곧잘 소설적인 요소가 가미된다는 것을 가리키는 하나의 예로서는 잠깐 적어둘 값어치를 갖는다.

그가 역사에 얼굴을 처음 내밀기는 박정희가 앞에서 본 대로 육군 본부의 작전참모부장 자리에 오른 1960년 여름이었다. 한국에 있는 미군을 거느리는 입장에서 한국군과의 접촉 고리인 박정희를 만나게 된 맥그루더가 상대가 어떤 사람인지 알아보고 싶었던 건 당연하다. 그런데 문제는 그걸 알고 나서다. 이 사람이 전에 남조선 노동당의 군사책으로 있었다는 게 아닌가.

이에 놀란 맥그루더는 당장 장면 총리를 찾아가 어떻게 이런 사람을 작전참모부장이라는 중요한 자리에 두느냐고 했다. 적어도 그가 그랬다는 것으로 역사책은 기록한다. 그래서 장면 총리는 박정희를 그 자리에서 물러나 제2군 부사령관 자리로 옮기도록 했다는 것이다.

맥그루더의 이름이 다시 역사책에 오르기는 5·16이 일어난 날 이 쿠데타 소동의 주인공이 박정희라는 소리를 듣고 놀란 그가 대통령 관저로 윤보선을 찾아가 이들 반란군을 진압하라는 요청을 했다고 하는 데서다. 거기서 윤보선은 이 미국의 사성 장군, 그리고 그와 같이 왔었다는 마샬 그린 미국 대리대사의 청을 들어주길 거절했다고 역사책은 말한다. 그것을 읽는 사람들은 '이조 시대의 양반 선비의 전형' 쯤의 인상을 사람들에게 주어 온 윤보선이 잘도 그런 배짱이나 패기를 가졌었구나 하고 은근히 감탄하기 마련이다. 그의 그런 영상을 거의 '영웅적'인 것으로 본 사람들도 있을 것이다. 한국 땅을 지키는 별 네 개짜리 장군과 미국 대사라는 존재들에게 "너희들 얘기 들어줄 수 없다"고 배짱을 튕겼으면 그렇게 생각해 줄만도 했다.

실제, UN군 사령관과 서울 주재 대리대사가 미국의 '보이지 않는 정부' 음부陰部 속에서 배태胚胎되는 공작 내용을 그게 실제로 일어나는 순간까지 모르고 지냈다는 게 전혀 불가능한 일은 아니다. '정부의 오른손이 왼손이 하는 것을 모르고 지내는' 경우는 흔히 있어온 일이다. 그리고 은밀한 공작을 짜는 측이 그 내용을 미리 다 알릴 것 없다고 했을 수도 얼마든지 있다.

또는 백 보 양보해 미국이 정말 모든 걸 까맣게 모르고 있다가 쿠데타가 일어난 다음에야 비로소 '당했다'는 기분으로 놀라고 노했다고 하자. 실제, 역사는 지금도 그랬다는 것으로 적어 놓는다. 그렇다면 당시 케네디가 대통령으로 있던 미국정부나 미국이란 나라가 온통 무능, 무지無知, 무기력하기도 그 이상 가기 어려웠다는 말밖에 되지 않는다.

또 하나. 하도 그런 일이 흔해 이제 상식처럼 되어버린 말로 미국의 공식적인 '그럴 듯한 부인(Plausible Deniability)'이라는 말이 있다. 실제는 미국이 꾸민 비밀공작에 미국이 관련됐다는 사실이 밝혀지기를 원치 않는 경우, 미국은 그것을 '그럴듯하게 부인'할 수 있는 구실을 마련해 놓는다는 것이다. '그건 미국으로서는 전혀 모르는 일'이라고 잡아떼는 수법이다. 형사재판장에서면 범죄를 부인할 수 있는 '알리바이(Alibi)', 구실이나 그 자리에 없었다는 부재증명을 내놓는 행위다.

미국이 정말 그런 알리바이가 필요해서 미리 맥그루더로 하여금 박정희를 작전참모부장 자리에서 밀려나게 했다든가 5·16이 나자 대리대사와 함께 윤보선을 찾아 가서 '진압'을 요청했다든가 했다면 그건 '알리바이' 각본으로선 너무 완벽한 것이었다 해야 한다. 실제 그것을 미국의 두뇌들이 써 놓은 각본에 의한 '쇼'로 보는 눈들도 꽤 있다. 그러나 쇼도 너무 완벽하면 신용을 잃는다.

케네디 정부란, 다른 인간집단들이 그렇듯, 무지무능한 것도, 전지전능全能한 것도 아니었을 것이다. 그 중간쯤이었다고 봐도 무방하다.

그야 어쨌대도 상관은 없다. 그것을 굳이 따져야 할 것도 없는 일이다.

부정수법(Deniability)이라는 말을 했지만 이 일에서 누구도 부인하지 못할 일이 하나 있다는 것을 우리는 누구도 부인하지 못한다.

그것은 남조선노동당 군사책이라는 전력을 가진 사람이 대한민국 땅에서 현존하는 정권을 뒤집어엎고 국가권력을 장악한다는 것은 본인, 타인 할 것 없이 우선 구상부터 할 수 없는 일이라는 것이다. 그런 계획을 실제로 실천한다는 것은 더 어렵다. 더욱이 그런 시도가 성공한다는 것은 그 당시의 여러 실정 속에 그것을 놓고 본다면 전혀 가능성 밖의 일이다. 그런 결론에 이르기에는 중학교 1학년 이상의 지능도 필요 없다. 그런 '절대의 불가능이 가능할 수 있는 단 하나의 상황'이 어떤 것이어야 하는 걸 상상하는 것도 어렵지 않은 일이다.

그것은 '미국이 그것을 용납할 때'다. 그 외에 다른 것일 수는 절대로 없다.

그렇다면 여기서도 똑같은 말을 할 수 있다. 그런 것이 가능할 수 있는 단 하나의 조건이 미국의 허락이라는 것 외에 다른 것일 수 없다는 것만으로도 5·16을 미국의 기획, 승인, 지원에 의한 거사라고 해도 전혀 틀린 말이 아니라는 것이다. 그것은 일찍이 박정희를 피할 도리 없는 죽음으로부터 구해 낸 것이 미국 외에 다른 것일 수 없다는 바탕 위에서 그것을 미국이 한 일로 치는 것과 다르지 않다.

실상, 그 당시나 더욱이 지금의 미국의 입장에서 5·16에의 미국의 관여를 꼭 부인해야 할 큰 까닭이란 없다. 오히려 그 반대의 경우가 더 많다고 보는 것이 옳을 것이고 그렇게 볼 근거도 많다. 5·16 당시만 해도 맥그루더가 부하 군인들에게 군사정권을 지지하지 말라는 지시를 내렸다는 것이 일부 미국 매체에 보도되자 다름 아닌 그의 전임자인 밴 플리트(James Van Fleet, 1892~1992) 장군이 웃으면서 '그런 지시는 누구도 따를 만한 것이 되지 않는다'고 했다는 보도(Rocking the Boat,' Time Magazine, July 28, 1961.)에서 보듯 5·16에의 미국의 개입을 긍정적으로 보는 눈은 많았다. 지금은 더할 것이다.

그 당시에도 맥그루더가 5·16 첫날을 빼놓곤 다시는 그런 부정적인 말을 입 밖에 내지 않은 까닭이 "입 닥쳐!" 하는 호령이 케네디의 주관 아래 있던 한국문제 작업반에서 그에게 날아온 때문이었을 건 뻔한 일이다. 그리고 그 후의 케네디 행정부의 박정희 군사정권에 대한 지지표명이 얼마나 빨리, 그리고 분명했던가도 우리가 보아 온 역사 그대로다.

5·16의 '스폰서(Sponsor, 대부, 代父)'로서의 미국의 역할이라는 것을 의문시하는 측이 내세우는 바, 케네디 같은 '개명된' 대통령이 민주적으로 수립된 장면정권이 군사 쿠데타로 쓰러지는 일 따위를 승인했을 리 없다는 논의에 관해선 이런 사족蛇足 하나를 달아놓는 것도 뜻 없지 않겠다. 즉, 1963년 남 월남의 고딘디엠 정권을 쿠데타로 쓰러뜨린 것이 미국 CIA였다는 것을 인정한 것이 다름 아닌 케네디 자신이었다는 것이다.

그렇다면 박정희 자신은 이 일을 어떻게 보았는가?

5·16이라는 것이 전적으로 미국이 원해서 된 것이었다면 박정희는 그런 일을 되게 하는 데에서 미국이 이용했던 미국의 수족手足 같은 존재였다는 말인가? 그렇게 보는 눈이 한국 땅 북쪽에선 물론이고 타 지역에서도 없지는 않았다.

그러나 지극히 간단한 사실은 장면 치하의 남한의 체제적 현황을 불안한 눈으로 보던 것이 미국만은 아니었다는 것이다. 박정희를 비롯해 정치적으로 다분히 의식적이었던 젊은 장교들이나 그들을 닮은 시민들이 당시의 현상에 불안감을 느꼈다면 그것 역시 이상치 않은 일이다. 앞서 박정희가 자기의 대미관계에 고민하면서 생각했듯 미국이 박정희를 이용하기를 원했던 것처럼 박정희 역시 미국을 이용하고자 했다고 보아 그리 어림없는 생각으로 볼 것은 전혀 없다. 그리고 박정희가 그러는 것을 부끄럽게 생각하거나 뉘우친 일이 있었다고 보기는 어렵고 그랬다는 흔적도 없다. 그 내용은 이 뒤에서 다시 보자.

그것도 실제가 어떠했어도 좋다.

박정희가 미국에 의해 이용만 당했다든가 한 발 더 나아가 그가 미국의 '괴뢰'였다고 볼 근거는 하나의 사건으로 없어져 버렸다.

그 사건이란 다름 아니다. 그것은 그가 끝내는 암살당해 죽었다는 것이다.

# 차지철의 수류탄

동이 트기 전부터 '궐기군 만세'로 끝나는 혁명공약이라는 것이 KBS 방송을 타고 전국으로 흘러나가면서 날이 트기 시작할 무렵에 이르러서 모두가 느낀 것은 이제 끝장이 났다는 것이었다. 이걸로 장면 정권은 무너지고 군인들이 '왕초' 노릇 하는 그런 세상이 왔다는 느낌이었다. 그게 박정희나 짐의 느낌이기도 했다는 것은 물론이다.

그래서 박정희에겐 김종필 등을 데리고 일단 방송국에서 나와 무교동 뒷골목에 있는 해장국 집에서 막걸리를 곁들인 아침 요기를 할 여유까지도 있었다. 그런 다음에는 바로 골목 옆 시청 앞 광장으로 나가 그의 군인들이 탱크를 몰며 시위 행진하는 모습을 유유히 감상하면 되었다. 시청 앞에 이르자 어느덧 모여든 신문사 카메라맨들이 이 뜻밖의 광경에 플래시를 터뜨리고 있었다. 박정희의 모습이 나타나자 그들이 한 떼의 벌떼처럼 모여든 건 물론이다. 이렇게들 찍어대는 사진들이 나중에 역사적인 문건으로 남을 건 틀림없다. 그렇다면 옷차림 하나 늠름하게 하고 나온 차지철이 자기 옆에 있는 게 좋겠다고 여긴 박정희는 그에게 그러라고 일렀다.

여기서 '늠름하게'라고 한 말이 무엇을 뜻했는가는 지금도 검색해보면 그때의 사진이 나와 있어 금방 알아차릴 수 있다. 나는 지금도 그 사진을 보면 웃음이 터져 나올 듯한 기분이 되는 걸 어쩌기 어렵다.

앞에서 우리는 박정희가 누가 써온 "대한민국은 반공국가다"라는 글을 보고 웃음보따리를 터뜨린 것을 보았다. "아니, 누가 대한민국이 그런 게 아니라고 했느냐" 해서 저절로 터져 나왔다는 웃음이다.

5·16 아침의 박정희와 차지철 모습을 보면서 내가 웃을까 말까 하는 기분이 되는 것도 그와 크게 다르지 않았었다.

별 두 개 달린 전투모에 '구로메가네'(색안경. 우리 세대는 입버릇이 돼 그걸 그렇게 부른다)를 쓰고 있는 박정희. 그리고 그 옆에는 시커먼 눈썹에 험상의 차지철이 가슴팍에 수류탄 두 개를 달고 서 있다. 지금도 6·25를 산 세대는 그때 중공군을 북으로 밀어내고 서울을 수복했던 미 8군 사령관 리지웨이(Gen. Matthew Ridgeway, 1895~1993)의 모습을 기억할 것이다. 위장 전투복에 수류탄을 앞가슴에 덜렁 달고 있는 차지철의 모습은 그 리지웨이를 아주 그럴 듯하게 그대로 복사해 놓은 것이다.

맥아더 어록집에는 "대한민국 국군은 미군이 만들고 훈련시키고 무장시켜준 군대고 북쪽의 조선인민군은 소련이 만들고 훈련시키고 무장시켜준 군대"라는 말이 있다. 'I.F. Stone,' Hidden History of the Korean War,' Monthly Review Press, New York, 1952, P. 95.

그래서 차지철들의 모습을 보면서 떠오르는 것도 '언제 누가 임자 네가 미국이 만들어준 군대가 아니라고 할까봐 그렇게도 똑같은 모습으로 차리고 나왔느냐'는 생각이다. 그래서 그 모습을 보고 웃을까 말까 한다는 것이다.

그야 어쨌건 그 차지철의 수류탄에서 그때 서울에서 일어나고 있는 일들의 상징적인 뜻을 읽는 사람들은 많았고 지금도 많을 것이다. 그것은 그날의 혁명공약이라는 것이 말하고 있듯 그때까지의 모든 '구악'들을 수류탄이라도 터뜨리는 기세로 박살내 버리겠다는 군부로서의 자세를 상징하는 것으로 봐도 된다는 것이다.

어느 사회에서건 군대란 가장 크게 조직된 인간집단이다. 그리고 힘도 제일 세다. 그것이 가지고 있는 무기들은 첨단과학이 만들어낸 것들이다. 그래서 그것을 효과적으로 다루기 위해서는 그런 과학과 기술에 익숙해 있지 않으면 안 된다. 그저 기술뿐이 아니다. 사물을 보고 생각하는 데서도 상당히 과학적이어야 한다. 그 결과 군대는 비교적 전통적이거나 소위 발전도상에 있는 나라에선 그 사회 여타 부분보다 현대적이고 선진된 부분을 이룬다.

또한 군대라는 사회를 지배하는 질서는 규율이다. 그것은 명령의 복종을 덕목으로 치는 것으로 생겨난다. 따라서 그들을 통솔하는 것도 민간단체의 경우보다 훨씬 더 쉽다. 그들이 갖추는 무기와 장비, 거기에 필요한 정보나 기술 등은 그들보다 선진돼 있고 그들을 지원하는 대국들에 의해 제공되는 게 통상이다. 그에 따라 대국들에 대한 그들의 의존도가 높아지는 것도 자연스럽고 불가피하다.

그런 사실에 비춰놓고 본다면 지난 대전 후의 냉전기를 통해 미국이 지원했던 제3세계 내의 친미, 친서방 국가들 가운데 군사정권이 많았다는 것이 전혀 이상스럽지 않은 일이다.

5·16에 관해서도 그러한 배경은 우리들의 이해를 도와준다. 5·16은 그날 새벽 동이 틀 무렵에는 이미 그것이 성공했다는 것을 알 수 있었다고 했지만 실상 그 성패는 짐이 박정희에게 "위 아 비하인드 유(우리들은 너희를 지원한다)"라고 했을 때 결정 났었다. 6·25 때 한국을 지켜준 미국은 그 후 한국을 군사적으로 통솔하는 입장에 있어왔다. 그런 미국이 지

원을 약속한다는 것은 말할 것도 없이 5·16이 일어나는 날 궐기군들을 반대하거나 막는 세력이 없을 거라는 것을 뜻한다. 그 보장은 "제諸 부대는 현재의 위치에서 부동不動의 자세를 견지하라"는 작전명령 한마디로 되고도 남는다. 그것은 박정희가 작전참모부장으로 있는 동안 '준비 필畢'의 상황으로 해놓은 지도 이미 오래다. 그리고 그 집행과정이 진작부터 선발돼 있는 요원들에 의해 세밀히 짜여져 있었다는 것도 말할 나위 없다. 그들의 핵심은 벌써부터 박정희가 거느려 온 육사 8기 출신을 중심으로 뭉쳐있는 김종필 등의 정예분자들, 그리고 그들이 '새끼 쳐 온' 전두환, 노태우 등 일심회一心會 세포들 따위로 돼 있었고 그들은 하나같이 정력적이고 능률적이기도 했다. 그래서 서울에 들어온 다음 청와대를 비롯한 정부기구 요소들, 방송국 등 전략적 거점들의 점거 따위가 아무 저항 없이 무혈로 이루어진 것은 뜻밖의 일이 아니다.

그다음 우리가 보았던 대로 측근들의 권유에 따라 수도원으로 몸을 피해 숨어있던 장면 총리가 5월 18일에 다시 나타나 하야를 선언하였고, 대통령 윤보선도 그 이튿날 군인들이 일 잘할 것이어서 안심하고 이 자리에서 물러난다는 말을 남기고 청와대를 떠났다.

일이 이쯤에 이르면 대세는 결정된 것이다. 군대건 경찰이건 일반 백성들이건 대세라는 것이 분명해지면 그것에 군소리 없이 다들 따르기 마련이다. 그래서 문자 그대로 세상을 뒤집어 엎어버리는 군사 쿠데타는 그날 모든 게 아주 '제대로' 치러졌었다. '혁명'이고 '궐기'고 엄청나지만 그날 동원된 군대들에 있어 그 하루의 행사란 그저 한 번의 야전 연습 정도 이상으로 위험한 것도, 힘든 것도 아니었을 것이다.

하여간 그렇게 해서 국권을 장악하게 된 박정희와 그의 군인 동료들은 급거 그들의 생각들을 실천으로 옮겼다. 그런 일 중, 무엇보다 앞섰던 것이 민간인들의 정치단체들을 해산시켜버리고 그들의 활동을 금지 내지 제한한 조치였다는 것은 전혀 놀랍지 않았다. 그것은 차지철이 차고 있던 수류탄이 상징한 군사력이라는 폭력으로 지금까지 민간인들이 오물汚物에 찬 흙바닥으로 만들어 놓은 정치풍토를 싹쓸이 해보자는 것이었을 것이다. 소위 최고회의 포고 6호로 정당 사회단체 해산을 명령한 박정희는 그러는 동안 속으로 쾌재를 부르고 있었을 것에 틀림없다.

그렇게 싹쓸이를 당한 것이 정치인들만은 아니었다. 언론인들 역시 그 '구악'이란 그물에 걸려 곤욕을 치렀다. 우리 신문사에도 중앙정보부에서 나온 '실력자'들이 신문 제작에 이래라 저래라 하는 통제를 가하는 걸 서슴지 않았다. 나는 중앙청 출입을 하는 동안 가까워진 공보처장 오재경이 돈을 잔뜩 내 놓으면서 해보라고 해서 KBS 방송국에서 해외방송이라는 것을 맡아 하고 있었다. 별로 신통치도 못했을 내 영어로 그것을 어떻게 했는지 지금 생각해도 좀 신비롭지만 하여튼 그런 것을 얼마 동안 하고 있었다. 매일 30분씩 하고 있던 방송은 조선일보 뒤에 있던 KBS 제2방송국 건물에서 했었고 그것을 하고 나면 비교적 자유로운 시간도 많고 무엇보다 밥그릇 걱정을 덜 하게 돼 좋았다.

그런데 5·16이 난 날이다. 방송시간 한 시간쯤 앞서 사무실에서 원고 채비 등을 하고 있는데 군복을 입은 육군 대위가 사무실에 들어오더니 이제부터 방송이 나가기 전에 원고를 자기가 일단 봐야 한다는 것이었다. 그게 나중에 대통령이 된 노태우였다. 그땐 5·16 혁명군의 언론 검열, 통제관으로 있었다. 그의 영어 지식이 얼마나 되는지 알 도리는 없었다. 그러나 검열을 해야 하겠다는 데다가 세상이 이제 군인들의 수류탄이 판을 치는 것으로 바뀐 판이니 어쩔 도리 있겠나. 그래서 검열관 노태우 대위의 요구에 나는 손을 들었다. 그리고 방송을 할 때도 그는 스튜디오 밖에서 그것을 듣고 서 있었다. 그러니까 그때부터 노태우와 전두환 등은 5·16에 열심히 앞장섰던 일꾼들이었다.

그리고 나는 후일의 대통령과 매일 얼굴을 맞대게 되기도 했었고.

# '사무라이 박'

박정희에게는 살아있는 동안이나 죽은 다음에도 여러 가지 딱지가 붙었다.

코뮤니스트, 독재자, 미제의 주구, 사회주의자, 자본주의 수문장, 파시스트, 군국주의자 …… 이런 딱지들이 터무니없는 것도 아니었다. 박정희 자신 역시 그렇게 여겼을 것이다. 더 한 게 있다. 그는 사람들이 그런 딱지를 붙이는 것에 개의치 않았던 게 분명하다. 누군가가 그의 일대기를 소개한 책 이름으로 "내 무덤에 침을 뱉어라"라는 말을 내걸었지만 "잘 보았다. 너희들이 하고 싶은 말 다 하거라. 나로서는 그런 것에 신경 안 쓰겠다"쯤이 박정희의 배짱이었을 것이다.

그가 한때 남로당의 군사책이었으니 그를 두고 코뮤니스트라고 하는 말은 맞다. 그가 권력을 쥐고 있던 18년간, 그 행사는 주로 그 독단의 것이었다. 그래서 그는 전재자요, 독재자다. 5·16이 미국의 동의 없이 있을 수 없었다는 데서 그를 미제의 주구로도 몰아 붙인다. 그는 또, 그런 자리에 오르면서 국가 주도하의 경제발전에 전력했다. 그렇다면 그를 사회주의자라고 하는 데도 무리는 없다.

그의 집권 기간에 나타났던 두드러진 현상 중 하나는 재벌기업의 엄청난 성장이다.

그는 세제, 자금 지원 등을 통해 기업을 적극적으로 키웠다. 그렇다면 그에 붙는 자본주의의 수문장이라는 딱지에도 무리는 없다. 그가 그러는 데서의 사고는 단순했다. 먹을 밥그릇도 없는 판에 '부의 분배'를 두고 싸운다는 것은 속절없는 일이다. 그건 밥그릇을 챙기고 난 다음에 해도 늦지 않다. 모두에게 밥 먹을 품삯이라고 차지할 자리를 마련해 주는 역할을 재벌들이 감당한다면 우선은 그걸로 그들의 사회적인 값어치는 인정해 줘도 좋다는 것이다. 그래서 재벌들을 키우기도 했다.

이런 정책에 이의를 붙이거나 좌파적인 생각을 먹는 자들은 모조리 잡아다 족쳤다. 그러는 데서 그가 거침없이 활용했던 중앙정보부는 여느 군국주의나 파시스트 국가들에 못지않았다. 박정희 자신도 누가 그를 파시스트라고 부른다고 해서 굳이 그걸 아니라고 변명하며 나서지도 않았을 것이다.

그런 여러 가지 딱지들 가운데 내가 좋아하는 것에 이런 것도 있다. '사무라이 박'이라는 것이다.

박정희가 암살당해 죽은 다음 서울에 와 있던 일본 외교관이 "일본제국 군인 마지막 한 사람이 죽었다"고 했다는 것이 신문에 났었다. 그 외교관은 표현을 꼭 '사무라이 박'이라곤 하지 않았지만 그가 쓴 '제국군인'이라는 것을 사무라이라 바꿔 놓아도 어색할 건 없다. 일본의 명치유신 후, 그 나라의 현대화를 주도한 세력이 다름 아닌 사무라이들이었고 그 추진력의 진수라는 것 역시 사무라이적이었다는 뜻에서의 얘기다.

그런 말을 그 외교관은 박정희의 면모에서 나라를 위해 멸사봉공滅私奉公하는 제국군인상을 봤다는 뜻에서 썼을 것이다. 즉 찬양하는 말로서다. 물론 거꾸로 그것을 만사 그저 '신민臣民'의 입장 외에서는 볼 줄 모르는 '한정된 시야의 인물'로 폄하하는 것으로 읽을 수도 있다. 어느 쪽으로 읽건 그것에 대해 역시 박정희로선 이의가 없었을 것이다.

그런 저간의 사정은 그가 자신의 정치 의사를 유신이라는 말로 표현했던 사실에서도 쉽게 엿보인다. 그가 유신이란 말을 쓰기로 했을 때에 그 말의 출처가 일본의 '명치유신'에 있었음은 틀림없다. 까마득한 중국의 고전에서 나온 유신이란 말이 정치적인 용어로 쓰이기는 명치유신의 경우가 처음이었고 그 외에 쓰인 일은 없다. 유신이란 정치용어는 다분히 일본적인 것이라 해야 한다. 그렇다면 박정희가 한국정치를 유신하겠다고 나섰을 때의 의도가 어떤 것이었느냐는 상상하기에 어렵지 않다. 그건 일본의 명치유신을 모방의 틀로 삼은 것이다. 실제 박정희가 일본의 역사적 경험을 모방하는 길 꺼리지 않았다는 것은 그의 치성 18년을 통해 증명된다.

우리가 역사를 통해 목도했듯, 일본의 명치유신이란 해묵은 봉건 일본을 현대화해 놓은 커다란 혁명이었다. 그런 현대화 혁명에서 일본인들이 얼마나 유능했었던가는 간단한 사례 한두 개를 보는 것만으로도 족하다. 유신과 개국(1868년) 다음 채 반 세기가 안 돼 일본은 그 큰 청국(1894년)과 제정러시아(1904년)를 전쟁을 통해 패퇴시켰다. 우리 땅을 식민지로 먹기도 한 그들은 견습생 격이긴 해도 서양 제국주의 대열에 낄 만큼 빠른 속도로 자랐다. 그만한 군사력을 가지게 되었다는 것은 그것에 상응하는 산업력도 갖추었다는 것이었음은 물론이다. 서양 열강들이 수백 년을 통해 이루어 놓은 것을 일본은 거의 하루아침에 해 버렸다고 해도 과언이 아니다.

따져보면 지금도 놀랄 만한 그런 성공을 그들이 유신을 통해 이룰 수 있었던 것을 한마디로 한다면 그들이 유신의 지표로 내걸었던 소위 부국강병책을 그들 뜻대로 이룰 수 있었던 덕이었다. 여기서의 '뜻대로'란 특별한 뜻을 갖는다.

몇백 년이란 긴 세월을 막부 치하에서 조용히 살아온 일본이 마지못해 나라 문을 바깥 세상에 열기로 한 것은 미국과 영국 등 서양열강의 강압에 이기지 못해서였다. '페리' 제독의 흑선黑船 모습에서 '철을 물 위에 띄우는 기적'을 보고 놀란 일본인들은 이내 그만한 힘을 가진 나라에 대항하는 것이 무리라는 것을 깨달으면서 그들 뜻에 따라 나라 문을 열었다. 그러나 그런 힘 센 나라에 나라가 먹힐 위험은 크다, 그렇다고 나라를 지킬 힘은 적다. 그래서 내세운 게 부국강병이라는 것이고 그것은 그저 정책지표이기보다는 그것을 위해 물불 가리지 않는다는 민족으로서의 결의의 표명이었다. 그렇지 않으면 죽는다는 강박감에서 온 것이었을 것이다.

그러나 그들에겐 당장 쓸 기술이나 물질적 수단이 없다. 그래서 그들은 그 부족함을 멸사봉공의 사무라이 정신으로 메꾸었다. 거기에는 미국이나 영국이 일본을 먹기보다는 그들의 더 큰 경쟁자인 러시아를 견제하는 데 이용하기로 한 요행도 있긴 있었다.

그뿐 아니다. 일본의 지배계급이 국가로서의 생존을 위해 자신들의 봉건적 이권들을 현대국가라는 공동체를 위해 기꺼이 내던지는 용기와 식견을 가지고 있었다는 것도 일본이 살아남는 데서의 힘으로 컸다. 그래도 모자라는 것은 사무라이 정신과 몸으로 때웠다. 철선鐵船은 물론, 총도 '뎃뽀鐵砲'라고 부르듯, 철 속에 국력의 상징을 본 그들은 중공업 건설에 부국강병책의 초점을 두기도 했다. 그들이 이런 새 기술을 구미 열강을 모형으로 하여 배우고 모방하는 데서 열화 같았던 것은 무엇보다 되풀이되는 말이지만, 열강에 지지 않고 먹히지 않겠다는 결의나 위기감 때문이었음은 물론이다.

사실, 그들은 먹히지 않았다. 먹히지 않았을 뿐만 아니다. 부국강병에 성공한 그들은 급기야는 그 성공에 취한 군부과격파에 국가권력이 '납치' 되어 전 세계를 상대로 전쟁을 벌이는 우를 범하면서 결국에선 핵폭탄을 맞고 쓰러졌다. 앞에서 본 대로 일본의 국가권력이 그런 열등 두뇌들에 납치되지 않았더라면 그동안의 역사는 많이 달랐을 것이다.

그야 어떻든 한때 명치유신이 이루었던 놀라운 비약을 나름대로 인정하는 데에 우리가 인색할 필요는 전혀 없다. 또, 박정희가 그런 전례에 배울 만한 데가 있다고 해서 유신이란 말을 쓴 것도 엉뚱하다고 할 건 없는 일이다.

알다시피 박정희도 부국강병이라는 것을 그의 유신체제의 지표로 내걸었다. 그것을 이루어 나가는 데서 박정희 역시 여러모로 명치유신 때의 일본을 닮았다. 아니, 그들보다 한술 더 떴다. 모자라거나 없다면 죽기 아니면 살기라는 의지와 '악'으로 몰아붙였다. 그러한 도정道程도 애초부터 무슨 거창한 사상이나 정립定立된 발전이론을 앞세워 놓고 한 것도 아니었다. 이미 본 대로 그는 산이 푸르게 되고 애들이 밥을 안 굶는다는, 그가 그의 형님의 것으로 보았던 그런 염원이면 그것만으로도 '사상'으로 족한 것이었고 그게 되면 죽을 뻔한 목숨이 죽지 않았던 값어치는 있다고 믿었다.

일본 외교관은 그것을 명치유신 때의 사무라이적이라고 믿었던 게 틀림없다. 그래서 박정희가 죽었을 때 그는 "마지막 제국 군인이 죽었다"는 제 나름대로의 말을 했을 것이다.

## '백색 스탈리니스트'

5·16 쿠데타를 미국의 관여 없이는 안 되는 걸로 보고 그 이유로 박정희를 미국이 조정한 괴뢰로 보는 일부 견해는 하나의 정설에 따른 것이다.

이른바 제3세계 나라들에서 미국이 관여한 정권 갈아치우기 사례들은 대체로 일정한 정형을 따랐다. 이를테면 특정국의 정권 전복을 위해 미국이 그 나라 야당 세력에 베푸는 지원은 흔히 그들에 대한 지배로 이어졌다는 도식圖式이다. 그리고 그 결과가 성공이라거나 만족할 만한 것이었을 경우는 많지 않았다.

그러나 인간사에는 묘한 게 있다. 모든 일이 꼭 정석대로만 되지는 않는다는 것이다. 이미 언급한 대로 우연이라는 것이 곧잘 일을 예견된 길에서 벗어나게 하기도 하기 때문이다. 그런 것을 우리는 5·16 사태에서도 본다. 5·16에서는 그런 도식이란 것이 미국의 지원–지도–지배이기보다는 거의 지원–동조–추종이라고 해도 될 만큼 달랐다. 그래서 5·16은 한미 간 일방적 지배이기보다는 공조적인 것이라고 해도 좋았고 그 결과는 지금도 그러한 쿠데타로선 희귀한 성공의 사례로 친다. 그리고 그러한 것을 가능하게 한 것을 상당 부분 우연의 덕으로 손꼽아도 그리 빗나간 일일 것은 없다는 것이다.

우리는 이미 박정희와 미국의 짐이 여러 모에서 한 짝을 이루었던 것을 보았다. 그것은 짐이 박정희를 서대문 형무소에서 구해낸 순간부터 박정희가 암살로 죽을 때까지 30여 년 동안 한결같았다.

말할 것도 없이 그들은 국적이 다른 사람들이었고 거기서 오는 입장이나 지향도 당연히 달랐다. 그러나 그들은 서로 의기투합한 짝이 돼 일을 해나가는 공조共助의 터전을 마련했었다. 그리고 그들이 그 긴 세월을 통해 한국에서 각자의 국가적 이익을 대표하는 입장에 있었다는 것도 이미 말한 대로 필연이기보다는 우연에 속하는 일이었다. 또 하나, 앞에서 언급한 '한국문제작업반'으로 대표됐던 미국의 정치권력 핵심이 짐을 한국에서의 미국의 상설창구로 묶어두었던 혜인도 요행으로 쳐야 할 일이다.

우리는 앞에서 짐과 박정희가 자유다 반공이다 하는 커다란 문제들에 관해 서로 간의 의견을 같이 해오고 있다는 것도 보았다. 물론 그 알맹이에서 그들의 생각이 꼭 같은 것은 아니었고 그러한 미묘한 차이는 그리 가볍게만 다룰 일이 아니라는 것도 서로 감지하곤 있었다. 그러나 그것이 크게 문제가 될 건 없었다.

5·16만 해도 그것은 반공이라는 것을 공약으로 내걸고 치른 거사다. 그 반공이라는 것이 미국의 입장에선 팔리 보고서에서 걱정했던 것처럼 한국의 쿠바화를 막고 반공 보루로서의 한국의 안전을 기한다는 데에 있었다. 우선순위에서의 정점은 어디까지나 소련 세력의 견제라는 데에 놓였다. 그러나 '유신'이라는 것을 무엇보다 우선으로 생각하고 있던 박정희에게 있어서는 그 점에서 좀 달랐다. 큰 비중은 무엇보다 '부국강병'이라는 데에 있었고 그의 실현을 위해 반공은 필요한 '조건'이 되는 것이긴 했어도 그 자체가 '목적'이라고 할 건 없었다. 그러나 그런 차이는 소

위 '악센트'를 어디다 두느냐 정도의 것이라고 치면 되고 우선은 반공은 유신에 필요한 일이고 유신은 반공을 돕는 것이라는 정도로 해 놓고 넘어갔었다.

그런 상호 접근은 그들 간에 자라온 친근감으로 용이했다.

박정희처럼 죽을 뻔하다 살아난 사람들에겐 일종의 초연한 자세를 보게 되는 경우가 있다. 죽지 않고 지금까지 살았으니 지금 죽어도 밑질 게 없다는 생각 때문이기도 할 것이다. 그들은 곧잘 보통사람이면 겪는 주저, 거리낌, 눈치놀음, 불안 따위를 홀연히 넘겨버리기도 한다. 박정희에게도 그런 데가 있었다. 짐이 혁명공약 초안을 써가지고 왔을 때 박정희가 이런 것도 글이냐고 찢어버리다시피 하던 것을 앞에서 보았다. 그에 짐은 악감으로 반응하기보다는 그것을 박정희의 자기에 대한 격의 없는 친근감의 표시인 것으로 알고 호감으로 받아들였다. 그래서 그는 박정희를 좋아했다. 그리고 혁명공약 다시 쓰는 것을 그에게 맡겼듯이 여러 일들에서 그를 밀고, 믿고, 따르기도 했다.

유신만 해도 그렇다. 그런 발상이나 표현은 미국에서 나올 수 있는 게 아니다. 그것은 박정희에게서만 나올 수 있는 것이었다. 부국강병이라는 것에서도 마찬가지다. 제3세계 피원조국 후원에서 그런 것이 미국의 우선순위에서 으뜸을 차지하는 것은 아니다. 거기서도 박정희와 짐과의 관계에서 일들을 어느 쪽에서 앞장서 끌고 나갔던가는 어렵지 않게 짐작할 수 있다.

한때, 박정희가 낙서하다 휴지통에 던진 종잇조각이 굴러 짐의 손까지

들어간 일이 있었다. 그 종잇조각에는 "일본에서 배우고 미국에게 빌린다."고 쓰여 있었다. 그것으로도 짐의 눈이 어떤 구석까지 미쳐있었던 가를 보게도 된다.

실제 박정희가 미국에서 빌린 것은 컸다. 자금, 기술, 시장 등 박정희가 그의 나라를 놀라운 속도로 부국화해 가는 과정에서 미국이 제공한 도움은 상당했다. 보다 정확히는 오랜 박정희 정치에 대한 부정적인 반응이 여기저기 있는 가운데에서도 박정희 옹호에 적극적이었던 짐의 덕이 컸었다는 것은 확실하다.

여기서 박정희와 짐 사이가 어떤 것이었나를 무엇보다도 흥미롭게 상징해 줬다고 여겨지는 것을 적어 놔야겠다. 그것은 정치권력이라는 것이 특정한 정황 아래 어떻게 행사되어야 하는가에 관한 것이었다. 좀 더 구체적으로 말해 놓자. 그것은 일정 기간, 특정 목적을 위해 '광폭하게' 행사되는 국가 권력이 '불가능을 가능하게 하는 기적'을 낳기도 한다는 것이다. 따라서 그 과정에서 일어나는 '극단'이나 '과격'이라는 것도 그저 부정적으로만 볼 일은 아니라는 것이다. 그런 결론은 그들이 자주 하던 전사戰史 얘기 중, 세계대전 때 유럽 바닥에서의 승패를 결정 냈던 그 유명한 '스탈린그라드 공방전'에 관해 그들이 이룬 하나의 전적인 합의에 바탕한 것이었다.

그 전투에는 세계의 모든 사람이 놀란 사실이 하나 있었다. 그것은 그 싸움에서 스탈린이 히틀러를 그저 군사적으로뿐 아니라, 그보다는 먼저 산업적으로 눌러버릴 수 있었다는 것이다. 말할 것도 없이 그때까지 독일은 유럽 땅에서 가장 선진되었던 공업국이었고 러시아는 오랜 세월 가장 후진된 쪽에 속해 있었다. 그러나 스탈린그라드 공방전이 절정에 달해 가고 있을 때 스탈린의 소련은 그 유명한 T-34 탱크를 5만 대나 만들어 가지고 있었고 그것을 대량 전투에 투입할 수 있었다. 히틀러는 그에 산업적으로 맞서지 못했다. 그래서 그는 그 역사적인 전투에서 졌다. 그리고 그의 나치 독일은 망했다. 가장 후진되었던 나라가 가장 선진되었던 나라를 공업력으로 눌렀다는 것은 믿기 어려운 커다란 기적이라고 해야 한다. 그것을 가능하게 한 것이 스탈린의 20년 동안의 압정이었다.

그런 기적적 변신을 가능하게 한 밑바닥의 힘은 물론 러시아 인민들에게 있었다. 그러나 그들을 위에 서서 이끌고 밀어붙인 것은 스탈린이었다.

그가 죽고 난 다음 후르시초프에 의한 '스탈린 비판'이 있었던 건 놀라운 일이 아니다. 비단 그뿐만 아니라 스탈린 치정에서 반인도적이거나 거의 범죄적인 악정을 본 사람들은 많았다. 그게 터무니없는 일이 아니었다는 건 물론이다. 그러나 그건 스탈린의 한 측면이다. 거기에는 또 하나 부인하지 못할 측면도 있었다. 그것은 공업력으로 독일을 밀어 붙이고 제 나라를 승리로 이끈 기적적이고 영웅적인 측면이다.

그렇다는 것에 박정희와 짐은 '전적으로' 의견을 같이 했었다.

스탈린그라드 공방전이 한창일 때 소련군 어느 고관이 스탈린에게 "총탄이 떨어지게 되었다"고 했다. 그러자 스탈린은 "그러면 져도 좋다는 거냐." 하고 그의 목을 쳤다.

서울-부산 간에 고속도로를 만들 때다. 어느 고관이 박정희에게 시멘트가 떨어지게 생겼다고 했다. 박정희는 "그렇다면 공사 그만 두겠다는 거냐." 하고 그의 목을 쳤다.

그만 하면 박정희에게 또 하나의 딱지로 백색 스탈리니스트라 붙여도 좋다.

# 압도壓倒의 생리

우리는 가끔 가다 신문에 실린 일 단짜리 기사에서 커다란 사실을 발견하게 되어 놀란다. 조금 아까 신문에 보니까 영국 축구팀 '맨유'의 공격수인 루니(Wayne Rooney, 1985~)가 계약을 갱신했다는 기사에 따라붙은 한 여분의 정보가 눈길을 끌었다. 일주일마다 받는 주급을 30만 파운드로 정했다는 것이다. 우리 돈으로 바꾸면 5억 원이다. 적지 않다 싶어 그러면 이 나라 수상은 얼마나 받나 하고 검색해 보니까 연봉이 약 17만 파운드로 나온다. 사성 장군의 것도 비슷하다. 루니의 급료를 연봉으로 따지면 약 1,600만 파운드쯤 되니까 이 축구선수는 수상이나 사성 장군이 받는 봉급의 자그마치 백 배를 벌고 있는 셈이 된다.

수상이나 사성 장군의 백 배? 열 배가 된대도 놀라운데 백 배라니. 이게 어떻게 정말이란 말인가, 미친 소리지. 나도 운동선수들이 돈 많이 번다는 소리는 듣긴 했지만 그게 한 나라 수상의 백 배가 된다고는 미처 생각하지 못했다. 이 순간에도 그건 미덥지 않다. 그러나 그게 정말이니 어찌 하나. 그래서 벌어진 입이 닫히지 않았다는 것이다.

축구공을 잘 차는 재주로 10대, 20대의 젊은이들이 그런 엄청난 돈을 버는 게 그러고 보니 루니만이 아니다. 웬만한 나라의 웬만한 프로 선수면 정도의 차는 있어도 죄다 기막히다 할 돈을 번다.

왜인가 하고 생각하다 또 한 번 놀라게 되는 게 그런 돈의 액수만이 아니다. 그런 미친 소리 같은 현상을 가져오는, 우리 인간들 속에 도사리고 있는 이것 역시 미친 소리 같다고 해야 할 욕심의 크기다. 남을 눌러버리고 이겨 봐야겠다는 한없는 욕심이다. 그걸 한자식 표현으로 간단히 패권욕霸權慾이라 불러 놓자. 따져보면 그 근본에서 다분히 서양적인 것이라는 점에서 그들 말을 빌려서 '헤게모닉 드라이브(Hegemonic drive)'라고 해도 좋다.

맨유긴 그 밖의 이면 축구 클럽이건 그들이 루니 같은 선수를 돈을 퍼대며 자기 팀에 붙잡아 두려는 까닭은 다름 아니다. 경쟁팀을 압도해 게임에서 이겨보려는 욕심 때문이다. 그런 욕심이 채워져 이겼다고 치자. 돌아오는 것은 우선 양은을 구워 만든 하나의 컵이다. 아니, 그 양은 조각이 뭐 먹고 살 일이라고 그런 죽기 아니면 살기의 법석이냐 할 사람들은 많을 것이다. 나 역시 그런 생각이다. 그러나 까닭이야 뭐든 축구팀이다 하면 모조리 다 그렇다는 사실을 사실로서 인정하지 않을 도리란 없다.

물론, 팀의 실력 여하로 돈이 왔다 갔다 하는 이권이라는 것도 붙긴 붙는다. 그러나 이겨보자고 덤비는 동기로선 돈보단 눌러버리자는 패권욕이 앞선다.

그게 축구팀에 한한 것이면 그저 그런가 보다 해두면 그만이다. 그런데 조금 더 생각해보면 그게 아니다. 그래서 걱정도 된다.

그 패권욕이라는 게 인간의 속성이라고 한다면 그런 현상이 인간집단이면 어떤 것에서건 공통된 것이라고 하지 않으면 안 된다. 그렇다면 일은 맹랑해질 수 있다는 것이다.

인간집단으로 제일 큰 것이 국가다. 힘도 제일이다. 그런 힘이 어떻게 행사되느냐에 따라 그 밑에 사는 사람들의 삶은 천당 같은 것일 수도, 지옥 같은 것일 수도 있다. 축구야 좋아하면 보고 안 좋아하면 안 보면 그만이다. 그러나 좋건 싫건 인간이 붙어살지 않을 수 없게 마련인 게 국가다. 근데 그 국가라는 것도 (놀랍지 않게) '맨유' 같은 욕심을 부린다는 것이다.

기왕 하던 김이니 미국이란 국가를 하나의 예로 들어 보자. 오늘날 미국이 (이제 소련이라는 경쟁국이 보따리를 싸서) 지구상의 유일한 초강대국이라는 건 새삼스레 말할 것도 없다. 그러나 이건 우리가 일상에서 의식하고 지내는 일이 아니지만 미국이 그 패권을 유지하기 위해 해내는 노력이란 놀랍기로는 루니의 봉급 정도가 아니다.

그렇다는 걸 미국 언론들이 우리에게 전해주는 기사들 속에서 그 두드러진 몇 점만을 잠깐 훑어보고 가자.

이 바로 앞 글에서 미국의 CIA를 두고 그 크기가 초대형 트럭 같다느니 무슨 괴수 같다느니 하는 말을 했다. 누구나 다 알듯 CIA는 정보를 모으고, 첩보활동을 하는 등 미국의 국익을 지키는 천병 노릇을 하는 기관이다. 그들의 활동은 그 이름난 '드론 작전' 따위에서 보듯 그 규모에서 크고 그 격렬성에서 전쟁에 버금간다. 그런데 그런 기관이 CIA 하나뿐이 아니고 돈도 일 년에 8억 달러, 아니 80억 달러, 아니 800억 달러의 예산을 쓴다. *www.counterpunch.org/2012/09/24/american-militarism/print

무얼 한다고 그런 놀라 자빠질 만한 돈을 쓴다는 건가.

아마 독자들 가운데 도대체 DIA, NGIA, NCTC, DCS, NSA, JSOG 하는 따위들의 약자가 무언지를 아는 경우란 드물 것이다. 지금 이것을 쓰고 있는 나도 잘 모른다. 미국 언론기관에 따르면 대충 이렇다. *www.commondreams.org/view/2012/12/17-0?print

NGIA(The National Geospatial-Intelligence Agency)란 쉬운 말로 표현하면 대기권을 돌아다니는 무수한 스파이 위성들로 지구 표면을 한 평도 남김없이 탐지해 내는 기관이라 한다. 거기에는 16,000명의 전문가들이 고용되어 있고 연 50억 달러의 예산을 쓴다. NSC(National Security Agency)는 이 지구상의 모든 전파통신들을 하나 남김없이 청취하는 능력을 갖춘 기관으로 그 자료를 보관하는 창고만을 짓는 데(Bluffdale, Utah)에 20억 달러의 돈을 들여야 했다. 하다못해 우리가 쓰는 휴대전화 통화 내용도 그들 도청에서 벗어날 길은 없다는 설명이다. DIA(Defence Intelligence Agency)는 국방성 관할하의 정보기관으로 그 작업양태는 CIA의 그것과 유사한 것이고…….

하는 식으로 그런 얘기를 더 하다간 독자들 이 책 집어 던질 터이니 그만 하자. 하여간 그런 일을 하는 기관들이 전천후, 연중무휴年中無休로 '서로 같이 훈련하고 서로 협동 또는 경쟁하면서'(Train together, work in teams and in tandem as well as poach on each other's turf) 지구 구석을 남김없이 감시하면서 나날을 산다.

우선 그 인력, 재력財力, 조직력, 기술력 따위에서 미국의 그런 규모를 따를 국가란 이 지구상에 다시없다.

패권이란, 적절한 한자적 표현을 쓴다면 '타의 추종追從을 불허不許'한다는 것이다. 누가 그 근처에 얼씬도 못하게 한다는 말이다. 그렇다는 점에서 그 압도적인 우위가 의심할 여지 없는 절대적(Primacy unquestioned and absolute)인 정보계에서도 미국의 패권은—다른 무슨 말이 또 있겠는가—문자 그대로 압도적이라고 할밖에는 없다.

그것은 냉전기를 통해 미국이 자유세계 전체에 제공해 온 소위 핵우산의 위력을 모방할 수 있는 나라가 이 지구상에 또 다시 있을 수 없고 그래서 군사적으로도 미국의 패권은 어쩔 수 없던 것과 다르지 않다. 미국의 전략공군사령부(Strategic Air Command) 소속의 중폭격기, 자그마치 2천 대가 24시간 핵폭탄을 싣고 출격 태세를 갖추고 있다는*Bacevich, 같은 책, p.49. 무슨 과학 공상소설 같은 것도 지구상 어느 누가 흉내 낼 수 있는 일이 아니다.

미국이 그런 절대적 우위를 지키기 위해 전력을 다하는 까닭은 말할 것도 없이 딴 데 있지 않다. 그것이 그들의 패권을 보장하는 단 하나의 길이기 때문이다. 동맹국에 완전한 핵우산을 제공할 수 있는 나라란 달리 없다. 그래서 그런 보호가 필요한 나라들은 좋건 싫건 미국에 의존하지 않을 수 없다.

정보에서도 그렇다. 지구 구석구석을 남김없이 응시하는 정보력을 가진 나라도 달리 없다. 정보기관의 생명은 정보고 그게 없거나 모자라면 있으나 마나의 존재가 된다. 거기에 평생을 바치고 사는 직업인(그것을 '평생한다'는 뜻으로 그들 말로 Lifer라 부른다)들에게 제 직업이 '있으나 마나 한 것'

(Irrelevant)이 된다는 것처럼 무섭고 역겨운 일은 없다. 그래서 거기서도 그들은 미국에 의존하지 않을래야 않을 수 없게 된다. 그런 의존도가 높으면 높을수록 그들은 미국의 지배를 받지 않을 도리도 없다. 그들에게 '미국에 의존하지 말라' 해도 소용없다. 제 이익, 제 직업적 자존自尊, 나아가 제 목숨마저 다 거기에 달렸는데 어찌 의존하지 않을 수 있겠는가. 그래서 미국의 패권은 저절로 절대적인 것이 된다. 그런 상황 아래서면 미국이 박정희 정권이건 그 밖의 어떤 우방 정권의 우의나 충성도를 의심할 필요는 없어진다. 내비려둬도 따르지 않을 수 없기 때문이다.

그렇다면 미국이 모든 면에서 그런 절대적인 우위를 확보하기 위해 만사를 제쳐 놓는다는 건 당연하다. 그리고 그들이 그들의 패권을 지켜나가려는 데에 바치는 열의나 노력이 루니의 봉급에서 보는 '미친 현상' 정도는 상대적으로 정말 새 발의 피도 안 된다는 것도 전혀 놀라울 게 없는 일이다.

# '건드리지 말라'

미국이나 그 첩보기관의 압도적인 패권이라는 것이 실제 어떤 형태로 나타나고 행사되는가는 말할 것도 없이 알기에 쉽지 않다. 알 수 있으면 그건 흔치 않은 구경거리다. 그래, 그런 구경 여기서 한 번 하고 가자.

한때 '나는 새도 눈으로 흘겨보는 것만으로도 떨어뜨린다'는 중앙정보부장으로 있다가 일이 잘못돼 한때의 제 부하들 손에 잡혀 몸이 가루가 돼 죽었다는 김형욱 얘기를 기억하는 독자도 많을 것이다. 그러나 그가 어떻게 해서 그런 죽음을 당하게 되었는가를 짐작이라도 하는 독자는 아마는 별로 없을 것이다.

그런 점, 독자는 이 책을 여기까지 참고 읽어 온 하나의 소득으로 쳐도 좋다.

그러나 그 '신비'를 풀어나가는 데 많은 상상력이나 연구 같은 것이 필요한 것은 아니다. 그런 일에서 흔히 보듯, 그저 생각을 상식적으로 해 나가면 일은 어렵지 않게 대충 풀린다.

여하튼 그 실상은 이런 것이었다.

먼저 김형욱 사건의 무엇을 두고 알 수 없는 신비라는 것인지부터 짚고 넘어가가자. 김형욱이 죽은 건 기록대로 1979년 10월 7일이었다. 박정희가 암살당해 죽기 불과 얼마 전의 일이다. 박정희와 그의 새 정보부장 김재규가 김형욱을 '잡기로' 한 것은 1977년 6월, 그가 뉴욕타임스와의 기자회견에서 그 유명한 김대중 납치사건을 비롯한 박정희 정권의 비리를 폭로하는 '나팔수' 노릇을 하기 시작한 때였다. 김형욱은 그다음에도 미국 국회 청문회에 나가서도 똑같은 일을 했고 박 정권의 그런 치부를 샅샅이 활자화해 놓은 회고록을 출판하기도 했었다. 이에 기겁을 한 박정희가 정보부장에게 그의 입을 틀어막으라는 특명을 내린 것은 당연하다.

그런데 김형욱이 그런 폭로를 하고 나선 순간부터 그가 중앙정보부 손에 목숨을 날릴 때까지 2년이 넘는 세월이 흘렀다. 그가 미국으로 망명을 해간 1973년부터 보자면 더 길지만 여기선 그 마지막 2년만을 놓고 보자. 2년이면 긴 세월이다. 그를 죽일 양이면 2주일로도 너끈하다.

일이 그런데도 그가 2년 남짓한 동안 어디서건 끄떡없었던 건 웬일인가. 그 긴 시간, 그 무섭고 유능한 중앙정보부도, 다른 누구도 김형욱에 손을 대지 못했다. 그 덕이 그 둘레의 보호망이 물 샐 틈 없어서였던 걸로 볼 수는 없다. 케네디 대통령도 대낮에 총에 맞아 죽었다. 김형욱이가 뭐라고 '불사조'일 수가 있다는 건가. 안 죽은 것만 아니다. 그는 그 2년 동안 서울에 유유히 나타나기도 했었다는 보도도 있었다. 그렇다면 아닌 게 아니라 '알 수 없다(Mystery)'란 말이 나올 만도 하긴 했다.

그러나 그게 풀기 어려운 수수께끼일 것은 없다. 만약 김형욱 몸 위에 '건드려선 안 된다'라는 금지령(Embargo) 딱지가 붙어있었다고 해보자. 그리고 그 금지령을 낸 주체가 천하의 KCIA도 무시하지 못할 정도인 것이라고 쳐 본다. 그렇다면 거기에 수수께끼고 뭐고 있을 게 없는 일이다.

하지만 그런 존재가 이 세상에 있을 수 있다는 건가.

물론, 있고말고. 미국 첩보기관들이다.

앞에서 우리는 그들의 압도적인 패권이라는 것을 보았다. 그리고 미국 의회의 청문회 등에 협조해온 김형욱은 미국에 한동안 필요한 존재였다. 그래서 그런 보호령을 내렸을 것이다. 그리고 그런 미국의 요청이 있을 경우 세계의 첩보기관들은 이미 본 대로 그것을 틀림없이 따른다. 그래서 김형욱은 어디서건 죽지 않을 수 있었다. 김형욱 자신도 그러한 사실을 알고 안심하고 지내기도 했었을 것이다.

그러나 미국이 어느 특정인을 특별히 보호할 때 그것이 무조건적이지 않음은 물론이다. 그런 대접에는 조건이 붙고 거기에는 넘어서는 안 되는 한계의 선(Bottom Line)도 있다. 그 선이란 어떠한 경우라도 그것이 미국의 국익을 건드리거나 해치지는 않는다는 것이다.

그런데 김형욱이 그런 점에 유의하지 않았다는 흔적은 많다. 그렇다는 것은 그가 공개적인 문서, 역사적인 증언으로 세상에 내놓은 출판물들을 잠깐 펴봐도 금방 알게 된다.

그런 예로 그의 이름으로 나온 책 하나를 펴보자. 그 책은 "김형욱 증언—혁명과 우상"이라는 제목으로 미국에 있는 '독립신문사'가 출판한 것이다. 영어로는 "KCIA Chief's Testimony; Revolution and Idol, Korea Independent Monitor, Inc. New York, N.Y., 1984."고, 저자는 김형욱과 박사월朴思越로 돼 있다.

그 책에는 미국 심층국가의 감시반이 읽었을 때 '어, 어, 이게 뭐냐?!' 하고 눈이 휘둥그레질 부분들이 적지 않다. 내 짐작으로는 그 글이 쓰인 필치로 보아 거기 담긴 글의 내용이 김형욱 자신의 것이기보다는 필경 그의 대필자였을 박사월로부터 나왔을 가능성은 크다. 그러나 그 책 저자의 하나로 김형욱 이름이 올라있는 데다 사람들의 관심이 몰려있는 것도 그였으니 누구든 그 책의 내용이 김형욱의 것으로 볼 건 당연하다.

그런데 그 내용이나 주장이라는 것이 미국 국익과 맞물리지 않는다. 맞물리지 않는 정도가 아니다. 그것과는 동떨어졌거나 아예 반대되는 것이다.

반공이라는 것부터가 그렇다. 박정희가 반공을 국시의 제일로 손꼽는다고 했지만 그게 으뜸가는 국시인 것은 미국의 경우가 누구보다도 더하다. 지난 세계대전 후 미국이 보아온 세계란 미국식인 민주주의, 소련식의 공산주의 어느 쪽이 그것을 지배하느냐를 가름하는 결판장 외의 다른 것이 아니었다. 그래서 반공은 미국으로서의 국시고 자유진영으로서의 이념이어야 했다.

그런데 김형욱의 생각으로는 그건 어디까지나 미국이 제 자신의 이익을 바탕으로 해서 내세우는 거지 우리까지가 그걸 '국시요' 하고 따를 일은 아니라는 것이다.

그가 죽기 불과 석 달 전쯤인 1979년 4월 19일 '민족통일에 대한 나의 견해'라는 제하로 세상에 내놓은 글에서 그는 그런 '이데올로기'란 미국과 소련이 그들의 냉전 체제를 구축해가는 과정에서 내세운 제 자신들의 필요에서 나온 것에 지나지 않는 것이라고 강조했다. 따라서 그것은 그들 대국 간의 일이면 일이었지 우리가 거기에 말려들 일은 아니라는 주장이다. 그런데도 그러한 사실을 꿰뚫어보지 못하고 우리 자신들도 그런 대립과 분규에 덩달아 뇌동해 나선 것을 그는 신랄한 어조로 통탄한다. 그는 무엇보다도 우리가 민족의 분단을 막지 못했을 뿐 아니라 '외국의 무기를 들고 동족을 살상하는 상쟁극을 벌였던 것은 민족사적 수치'라고 하지 않을 수 없다고 탄성을 터뜨린다.

그런 비극적 상황에서 벗어나기 위해 김형욱이 내놓은 처방은 간단하고 명료하다. 그것은 남북의 우리 땅 사람들이 같은 민족으로서의 일체성을 다시 확인하고 남들이 우리에게 가져다준 분단과 대립을 더 이상 끌지 않을 방책을 보다 자주적인 입장에서 찾아내야 한다는 것이다. 그러기 위한 첫걸음으로서 남과 북은 그들 정부가 채택했던 7·4 공동성명이 내세웠던 자주, 평화, 민족대단결의 원칙을 지키고 펴나가야 한다는 게 그의 주장이다. 그런 분명히 민족주의적인 자세는 당시의 그의 글들에서 무엇보다도 특기할 만한 주제로서 눈길을 끌었다.

그리고 그는 앞으로도 그런 발언을 계속하겠다는 다짐도 했다.

그렇다면 김형욱을 보호뿐 아니라 감시도 해오던 워싱턴의 관원들이 그의 '뜻밖의' 사고나 발언들을 보면서 바짝 긴장하게 된 게 이상할 것은 전혀 없다. 또, 그들이 '왜 우리가 이런 자를 특별히 보호하고 있어야 한다는 거냐' 하는 생각을 먹게 되었다면 그것 역시 그들로선 퍽 자연스러운 반응이었다고 해야 한다.

그런 생각이 일단 자리를 잡아놓으면 그것이 실행으로 이어지는 거리는 짧고 그 이상 간단하기도 어렵다. 김형욱 몸에 걸려 있던 '엠바고'가

걷혔다는 것을 비치기만 하면 그의 몸을 실제로 처리하는 '하수인의 지저분한 작업(Dirty work)'은 현지인들이 좋다꾸나 하고 하게 돼 있다. 실제, 일은 우리가 보아서 아는 대로 그렇게 돌아갔었다. 내 손 쓸 것 없이 거뜬히 된 아주 멋들어진(Beautiful한) 이이제이以夷制夷였다.

이 일화에서 우리 눈에 걸리는 한 가지 일은 김형욱의 살고 죽기가 미국 심층 국가 작업반에 전적으로 달려 있었다는 사실이다. 김형욱이란 사람 하나 살리고 죽이는 게 그렇게 쉬울 수가 없었다. 그들이 김형욱에 관해 한자식 표현으로 생사여탈지권生死與奪之權을 가지고 있었다는 것이다. 패권이란 그만큼 무서운 것이었다. 그랬다는 사실이 세상에 알려진다 해도 미국으로선 밑질 것 없다.

그리고 다른 사람은 몰라도 한국의 중앙정보부장이 그 사실을 잊지 않게 마음에 잘 간직해 준다면 그건 미국으로서 쓸 만한 일이다.

왜 그렇다는 건지를 알자면 독자들은 아무래도 이 책을 계속 더 읽어줘야 하겠다.

# 안 된다면 안 된다

패자의 엄청난 힘이라는 말이 나온 김에 한마디 더 하고 가고 싶다.

서양 말 '헤게모니'가 다른 많은 말들과 더불어 우리 동양에 쏟아져 들어왔을 때 그것을 '패권'이라고 번역하지 않고 '지배'라고도 한 것은 잘 봤다. 권력이 '으뜸간다'는 것뿐 아니라 으뜸가니까 '지배' 하기도 한다는 것이다.

'생존경쟁'이라고 사람이 사는 것을 경쟁하는 것으로 본 것부터가 발상치곤 서양적이다. 경쟁에선 적수라는 게 있기 마련이다. 그러니까 무릇 남이란 우선은 모두가 적수다. 사람은 그와 경쟁을 해서 이기거나 진다. 이기면 살고 지면 (은유적으로건 현실적으로건) 죽는다. 그리고 이긴 자가 진 자를 지배한다.

지배라는 말에도 거의 처절한 맛이 있다. 지배한다는 것은 이긴 쪽이 진 쪽을 내 마음대로 한다는 말이다. 그런데 여기에서 지배란 그저 상대방의 신체에만 그치지 않는다. 그가 생각하고 사는 사고까지 지배한다. 패권자면 억지춘향 같은 것이라도 그것을 상대방으로 하여금 당연한 것으로 생각하게 하는 힘을 갖기도 한다는 것이다.

좋은 예를 하나 보자.

UN에는 5대국이 행사하는 거부권이라는 게 있다. 안전보장이사회의 상임국인 미국, 러시아, 영국, 프랑스, 중국이 가지고 있는 특권이다. 무는 문제에 그들 어느 누가 '안 된다' 하면 안 된다. 남들이야 뭐라고 하건 소용없다. 모두 이들 의사에 따라야 한다. 대국 '마음대로' 인 셈이다. 지배권치고 엄청난 것이라 하지 않을 수 없다. (한 예로 6·25 때 소련이 안보리를 '보이콧' 하고 있어서 망정이지 나와서 거부권을 행사했으면 UN이 한국에 파병할 길이 막혀 대한민국이라는 것은 그때 없어져 버렸었을 수도 있다.)

이들 나라가 거부권을 갖게 된 건 그들이 2차 세계대전에서 이긴 전승戰勝국, 패권 국가였던 덕이다. 그리고 그들이 주도해 만들어 놓은 UN이란 이제부터 모든 나라들이 전쟁하지 않고 서로 평화롭게 잘 살아보자는 것이었다. 좀 더 구체적으로 말하자면 프랑스 혁명이 내걸었던 '자유, 평등, 박애', 또는 미국이 그들 건국의 이념으로 내세운 '자유, 평등, 행복하게 살 수 있는 길을 추구할 권리(Pursuit of happiness)' 등을 이상으로 했다고 해도 된다. 이상치곤 높고 좋았다.

그런데 이게 처음부터가 틀렸었다. 이들 대국이 갖기로 한 그 거부권이라는 것이 이런 이상과는 도대체가 맞물리지 않는 것이기 때문이다. 그렇다는 것은 무슨 어려운 이론理論을 댈 것도 없이 분명하다. 지난날 언제 이들 나라가 몇몇 다른 나라와 전쟁을 해 이겼다고 해서 그들이 언제까지나 전 세계를 상대로 무슨 문제에서건 된다, 안 된다는 지배권을 행사할 수 있어야 한다는 게 도대체 어떤 근거에서 나온 발상인가. 그게 될 얘기가 아니라는 건 누구에게나 뻔하고도 남는다.

그런데도 지금까지 '거부권 없애버리자' 하는 소리 누구도 해온 일이 없다. 거부권이라는 '이상한' 일이 이상하지 않은 '당연한' 것으로 받아들여지고 있어서일 것이다. 우선 거기서 우리는 이 패권이라는 것이 갖는 어마어마하고 어처구니도 없는 힘을 보게 된다. 사람들의 사고하는 방식까지도 지배하는 힘을 두고 하는 얘기다.

물론, 거부권을 옹호하는 주장이나 '이론'이 없는 것은 아니다. 무엇보다 평화를 지키기 위한 대국으로서의 책임론이다. 그들이 거부권을 갖기로 한 건 그들이 남에게 없는 특권을 차지해보자는 욕심에서가 아니라 대국으로서 대국다운 책임을 져보자는 것이었다는 주장이다. 전승국으로서의 경험과 힘, 양식 따위를 밑천으로 세계 평화에 공헌한다는, 나름대로의 입장이고 믿음이다.

그런 것이 헛소리가 아니라는 근거로 이런 '사실'이 지적되기도 했다. 1차 세계대전 후, 얼마 안 가 2차 세계대전이 뒤따랐다. 그렇다면 2차 세계대전 다음에는 3차 세계대전이 올 수도 있었다. 그러나 오지 않았다. 그게 대국들 덕이라고 못 볼 까닭이 어디 있는가. 그리고 누구나가 다 평등해야 한다고? 하지만 나라따라 다른 나라보다 '더 평등'할 수도 있는 일이 아닌가(More equal than equal)……!

운운. 입이 저절로 벌어질 '이론'들이다.

우선 '평화에의 공헌'이라는 것을 보자.

2차 세계대전 후 세계는 그때보다 더 많은 전쟁을 해 왔고 더 많은 사람이 그 통에 죽었다. 한 통계에 의하면 2차 세계대전이 끝난 다음의 40년 동안만도 세계는 자그마치 150번의 전쟁을 겪었고 그 통에 죽거나 다친 사람의 수는 2천만 명에 이른다. 우리 자신이 경험했듯 한국전쟁에서

만도 2백만 명 이상이 죽었고 월남에선 2백만 내지 5백만 명, 인도네시아에서 1백만 명, 나이지리아에선 2백만 명……. 그 후 중동에서의 사상도 엄청나다는 것은 누구나가 다 안다.*Howard Zinn, 같은 책, p.160.

'평화를 지키기 위한 대국으로서의 책임'이라는 말을 앞에서 했지만, 책임이란 말을 하자면 그 큰 나라 양반들은 이런 전쟁을 막지 못한 것에 관해 사죄해도 한 번으로 될 일은 아니다. 양심이 있으면 그 거부권이라는 것 반납하겠다고 저 스스로 나올 만한 일이다. 그러나 그건 천만의 말씀이다.

이들 나라들이 거부권을 제도화하기로 나선 것은 원래 무슨 이론이나 이상을 바탕으로 한 게 아니었다. 그보다는 그때까지 5백여 년 동안 지속해 온 서양 세勢 패권의 숙취宿醉에서 나왔을 것이다. 남에 대한 지배라는 것이 하도 오래돼 그게 당연한 것으로 몸에 배게 된 때문이다. 중국은 그 당시 장개석의 국부가 미국이 돌봐주던 '단골국가'였던 데다 하나 구색具色삼아 '덤'으로 붙여 줘도 되겠다 싶어 그렇게 해줬다.

그래서 서양 아닌 동양 사람이 그런 것을 마땅치 않은 것으로 여겼다면 그건 이상하지 않은 일이다. 특히 그런 서양 세에 역사적으로 혼쭐이 난 나라나 민족이면 한결 더 그럴 거라고 여기는 게 당연하다.

그런데 그게 아니다.

일본은 몇백 년을 막부幕府 치하에서 문 닫아걸고 살다가 하루아침에 미국의 검은 군함들이 나타나 혼쭐이 빠져 마지못해 나라 문을 열었다. 그러고서 백 년이 안 가선 미국이 떨어뜨린 원자폭탄을 맞아 온 나라가 박살이 났었다. 그렇다면 서양 대국들 놀음이다 하면 신물이 날 것으로 누구나가 여길 것이다. 그런데 그런 일본이 '이거 보십시오'다. 자기도 그런 대국들 틈에 한 자리 끼게 해 달라고 원서를 내밀었다가 퇴짜를 맞아 꼴불견이 됐었다. 일본이 자기도 대국이니 거부권을 갖는 안보리 상임국이 되게 해달라고 UN에 청을 했다가 대국들이 안 된다 해서 뜻을 이루지 못했던 것을 두고 하는 얘기다.

누구나가 배꼽을 잡았을 만한 일이다. 그런데 이런 희비극을 보면서 그것을 표정에 나타낸 사람이 일본인들 사이에도 없었고 다른 동양인들 사이에서도 별로 눈에 띄지 않았었다. 일본이 연출한 그 촌극을 가소롭게 보질 않았다는 것이다. 이것도 우리 자신이 서양의 패권을 얼마나 당연한 것으로 보고 있는가를 가리키는 한 표본이다.

# 굿 가이 제국주의

여기서 굿 가이(Good Guy)란 미국을 두고 하는 말이다. 그러니까 굿 가이 제국주의라 하면 미 제국주의라는 말과 같다.

"뭐? 미국을 두고 제국주의라고? 야, 이거 종북從北 책이로구나." 할 독자들도 있겠다. 당연하다. 아닌 게 아니라, 제국주의란 어감부터가 좋지 않은 말이다. 적어도 우리한테는 그렇다.

그럴 것이 평양에서 '우리 남반부에서 미 제국주의를 몰아내고……' 할 때의 제국주의란 말에는 적의와 저주의 감정이 줄줄 흐른다. 또, 일제나 일본 제국주의라고 할 때도 감정이 고운 편이 아니다. 거기에는 한술 더 떠 경멸의 느낌도 강하다.

여기서도 우리는 이런 사실을 엿보게 된다. 즉 한 가지 같은 말이라도 그게 누가 쓰는 것인가로 그 뜻이 많이 달라진다는 것이다. 일찍이 없었던 커다란 대영제국이란 덩어리를 가졌던 영국 사람들에게 물어봐라. 십중팔구 제국이건 제국주의건 하는 말을 부정적인 뜻으로만 쓰진 않는다. 오히려 그것을 은근히 자랑스러운 것으로 여기는 편이 많다.

영국 사람들만이 아니다. 지난날 영국의 식민지였던 70개가 넘는 나라나 영토들이 이른바 영국연방(British Commonwealth)이라는 공동체를 만들어 그 우두머리로 영국 여왕을 모시고 한 식구처럼 살려고들 한다. 그들에게 제국주의가 평양에서 하는 어조의 것이었으면 그들은 그런 기구에 들지 않았을 것이다. 그들은 올림픽 같은 영연방게임 같은 것도 같이 하면서 오순도순 잘 지낸다.

그들뿐이 아니다. 지중해 연안의 아랍권 사람들도 그들 땅이 한때 로마제국의 일부를 이루고 있었다는 사실을 자랑 삼아 말한다. 서구西歐 사람들이 동구 사람들을 업신여기려 드는 데도 그런 것이 있다. 그 먼 동쪽 사람들은 '불행히'도 로마 제국에 속한 일이 없고 그래서 그 위대한 문명의 혜택을 받지 못했다는 것이다.

하여간 몇천 년이 지난 지금도 많은 사람들이 귀한 문화적 자산으로 여기는 로마제국이란 다름 아닌 제국주의자들이 이루어 놓은 것이다. 여러 다른 제국들도 마찬가지다. 그러니까 같은 제국주의란 말에는 여러 가지 다른 색조가 있다는 게 분명하다.

미 제국주의의 경우도 마찬가지다. 한국의 반공보루화에서의 일등공신이라고 해줘야 할 미 군정장관 하지는 미국을 '자랑할 만한 좋은 제국주의'라고 하면서 그 까닭을 이렇게 설명했다. 그들이 의도하는 바가 지구의 모든 사람들로 하여금 미국처럼 잘 살게 하려는 데 있기 때문이라는 말로 제국주의라고 하더라도 미국의 경우에서의 그것은 말하자면 '굿 가이 제국주의'라는 것이다. 카우보이 영화에서 보는 굿 가이는 언제나 어디서건 싸워서 이긴다. 그러는 까닭은 사람이나 세상을 위한다는 그들의 선의가 신의 축복을 받고 있기 때문이라는 것이다. 그러니까 그들의 제국주의가 나쁜 것일 수는 도저히 없다.

그런 사고에 따르는 게 굿 가이로서의 사명감이다. 오바마의 말대로 세계의 질서를 바로 잡아 놓는 데서 미국 빼놓곤 할 나라가 따로 없기 때문에 미국은 지구적인 사법관(Global cop)으로서의 역할을 감당해 나가야 한다는 것이다. 그것은 키플링이 한때 서양나라들이 만들어가던 식민제국들을 놓고 한 소위 '백인들의 무거운 짐(Whitemen's Burden)'이라는 것과 많이 닮은 말이다.

그런 걸 두고 미국 언론 매체들은 '미국적 신화神話'나 '미국적 신조(Credo)'라는 등의 말로 표현하기도 한다. 벌써 어디선가 한 얘기지만 미국 사람들은 세계를 인간들이 자유롭게 살 수 있는 터전으로 만드는 것을 신이 자기들에게 내려준 책무라고 믿는다. 그런 믿음은 흔한 말로 그들 DNA에 박혀있다고 해도 될 정도로 뿌리 깊다.

그들은 미국이 하는 일이면 그런 신명에 따른 일이니까 잘못되는 일도 없고(Can never err) 나쁘다 할 수도 없다고도 생각한다. 그런 믿음이나 신화는 그들 말로 미국의 소위 '신탁의 사명(Manifest Destiny)'이니, '예외주의(Exceptionalism)'니, (신의 소명을 따르는 사람들이니까) '굿 가이' 제국주의니 하는 말로도 대용된다.

그렇게 그들이 목적하는 바가 선의와 대의大義에 바탕한 것이라는 그들의 믿음이 깊은 만큼 그런 목적을 달성하는 데 쓰이는 수단에 관한 그들의 태도도 좋은 말로 말해 '대범'하다. 그렇다는 데에는 역사적인 이유도 있다.

존 스튜어트 밀(John Stewart Mill, 1806~1873)은 누구나가 자유주의 사

상의 비조의 하나로 꼽는다. 그는 1859년, 그의 에세이에서 이런 말을 했다. "미개인들을 다루는 데 있어서 압제(Despotism)는 정당한 수단(Legitimate mode of government)이다." 그는 거기에 하나의 단서를 달긴 했다. 그것은 그러한 압제가 그런 사람들 사회를 보다 살기 좋은 것으로 만들어 준다면 좋다는 것이고 그런 결과를 가져오기 위해 사용되는 수단은 그래서 무엇이건 정당화된다는 주장이기도 했다.

말할 것도 없이 압제란 복종하지 않으면 벌을 주는 체제다. 그러니까 거기에 깔려있는 사상은 피지배인들로 하여금 복종하지 않으면 벌받는다는 두려움을 갖게 함으로써 그것을 자신의 지배수단으로 쓴다는 것이다.

미국 MIT의 언어학, 철학 교수인 촘스키(Noam Chompsky, 1928~)는 얼마 전 영국 가디언지와의 인터뷰에서 지배수단으로서의 공포의 활용이라는 것을 놓고 '마피아 원칙(Mafia Principld)'이라고 불렀다.*Semus Milne, U.S. Foreign Policy, The Guardian, 7-11-2009, London

촘스키는 뛰어난 학자이기도 하지만 미국의 소위 '제국주의적'인 대외정책을 비판하는 것으로 더 잘 알려져 있다. 나 개인으로서도 그의 글을 읽으면 '이러다간 CIA에 당하지 않을까' 하는 생각이 들 지경으로 논조가 파격적으로 과격할 때가 많다.

이 '마피아' 운운도 우선 마피아란 말이 갖는 자극성 때문에서도 그 글이 영국 가디언지에 실렸을 때 '이게 무슨 소리인가' 하고 그에 눈을 돌린 사람들이 많았다.

그 글의 알맹이는 복잡하지 않다. 결론적으로 말하면 마피아나 미국이나 또는 그 밖의 어떤 나라건 자신들의 '사업'을 벌여 가는 데서의 양태란 별로 다르지 않다는 것이다. 그 양태란 이렇다. 세상 사람들로 하여금 자기들 사업에 훼방을 놓는 자는 여지 없이 벌을 받는다는 것을 알게 함으로써 그들의 순종을 강요, 확보한다는 것이다. 더 간단히는 그런 보복이라는 공포를 지배수단으로 쓴다는 말이다.

그러나 이건 하나의 논의로서 전혀 새롭거나 놀라울 게 없다. 마피아라는 표현 때문에 그것이 '악당惡黨적'이라는 인상을 주지만 그 사고에선 밀의 소론과 조금도 다를 게 없다.

촘스키나 밀뿐 아니다.

지금도 블로그 세계(Blogsphere)를 펴 보면 미국의 대외적 간섭이나 군사적 모험을 비판하는 소리나 안목들은 흔하다. 그런 반전反戰, 반제反帝의 목소리들은 어디보다도 미국이나 미국인들 사이에 제일 많고 격렬하기도 으뜸이다. 그러나 그런 그들의 날카로운 비판의 목소리들도 그것이 미국정책의 과분過分과 그 위험을 겨냥하면 했지 그 정책의 '굿 가이'로서의 선의적 동기를 의심하지는 않는다. 설사 의심을 했대도 상관없다.

미국에서 책이라도 읽는 측이란 인구 전체로 치면 아주 작은 소수다. 나머지 다수에게는 촘스키적인 과격한 사고가 파고 들어갈 여지는 없거나 적다. 그것을 누군가가 말한 민중 다수의 '황소 같은 몽매'(Bubonic stupidity) 탓으로 치건, 또는 오랜 문화적 유산으로서의 시민적 양식良識덕으로 치건 그들의 미국적 신화에 대한 굳은 확신은 그런 위험한 사고가 파고들 여지를 남기지 않는다는 것이다, 그래서 비판자들의 아무리

심한 반제, 반전의 목소리도 그것이 체제를 위협하는 일반적인 반미反美로 확산되리라는 걱정은 하지 않는다. 그렇다면 이단의 목소리들에 체제 측 반응이 관대하거나 신경질적으로 과민하지 않다는 데에도 이해는 충분히 간다.

그것을 미국 사람들이 자신에 대해 가지고 사는 자신自信이라도 좋고 과신이라도 좋다.

이미 본 대로 미국이 외국 지도자들의 암살 문제 따위에서도 그거 뭐 대수로울 것 없다고 보는 것도 그런 배경 아래서면 있을 수 있는 일이라 해야 한다. 그 궁극의 목적이 대의를 위한다는 것으로 믿는 한 미국이 해외에 나가 그런 일을 한다는 것을 굳이 감추어야 할 필요는 없다. 무슨 죄책罪責의 짐을 짊어지고 살 것도 없다.

거꾸로 미국이 필요하면 그런 일도 서슴없이 한다는 것을 세상이 알게 하는 것을 얼마든지 '쓸 만한 일'로 여길 수도 있다. 그런 사실을 알게 되는 세상 사람들은 자신도 그런 화를 입지 않도록 조심하고 '몸 사려' 행동할 것으로 기대될 수 있기 때문이다.

그러니까 거기에는 미국의 신조뿐 아닌 타산이라는 것도 있는 셈이다.

미국 대통령이 자기 부하들에게 이제부터는 남의 나라 정치지도자들 암살하는 것을 그만하라는 내용의 특별명령을 내렸다는 것이 가리키는 하나의 확실한 사실은 다른 것일 수 없다. 그것은 미국이 그때까지 그런 일을 줄곧 해왔다는 것이다.

대통령의 명령뿐 아니다. 미국 상원도 그 비슷한 내용의 보고를 내놓아 세상의 이목을 끌었다. 소위 처치위원회 보고(The Church-Committee Report)라는 게 그것이다. 1975년 미국 상원은 처치 위원(Frank Church)을 수반으로 한 특별위원회로 하여금 미국 CIA의 비밀공작활동 내용을 조사토록 위촉했었다. 그런 조사 끝에 그 위원회가 내놓은 방대한 양의 보고는 세상을 놀라게 하기에 충분했다. 그 알맹이는 CIA가 전 세계 여러 곳에 걸쳐 현지 정치지도자의 암살을 비롯한 각종의 불미한 지하공작을 밥 먹듯 해왔었다는 것이다. 따라서 첩보기관들의 활동에는 보다 치밀한 감독이 필요하다는 것이었다. 그 후, 그 보고의 건의가 어느 정도의 효과가 있었는지를 알 도리는 없다. 그러나 그것이 컸었다고 보는 측은 많지 않다.

앞서 소개한 베이스빗치 교수가 그의 책에서 쓴 미국 첩보 세계 풍토에 관한 한 구절은 다시 음미해볼 만하다. 그는 다음과 같이 말했다.

CIA의 활동은 '국가에 의한 테러 행위'라는 현대적 정의에 알맞는 것(Activities that would satisfy the definition of state-sponsored terrorism)이나 그것이 '자유와 민주주의 그리고 자유주의적인 제 가치의 수호(To ensure the survival of freedom, democracy, and liberal values)'에 있다고 믿는 기관원 자신들은 그러한 목적을 달성하기에 필요한 것이라면 어떤 수단이라도 받아들여져야 한다고 믿는다. * Basevich, 'Washington Rules,' p. 55.

제3부

# 박정희 죽이기

김재규가 박정희를 죽였다는 것은 믿을 수 없는 일이다. 김재규에게 박정희는 누구였나. 그의 동향이고, 동료이고 다시없는 은인이었다. 그런 그를 죽인다는 것은 불가능한 일이다. 그러나 그가 실제 박정희를 총을 쏘아 죽였다는 것은 틀림없는 사실이다. 그렇다는 것은 인간 세상에선 일어날 수 없는 불가능한 일도 일어날 수 있다는 것을 우리에게 보여준다.

그런 불가능이 가능해진다는 것이 따져보면 있을 수 없는 불가능일 것도 없긴 없다. 그런 것이 있을 수 있을 만한 조건들이 갖추어진다면 얼마든지 일어날 수 있는 일이다. 한 개인의 힘이란 국가라는 엄청난 힘에 비하면 별 게 아니다. 그 국가라는 것이 눈에 보이지 않는 것일 때 그들 간의 격차는 더 커진다. 김재규의 경우가 그랬었다. 그러면 실제적으로 그게 어떻게 가능했었나.

그것은 우리 세상이라는 것이 어떻게 돌아가는 것인가를 우리에게 보여주는 것이기도 하다. 이번에는 그런 구경을 할 차례다.

# 상식적인 왕 죽이기

이 다음의 얘기는 이 앞 장에서 해 봤듯 박정희를 죽인 것은 미국 자신이 거의 자백하다시피 했던 것처럼 미국이었다는 바탕 위에서 엮여나간다.

그런 바탕이 따지고 보면 어림없는 게 아니다. 그래도 여전히 '설마' 하는 사람들도 있을 것이어서 한두 가지 짚고 넘어가는 것도 뜻 없지 않겠다.

우리나라 긴 역사를 통해 백성이 임금님을 쳐 죽인 일이란 없다. 왕이 백성을 쳐 죽인 일은 많았어도. 죽여도 곧잘 끔찍하게 죽이기도 했다. 사지를 가른다든가 죽은 자의 목을 따 그걸 꼬챙이에 걸어 길거리에 꽂아 놓는 효형梟刑에 처한다든가. 그런데도 백성들은 그런 짓을 거꾸로 왕에다 대고 하지는 않았다. 그것은 지금에 와서도 같다. 이승만이 권좌에서 내려왔을 때 사람들은 그를 측은히 여겨 박수를 쳐가며 위로해주려 했었다. 고종도 역대 왕 중에 그 인물이 신통치 못했던 것으로는 으뜸으로 손꼽혀야 한다. 그런데도 우리들은 지금도 그를 제국의 '황제'로서 깍듯이 기록하고 모신다. 임금님이었기 때문이다.

대통령도 임금님과 다름없는 존재다. 그것만으로도 박정희를 죽이겠다는 생각이 김재규 머리에서 먼저 나올 수는 없었다. 뿐만 아니다. 김재규는 생전, 명치시대 일본 장군 '노기'의 큰 팬이었다. 청황이 죽자 자신도 자결해 그를 따르는 충절을 우러러 본 것이다. 도대체 박정희란 김재규에게 무엇이었나. 나중에 다시 보듯, 김재규가 그 주제에 입신출세한 것이 모두 박정희 덕이었다. 그에게 평생을 두고 감사를 해도 모자랄 처지다. 그러니까 김재규가 박정희를 죽이게 된 것은 남이 시킨 타율의 짓으로 보아야 한다.

그 '남'이 누구냐. 그에 대한 대답은 극히 상식적으로 풀어 나가면 된다. 우선의 대답은 그게 서양 사람이어야 한다는 것이다.

우리나라에서 백성이 임금을 죽인 일이 없었다고 했지만 유럽 큰 나라치고 백성이 임금을 안 죽인 나라란 하나도 없다. 러시아의 니콜라스 황제의 가족이 혁명 분자들에 의해 모조리 몰살당한 것을 우리는 보았다. 프랑스 혁명 때 루이 16세와 그의 부인 앙투아네트가 그 끔찍한 단두대에서 목이 잘리는 꼴을 우리는 영화를 통해서도 구경해 잘 안다. 영국의 찰스 1세는 런던 길바닥에 차려진 처형대에서 도끼로 목을 잘렸다. 그리고 미국의 케네디 대통령이 총에 맞아 죽은 것은 다시 되뇔 것도 없는 일이다.

미국의 출중한 시사평론가(Alexander Cockburn, 1941~2012)가 기록해 남겼듯*www.thefirstpost.co.uk/78835,newscomment,news-politics,alexander-cockburn '암살은 언제나 미국 대외정책에서의 커다란 무기였다(Assassination has always been an arm of US foreign policy).'

그리고 미국은 그 유명한 포드 대통령의 암살금지령에서 보는 것처럼 그런 사실이 찔끔찔끔 세상에 새어 나가는 것을 그리 꺼려하지도 않았다. 그 까닭도 알기에 어렵지 않다. 그것은 암살 역시 그 근본에선 대의를 위한 것이고 따라서 그것을 악으로 칠 일이 아니라고 그들은 믿기 때문이다.

박정희의 경우에서도 마찬가지다. 미국은 그것이 미국뿐 아니라 한국인, 심지어는 박정희 자신을 위해서도 나쁜 일이지 않았다고 믿었고 지금도 그렇게 믿고 있다는 데 의심이 낄 여지는 크지 않다. 또, 그러는 것이 그들로서 터무니없지도 않은 일이다. 이를테면 그들은 곧잘 그런다. '오늘의 대한민국을 보라'고. 그것이 누구나가 인정하는 하나의 커다란 성공사례라고 한다면 거기에까지 이른 모든 과정은 정당한 것으로 봐야 한다는 것이다. 어떤 주장이 군소리 붙일 여지 없이 결정적이었을 때 그들은 그것을 그들 말로 클린처(Clincher)라 부른다. 그걸로 다른 모든 논의가 필요 없게 된다는 뜻이다.

그래서 서양에서 자기 나라 왕이나 대통령이 죽은 날짜나 이름을 대지 못하는 건 고등학교 1학년쯤이라도 없다. 모르면 낙제다. 우리나라 학생에게 언제 우리 왕이 백성 손에 죽은 적이 있는가 하고 물으면 대답할 수 있는 경우란 하나도 없다.

그렇다면 김재규 보고 박정희 죽이라고 한 것이 서양인의 나라일 수밖에 없다는 것은 지극히 상식적이라 해야 한다.

그럼 그 나라가 어느 나라냐. 생각을 상식적으로 한다면 추측이나 판단이 그리 어려울 게 없는 일이다.

박정희가 죽을 때 그렇게 할 능력을 가진 나라, 그렇게 할 절실한 필요를 느끼고 있던 나라가 지구상 단 하나가 있었다. 미국이다. 그리고 그들이 그런 필요를 미국 자신뿐 아니라 '자유세계'를 위해 긴요한 것으로 믿었을 역사적 근거 또한 크다.

우리는 앞에서 이미 미국이 이란의 '모사데크' 정부를 지하공작을 통해 전복시키고, 한국의 김구를 암살을 통해 죽게 하고, 박정희의 군부를 지원해 쿠데타로 정권을 잡게 하는가 하면 남월남의 고딘뎀 정권을 CIA 공작으로 엎어버리는 따위의 일을 한 것을 보아왔다. 그러는 데서의 명분이 공산주의 세력과의 대결에서 자유진영의 안전보위라는 데 있었다는 것은 물론이다. 실제, 각기의 상황을 살펴본다면 미국 사람들의 그러한 판단이나 조처들이 터무니없는 게 아니었다는 것도 알아차리기 어렵지 않은 일이다. 그런 정당성이라는 것이 객관적으로도 절대적인 것이었나는 보는 입장에 따라 미묘하게 다를 수 있긴 해도.

# 살인 시나리오 - 1

사람을 시켜 사람을 죽이게 한다는 것은 쉬운 일이 아니다.

더더욱 죽일 대상이 자그마치 한 나라의 대통령일 경우는 더하다.

김재규에게 박정희는 누군가. 은인이다. 그것만으로도 김재규를 시켜 박정희를 죽이게 한다는 것은 불가능에 가깝다.

그런데도 김재규는 실제로 박정희를 죽였다.

그런 불가능한 일이 어떻게 가능할 수 있었나?

그에 대한 확실한 대답을 할 수 있는 건 그 일을 꾸민 사람들과 김재규밖에는 없다. 그러나 그 일을 획책한 사람들은 입을 열지 않는다. 그리고 김재규는 일찌감치 죽어버린 몸이다.

그렇다고 추리가 불가능한 것은 아니다. 그리고 그저 상식적인 바탕 위에서도 상당 부분을 판단할 수 있다.

그래서 잠깐 그 일을 다시 알아보자.

김재규가 박정희를 죽였다는 것은 말할 것도 없이 누군가가 그를 그런 일을 하게 설득할 수 있었다는, 불가능을 가능케 하는 힘을 가졌었다는 것을 가리킨다.

어떤 경우에서 그런 것이 있을 수 있었나?

김재규가 "좋다. 하자." 하고 그 일을 맡기 위해서는 네 가지 조건이 채워져야 한다. 채워지면 된다. 그것은 그에게 박정희를 죽인다는 것이:

첫째, 그렇게 하는 게 옳은 일이라고 여겨져야 한다. 그런 확신이 없이 제 대통령을 죽인다는 건 생각할 수 없는 일이다.

둘째, 그런 일을 하고 나서도 자기는 죽지 않는다는 보장이 있어야 한다. 그것이 틀림없다고 믿어지지 않는 한 제 목숨을 내걸 사람은 없다.

셋째, 그러한 어렵고 엄청난 일을 맡아 하기로 할 땐 그것이 할 만한 일이라고 믿어져야 한다. 그런 보상의 기대 없인 누구도 죽음의 모험에 나서진 않는다.

넷째, 그가 그런 일을 하지 않을래야 하지 않을 수밖에 없는 입장에 묶여 있어야 한다. 살인을 한다는 것은 무서운 일이다. 주저, 회의, 불안 같은 것이 찾아오면 누구든 그것을 포기하고 도망친다. 그런 길은 막혀있어야 한다.

이상의 조건들에 티끌만치의 차질도 없어야 한다는 건 물론이다. 어느 누구의 눈에도 그것은 완벽한 것으로 여겨져야 한다. 의심이 끼면 일은 끝장이다.

결국 박정희가 김재규 손에 죽었다는 것은 이상의 조건들이 완전히 충족되었다는 것을 뜻한다. 김재규가 설득되었다는 것이다. 그런 점에서 그것은 기적에 가까운 것이라고 볼 사람은 많을 것이다.

어떻게 그럴 수 있었던가는 어떻게 해서 김재규는 박정희를 죽이기에 이르렀는가를 가리키는 '살인 시나리오'라고 할 수 있다. 그것을 조목별로 살펴보자.

첫째, 그런 행위의 정당성에 관한 확신이다.

당시의 시국을 보다 큰 규모 속에 놓고 보자.

미국처럼 지구적 규모의 제국을 경영하는 입장에선 시국에 관한 그 시야도 지구적이다. 그 뜻은 이렇다. 이를테면 우리로선 쿠바나 이란에서 일어나는 일이 우리의 정치적 향배를 지배할 까닭은 없다. 그러나 미국으로선 쿠바나 이란에서 무엇이 일어났는가는 한국에서 무엇을 해야 하는가의 결정을 지배한다. 냉전에서의 전위적이고 주된 전력이 첩보기관들이다. 그 세계에서 영도권을 쥐고 있는 것이 미국 첩보기관들이다. 까닭은 이미 본 대로 그들이 타의 추종을 불허하는 압도적인 역량 때문임은 물론이다. 그래서 미국과 동맹을 맺고 있는 나라들은 상대적으로 '주니어 파트너'일 수밖에 없다. 그러한 관계는 각기 정도의 차이야 여하튼 어떤 사태의 분석과 그에 따른 대책의 입안 및 집행 과정을 포함한다. 미국의 설득력은 받아들이지 않기 힘들 정도로 크다는 것이다.

1970년대 후반, 우리 한국 땅에서의 현상은 불안했다. 소위 '부마사태'라는 말 하나만을 상기해도 그때의 사회상은 짐작되고도 남는다. 그 당시 전국적으로 만연되어가는 듯한 기색을 보이던 사회적 불안이 한국의 안전을 파괴하거나 심각히 위협하는 사태에 이르게 되었다고 해보자. 실제 그런 불안은 그런 가상假想의 범위를 넘은 현실적인 것이었다. 경찰서

지서들이 '폭도'들에 의해 줄줄이 불살라 파괴되는 상징적인 사례만을 들어도 그것은 짐작이 되고도 남는다. 그것이 더 심각해지면 미국의 반공 태세에는 큰 구멍이 뚫린다. 그것이 예사로운 일일 수 없다는 것은 더 말할 나위도 없다.

반정부세력으로서의 한국 학생들의 위력은 세계가 인정하고 무시못할 크기다. 라틴계나 아랍사람들이 한 번 할 수 있는 일이면 한국인들은 똑같은 일을 열 번을 한다.

그런데 보자.

1970년대 이란에서 소위 '호메이니 혁명'이라는 게 있었다. 그가 영도하는 반 정부세력은 끝내 오랫동안 미국의 지원으로 지탱되어 왔던 샤(Shah) 왕정을 엎어버리고 말았다. 샤의 첩보기관(Savak)은 그 잔악상으로 이름을 떨쳤었다. 그러나 그런 힘을 가지고도 끝내는 샤 정부를 지켜내질 못했다.

그 혁명으로 미국은 얼마나 이란에서 막말로 '똥을 쌌었나.'

바로 그 비슷한 사태가 한국에서도 벌어질 기색이다. 그런 기색 정도가 아니다. 아랍 사람들이 그런 혁명을 일으켰다면 한국 사람들은 그런 것을 더 쉽게, 더 극적으로 펼쳐낼 수는 있다는 것을 미국은 안다. 그것이 예사로운 일일 수 없다는 건 긴 말이 필요 없다.

# 살인 시나리오 - 2

덜레스의 미국이 지하공작을 통해 이란의 모사데크 정부를 엎어버린 데서의 뜻은 분명하고 엄청났다. 누구나 인정하듯 이란은 어엿한 주권 국가고 모사데크 정부는 민주적으로 선출된 정부다. 그러나 그렇다는 사실이 미국의 작전을 막지는 않았다. 이유는 간단했다. 자유와 민주주의를 앞세운 미국 주도하의 세계질서를 지키기 위해서는 주권 따위 '국지적 이익'이나 입장은 무시(Trump)될 수 있고 되어야 한다는 것이다.

박정희로 하여금 장면 정권을 군사 쿠데타로 엎어버리게 한 명분도 같았다. '반공을 제1의'로 하는 자유세계를 무너지지 않게 지키기 위해서였다.

그런데 지금 한국 땅이 이란 꼴이 돼 무너질 위기에 처해 있다는 것을 첩보기관들의 정보들은 의심할 여지 없이 보여주고 있다. 그리고 그 원인이 박정희 정권의 장기화에 국민들이 염증을 내기에 이른 것에 있다. 그렇다면 사태의 해결책이 어디에 있는가는 분명하다. 박정희가 권좌에서 물러나주는 것이다. 그러나 적지 않은 시간에 걸쳐 그러기를 종용해온 미국의 노력에 대한 박정희의 반응은 부정적이었고 지금도 그것이 누그러질 기색은 보이지 않는다. 한때 공산주의 경력을 가졌던 박정희가 한 것으로 미국 첩보기관에 녹음 전달된 발언엔 이런 것도 있었다: "너희 놈들이 압력을 넣는다고 너희놈 뜻대로 될 줄 아느냐. 여기가 어딘데…."

뿐만 아니다. 박정희의 측근 중 측근인 차지철은 필요하다면 탱크떼를 풀어 반도들을 무더기로 죽여버려도 상관없다는 자세다. 그러면 한국 땅은 피바다가 된다. 피를 보면 반도들은 도망가지 않는다. 더 불 붙고 더 덤벼든다. 그 결과의 심각성으론 이란의 호메이니 혁명 정도가 아닐 것은 분명하다.

그렇다면 무엇을 해야 하나.

한국 내에 대군을 거느리고 있는 미국의 첩보기관들은 이 나라 사정을 보통의 현지인들보다 더 잘 안다.

그런 그들에게 하나의 기가 막힐 분명한 사실이 간과될 리는 없다. 무슨 사실인가. 바로 김재규라는 '열려 있는 대문'이다.

설명을 하자.

중앙정보부장 김재규면 다른 무엇이기에 앞서 박정희의 '보디가드'다. 박정희에 그보다 더 가까울 수 없다. 알다시피 박정희를 언제나 만날 수 있고 그의 방에 권총을 차고 들어갈 수 있는 건 이 세상에 그밖에 없다. 하나 더 있으면 경호실장인 차지철 정도일까.

그뿐 아니다. 우리 민족의 '백로 같은 결백성'에 관한 말을 앞에 어디선가 했다. 우리는 무엇을 일단 믿기로 하면 그대로 믿는다. 거기서 우리는 서양과는 딴판이다. 그들은 어떤 일이라도 언제나 그대로 믿지 않는다.

우리네의 경우, 집안 사람끼리 식칼을 들고 덤벼드는 일이란 없다. 그건 생각할 수도 없는 일이다. 생각을 하면 그런 생각을 하는 것부터가 죄다. 그래서 안 한다.

자기의 신변이나 권좌를 지켜주는 수문장으로 김재규를 데려다 놓은 것은 그를 믿었기 때문이다. 일단 그렇게 믿어 놓으면 그대로 믿는다. 그 놈 뒤에 무슨 꿍꿍이속이 있다는 것은 꿈에서도 생각하지 않는다. 그래서 김재규가 자기 방에 권총을 차고 들어와도 그것을 마음 놓을 일로 생각하면 했지 위험한 일로 여기지 않는다. 말하자면 김재규는 언제든 박정희로 통할 수 있는 열려 있는 문이었다. 그것도 언제나 빗장이 닫혀지지 않고 활짝 열려있는 대문이다. 그것은 그것 하나만을 거느리거나 건드리면 박정희 역시 쉽게 건드릴 수 있다는 얘기로 통한다. 청와대라는 철옹성 같은 요새에 커다란 빈 구멍이 뚫려 있었던 셈이다.

박정희 죽음에 관해 틀림없는 사실이 하나 있다. 그는 죽는 순간까지 차마 그런 일이나 위험이 있으리라고는 꿈에도 생각지 못했다는 것이다. 그탓에 결국 죽었다.

그가 그렇게 안심만 하고 있던 게 그의 집이 철옹성 같아서거나 그의 지능이 낮아서가 아니었다. 우리는 문화적으로 그럴 수밖에 없었던 탓이다.

쉽게 달라지지 않는 게 문화라고 한다면 우리 누구나의 처지가 지금이라고 해서 달라지지 않았다는 것도 부정하기 어렵다.

박정희의 퇴진이 한국이 이란의 재판이 되는 비극을 막는 길이고 그것은 한국은 물론 자유세계를 위해 필요하고 따라서 정당한 일이라는 주장에 김재규로서는 언뜻 반론을 필 여지가 없었다. 그런 주장에 빈틈이 있는가를 아무리 따지고 생각해 봐도 김재규 머리에 떠오르는 건 없었다. 그러니까 박정희 퇴진이 대의를 위해 옳은 일이라는 조건은 채워지는 셈이 된다.

그러나 그런 퇴진과 살해라는 건 전혀 별개의 문제다. 더더욱 그러한 일이 남도 아닌 자기 손으로 치러져야 한다는 건 어설피 받아들일 일일 수 없다. 설득도 보통의 것으로 될 일이 아니다.

그 점, 우리는 그 설득 공작이 어느 정도 치밀하고 또 열의에 찬 것이었는지의 흔적을 여러 면에 걸쳐 보게 된다.

무엇보다 박정희 제거 공작이 미국측에서 소위 스파(Spah) 공작이라고 불렸었다는 사실이다. 스파란 '박을 박 자신으로부터 구해내는 공작(Saving Park Against Himself)'이란 영어의 두문자만을 따내 붙인 말이다. 그 뜻은 문자가 말하는 그대로다. 박정희가 쌓아 올린 커다란 공적과 유산이 박정희 자신에 의해 파괴되고 소멸되는 것을 막는다는 것이다. 다시 말하면 그건 무엇보다 박정희를 위한 일이기도 하다는 뜻이다.

# 살인 시나리오 - 3

'박정희를 박정희 자신으로부터 구제한다'는 것이 하나의 설득 수단으로 내세워지는 논거는 이렇다.

박정희가 5·16 이래 이뤄 놓은 공로는 거의 기적에 가까우리만큼 컸다. 세계에서 가장 가난했던 나라 사람들이 이제 굶는 사람이 하나도 없게 된 것뿐 아니다. 경제적으로 세계 상위권을 넘나든다. 그것은 한 정치인이 이룬 커다란 위업으로 평가해 마땅하다.

그런데 그런 기념비적인 업적이 이제 박정희 자신에 의해 상실될 위험에 처해 있다. 그것은 정보통들이 내린 분명한 판단이다. 지금의 부마사태가 걷잡을 수 없게 악화돼 간다고 해보자. 그에 대한 정부측 반응이 차지철식 강압에 치우쳐 버리면 어떻게 되나. 전국이 피바다가 되는 것은 피할 길이 없다. 그렇게 되면 박정희 정권 역시 무너진다. 그럴 수밖에 없다는 사실을 이란이 우리에게 보여주었다. 그게 한국이란 국가로서의 비극이라는 것은 말할 나위 없다. 그리고 그것은 박정희 개인으로서도 참화라 해야 할 일이다.

박정희는 한국 사람들을 위해 큰일을 했다. 그런 사람이 다름 아닌 한국인의 배척을 받아 권좌에서 밀려나간다는 것은 그에게 커다란 치욕이고 불명예에 다름 아니다. 그가 쌓아 올린 모든 공적이 무위로 돌아간다. 그리고 그는 역사적으로 국민이 숭앙하는 인물보다는 국민에게 버림받은 하잘것없는 인물로 기록되고 기억된다. 그런 치욕과 불명예가 없도록 막아준다는 것이 '스파', 박을 박 자신의 손에서 구해낸다는 말의 뜻이다.

박정희 퇴진 후, 일정 시간이 지난 다음, 그 일을 역사적으로 되돌아볼 때 박정희 자신도 그것을 비극으로만 보지 않을 가능성조차 없다고 하긴 어렵다.

박정희가 김재규의 총에 맞고 갈 데 없이 죽음이 눈앞에 다가오는 순간 그를 간호하던 여인에게 "나는 괜찮아" 하고 있던 것을 우리들은 읽었다.
그때 그가 한 "나는 괜찮다"는 말을 일부 사람들이 박정희가 '죽으면서 사는 순간'이란 말로 그 뜻을 풀이하는 것을 전혀 미친 소리로 볼 것은 아닌지도 모른다.

실제, 박정희의 그런 종말은 박정희 생애의 공적에 먹칠을 하지 않았다. 그의 공적은 공적대로 남아 그것을 치켜보는 사람들은 국내외에 걸쳐 적지 않다. 당시의 부마사태 악화로 수많은 백성들의 피로 온 나라가 혈해가 되었다고 해보자. 박정희의 그런 명성이 남아 있을 터전은 거기에 없다.
살신성인이란 말이 있다. 그것은 제 스스로 몸을 버려 인의 경지에 이르는 경우다. 그 비슷한 말로 '피살성인'이란 말이 없어야 할 것도 없는 일이다. 죽음을 당함으로써 역시 인의 경지에 이른다는 것이다. 박정희의 죽음을 긍정적으로 보려는 눈들이 있을 수 있게 하는 근거다.

박정희의 퇴진이 옳은 일이라는 설득이 그런 것만으로 끝나지 않았다는 것도 물론이다.

중앙정보부 부장 자리는 박정희의 신변 안전을 기해주는 존재라 했다. 그러나 그 기구의 본래의 기능이 그런 데에만 있지 않았다는 것은 누구보다 부장 자신이 잘 안다.

박정희의 안전을 기해 준다는 것은 그가 대표하는 국가나 그 체제, 그리고 그것이 소속하고 상징하고 있기도 한 자유세계를 지키는 데 있다. 미국 정부나 정보기관들이 한국의 중앙정보부를 '최단거리'에서 지원, 지도해 온 근본 목적도 그런 데에 있었다는 것은 되풀이하지 않아도 된다.

그렇게 볼 때, 국가나 체제적 안정이 위기에 처해 있다고 판단되는 순간 중앙정보부로서 할 일이 무엇인가는 긴 말할 것 없이 분명한 일이다. 그런 필요가 절실해질 때 미국의 동작이 어떤 것인가는 누구보다 김재규 자신이 체험을 통해보고 알아 온 터다. 그 힘은 그가 봤듯 사람의 생사를 여탈하는 지경에 이른다. 까닭은 그들의 사업이나 사명이 신의 뜻에 따른 것이라는 뿌리 깊은 신념에서 오는 것이기 때문이다.

한미 간 동맹 관계 속에서도 양쪽 중앙정보부처럼 가깝고 강한 유대는 다시 없다. 그리고 그런 관계 속에서 한국의 경우 역시 그 입장은 상대적인 '주니어 파트너'의 자리에서 벗어나지 않는다. 그렇다는 사실은 무슨 일에서건 미국의 발상, 발언, 제의라는 것이 갖는 호소력이 그 자체가 지니는 값어치와는 관계없이 따르지 않기 어렵게 돼 있다는 것을 의미하는 것은 뻔하다.

그런 세력 관계의 균형에서 오는 압력뿐만도 아니다.

박정희의 퇴진이 대한민국이란 국가, 자유진영이라는 대의, 그리고 박정희 자신을 위해 바람직한 일이라는 논의에 김재규는 생리적 주저를 느끼면서도 한편으로 그것을 뒤집을 도리를 찾지 못했었다. 만사 다 제쳐 놓고라도 자칫 온 나라가 피바다가 되는 참극을 막는다는 인도주의적인 논의를 부인할 도리는 김재규의 머릿속에서 아무리 찾아도 나오질 않았다.

# 살인 시나리오 - 4

박정희를 퇴진케 하는 사업이 정당하다는 것은 이상의 주장으로 적어도 부인하기 어려운 것으로 보았다고 해두자. 그러니까 앞서 말한 그 첫 번째 조건은 그것으로 충족되었다고 하자.

그러나 자그마치 한 나라의 대통령을 죽이고 그 측근 부하들 다수를 죽이고도 제 몸이 안전할 수 있다는 게 도대체 있을 법한 얘기인가.

있을 수 있다. 누구도 믿기 어려운 얘기일 테지만.

다음과 같은 시나리오가 제대로 연출된다면 그는 죽지 않고 살아남을 수 있는 것만이 아니다. 영웅 대접인들 못 받을 일이 아니다.

박정희 등이 떼죽음을 당하고 궁정동이 피바다가 된 다음 새로 설치된 국가안보위원회와 계엄사령부는 10·26 사건의 진상을 발표한다(그것은 박정희의 5·16 주체가 거사 직후 혁명의 경위를 발표한 행위와 같다).

그 발표문의 알맹이는 이렇다:

그날 총격전의 발단은 사건이 발생하기 불과 수 시간 전에 우리 쪽 첩보기관에 의해 최종 확인된 놀랄 만한 정보에 있었다. 그 정보는 그날 밤(1979.10.26) 하나의 커다란 사건이 일어나기로 되어 있다는 정보다.

그 사건이란 박정희, 차지철이 그들의 경호 대원들과 더불어 헬리콥터로 평양으로 탈출한다는 것이다. 김재규의 중앙정보부 요원들은 2군 사령부 소속 헬리콥터 4대가 그날 밤 10시를 기해 청와대 헬기장에서 그들을 픽업하기로 되어있다는 사실도 확인했다.

이에 따라 한미 첩보대원들은 행동을 개시했다. 박정희 팀의 월북 모험이 실행되기 전에 그것을 실력 저지토록 했다. 김재규가 한자리에서 회식 중인 박정희 일행에 대해 행동을 개시하자 그들의 기도가 발각된 사실에 놀라고 당황한 차지철이 소리를 지르며 총을 빼 들며 소동을 일으켰다. 이에 그것을 예기해 미리 계획된 대로 김재규가 차지철의 공격을 총격으로 막자 그것을 신호로 정보부원들은 청와대 경호원들을 즉각 전원 사살했다. 그런 혼란이 터지면서 궁정동 집 전체는 문자 그대로 전쟁터로 일변했다.

그 혼란 속에서 박정희도 사살됐다.

추가 정보: 이날 사건은 실제 돌발적인 것은 아니었다. 청와대 주변에 이상기류가 흐르고 있다는 것은 미 첩보기관에 의해 몇 주에 걸쳐 포착되었고 이에 따라 청와대를 둘러싼 거동은 일거수 일투족이 빠짐없이 치밀한 감시의 대상이 되었다(알다시피 지구 전체를 통해 미국 첩보기관 감시망에서 벗어나 있는 터전이란 한 평도 없다. 한국 땅도 남북한을 통해 이에 예외가 아니라는 것은 물론이다. 모든 통신도 한마디 누락 없이 도청된다). 그러나 청와대는 청와대대로 자위책에 철저해 그들 공작의 전모를 정확히 확인하기까지는 시간이 걸렸다. 그러나 10월 26일 2군 소속의 헬리콥터 동원 준비, 그것을 확인한 이쪽 첩보원들의 관련자 구속 및 자백의 입수로 월북

공작은 틀림없는 것으로 확인됐다.

박정희를 그러한 모험으로 내몬 동기는 다음과 같은 것으로 추측된다.

그가 그의 귀중한 재산으로 여기던 이휘소 박사가 미국 손에 죽은 것은 박정희에게 큰 충격이었다. 그리고 그는 (그가 습관적으로 말하던) '미국놈'의 손길이 자기에게 와 닿을 것으로 생각해 불안해 했다. 그렇다고 그저 당하고만 있을 일이 아니라고 작정한 박정희는 김일성과 손잡을 것을 결심했다.

김진명이 쓴 『무궁화 꽃이 피었습니다』에서 남과 북은 핵무기를 만들려고 손을 잡는다. 박정희는 나름대로의 무궁화 꽃을 피워보려고 했던 셈이다.

어떤 식으로 피워보려고 했었나?

박정희는 평양에 도착한 다음 김일성과 공동성명을 내놓는다. 그 속에서 그들은 이제 대한민국과 조선민주주의인민공화국이 하나의 통일된 국가로서 합치기로 했다고 선언한다. 그리고 그 끝에 그들은 미군이 남한 땅에서 즉각 철수해야 한다는 요구도 달아 놓는다.

그러면 미국의 입장은 난경에 빠진다. 당장 쓸 손도 없다. 그렇다고 그대로 그들 요구를 받아들일 처지도 아니다. 박정희로선 그것은 미국에 대한 통렬한 일격이 아닐 수 없다.

결국 거기서 빚어지는 마찰은 급기야 새로운 전쟁으로 이어진다. 그 결과 수백만의 사람이 또 죽는다…….

이상의 얘기는 물론 터무니없는 가공架空의 것이다. 그러나 여기서는 그게 정말이냐 아니냐는 문제가 되지 않는다. 문제는 그런 얘기를 세상이 믿느냐의 여부다.

그에 대한 대답을 다시 찾아보자.

이상과 같은 국가안보위원회의 발표에 세상이 놀라 자빠진 것은 물론이다. 그리고 그것은 국내외에 걸쳐 커다란 뉴스가 된다. 이에 관한 기사들로 신문 방송할 것 없이 며칠을 두고 일면이나 화면이 온통 도배질 된다.

그런 발표 내용이 믿기 어려운 것이면서도 그렇다고 그게 아니라고 할 증거를 얻을 길 없는 언론들은 당국의 발표를 대개 그대로 따르기 마련이다. 기사의 대부분은 당국 발표를 거의 그대로 베껴 낸 것이 주류를 이룬다. 그것은 그런 사건이 있을 때마다 언제나 그랬다는 것을 우리는 보아왔다.

그 사건의 높은 자극성 하나만으로도 그에 관한 별별 기사들이 대문짝만하게 보도되고 각 사마다 치열한 취재 경쟁을 벌인다.

국내에서만도 아니다. 미국이나 다른 나라들의 유력 신문, 방송들에도 열이 붙는다.

그중 소위 체제 측 언론(Main Stream Media)은 현상의 안정 유지를 그들의 굳은 신조로 삼는다. 그래서 그들의 논평도 거의 다 '당국'들이 내놓은 것에 보조를 맞춘다. 뉴욕타임스, 워싱턴포스트 따위의 유명지들도 예외가 아니다. 그야 어쨌든 뉴욕타임스가 말하는 것은 어김없는 진실인 것으로 사람들은 믿는다. 그들이 거듭해서 일으키는 공론은 그것이 거듭됨으로써 이내 움직이기 어려운 진실로 자리 잡는다.

이 박정희 사건에서도 뉴욕타임스 등은 그런 사건이 일어난 것은 불행한 일이나 그것으로 박정희의 월북 공작이 좌절됐다는 것은 불행 중 다행이었다고 반복해 써 놓는다. 그런 글들이 국내에 크게 번역 소개되는 것은 물론이다. 뿐만 아니라 거기에 살이 붙고 각색이 돼 누구나가 그것을 읽게 되고 누구나가 그것이 사실이라는 것을 의심치도 않는다.

그런 글들은 상식적이면서 다 읽을거리로서 흥미를 끌만 한 것이다.

이를테면, 한때 남로당 군사책이었던 박정희로서는 그런 일에의 착상이 뜻밖일 게 없지 않느냐는 따위다. 그리고 조사부 파일을 뒤져 끄집어낸 읽을거리로서 이런 얘기까지가 얼굴을 내민다. 즉, 남쪽의 이후락이 평양에 가서 김일성을 만났을 때 김일성이 그에게 "이 선생, 서울에 돌아가서 박정희 씨에게 이렇게 전하시오. 그에게 통일정부의 대통령을 하시라고. 나는 그 밑에서 부통령을 해도 좋으니……."라고 말한 것 등이다.

대국大國이란 것에 대한 부정적인 반응은 박정희가 어렸을 때부터 여러 모로 나타내온 감정이다. 그리고 입버릇처럼 미국놈 미국놈 하는 데서도 단적으로 보듯 그의 심리적 구조에 민족주의적인 것이 자주 작용해 왔다고 보는 것도 어림없지 않다. 그것을 바탕으로 해놓고 보자. 자기 자신을 죽을 판에 처해 있는 것으로 본 박정희가 '에라' 하고 월북이라는 것을 생각한 것이 왜 생각지 못할 일이라고 해야 하는 거냐. 그렇다는 것은 한국 땅이 큰 위기에 처해 있다는 것을 뜻한다.

그렇다면 그들 나라와 자유진영을 그런 위험한 위기에서 아슬아슬하게, 그러나 적절히 막아낸 것은 지극히 다행한 일이라 해야 한다. 그것은, 애국적이고 정당한 행위였다고 축하해야 할 일이다.

사람들이 서로 죽이고 죽을 때, 죽는 측이 악이면 죽이는 측은 선이다. 악이 크면 클수록 선도 비례적으로 큰 것으로 쳐진다.

김재규는 이상의 시나리오를 몇 번이고 되풀이해 읽었다. 또 깊이 생각도 했다. 일급이 아닌 그의 두뇌로서도 그것이 별로 흠 잡을 데가 없다는 것을 볼 수 있었다. 충분히 가능한 얘기다. 그러면서도 안심이 안 돼 그것을 적어도 열 번을 다시 읽으며 생각을 거듭했다. 여기서도 이에 반론할 거리는 그의 머릿속에서 생겨나지 않았다. 대통령을 죽여도 자기는 안 죽을 수도 있는 길이 있다니!

정말? 정말? 하는 말이 머리에 감돌아가면서 밤은 깊어갔다.

# 살인 시나리오 - 5

어려운 일을 하고 그 통에 죽지 않는 건 좋다. 그러나 그것이 과연 내 개인으로서도 정말 할 만한 일인가? 모험에 값할 응당한 업보 또한 있기도 하다는 건가? 그에 대한 대답은 일이 되어가는 현실의 틀 속에서 찾아져야 할 것이라고 김재규는 생각했다.

얘기가 더 나가기 전에 이쯤에서 불가불 조용식을 소개해야겠다. 그는 짐이 박정희에 가까웠던 것처럼 김재규와는 단짝이었다 해도 좋다. 무엇보다 짐을 통해 미국 심층국가와 선을 대는 꼬리 구실을 하는 게 김재규라는 점에서 그들 사이는 안 가까울 수 없었다. 개인적으로도 재미교포 2세면서 굴기는 우리 토박이보다 더 토박이인 조용식이 김재규에게는 썩 마음에 들었다.

언젠가 김형욱의 머리에 걸려있던 '엠바고'가 풀렸다는 것을 김재규에게 먼저 알려준 것도 조용식이었다. 그리곤 그 며칠 후 김형욱은 몸이 가루가 돼 죽었다. 그것을 누구보다 가까이서 봤던 김재규에게 감명 깊어 잊혀지지 않았다. 생사를 여탈하는 그런 힘은 물론 미국 국가의 것이지만 그게 조용식과 전혀 무관한 것도 아니다.

그런 그와 한 집안 식구, 또는 형제처럼 지내는 것을 김재규는 은근한 자랑으로도 여겼다. 나이는 여덟 살 아래지만 골프에선 훨씬 선배인 조용식에게 술기라도 돌 때면 이래라 저래라 반말도 해댔다.

그 조용식이 어느 날 저녁 김재규 집에 와서 '살인 시나리오' 설명을 하고 있었다.

궁정동에서 살인극이 한바탕 벌어지고 난 다음에는 무슨 일이 벌어지는가.

그의 설명은 이런 식으로 나가고 있었다.

김재규와 육군참모총장 정승화는 같이 자동차로 용산 육군본부로 향한다.

모든 준비는 거기에 마련돼 있기 때문이다. 몇 주간에 걸쳐 거기서 준비되고 10·26에 이어 벌어지는 일들은 1961년 박정희들 세력이 5·16 아침에 했던 일과 본질적으로 다르지 않다. '본질적으로'란 그런 거사들이 미국이라는 막강한 힘을 배후로 한 것이라는 뜻이다.

그들이 육군본부에 도착하면 거기서 그들을 기다리고 있던 일단의 군인들이 즉각 행동을 개시한다. 그들은 5·16 때처럼 미국이 승인, 지휘하고 미국 의도에 동조하는 '선택된 군인 집단'이다. 그 거사에서 조종 역을 맡은 조용식이 조직한 국가안보위원회는 미리 준비해 놓은 시해사건 전말에 관한 성명서를 발표한다. 그 성명서는 5·16 때의 혁명위원회와 닮은 국가안보위원회의 의장인 정승하 참모총장 명의의 것이고 그것은 이미 계획대로 점거된 KBS 방송을 통해 전국에 전파된다. 그리고 전국이 엄격한 계엄령 아래 드는 것도 물론이다. 군부대들에 의한 서울 시내 정부기관 요충지점의 점거도 신속히 전개되고 그것이 이렇다 할 저항 없이 쉽게 이루어진다는 것도 5·16 때와 같다.

그러나 5·16 때와 크게 다른 게 한 가지 있다. 보안의 문제에서다.

5·16 때의 혁명 세력은 그 문제에 큰 신경을 쓸 필요는 없었고 실제 크게 신경 쓰지도 않았다. 당시의 장면 민간정부의 정보능력이란 미미한 것에 지나지 않았기 때문이다. 그러나 지금은 딴판이다. 말할 것도 없이 5공 이후 출현한 중앙정보부는 전국적으로 그 뿌리를 내리고 있는 방대한 조직이다. 그 속에서의 박정희의 영향력은 크고, 따로 되어 있는 차지철의 세력 또한 엄청나다. 또, 그들이 그들에게 적대하는 세력에 대한 응징에서 얼마나 철저하고 가혹한가는 굳이 설명할 필요가 없는 일이다.

따라서 이번 거사의 준비, 실행은 그 시종을 통해 비밀이 철저히 지켜져야 한다. 아무리 작은 것이라도 빈틈이 있으면 거사는 실패하고 만다. 그렇게 되면 관련자는 남김없이 다 죽는다.

"그런 점에서, 부장님." 하며 조용식은 김재규의 눈을 바싹 바로 쳐다보면서 말하는 것이었다. "모든 것을 저를 믿고 저에게 맡겨주십시오. 최선을 다 할 테니까요. 그것이 꼭 성공할 것이라는 것도 믿어주시고요."

"모든 것은 우리들이 꾸미고 우리들이 집행하겠습니다. 그날 정승화 총장을 궁정동에 보내드리는 것도 우리의 준비가 빈틈없이 진행되어간다는 신호로 쳐두셔도 좋습니다. 부장님은 일이 끝난 다음 정 총장하고 육군본부로 와 주시기만 하면 됩니다." 그리고 거기다 그는 한마디를 이렇게 더 붙였다. "물론 부장님이 저를 못 믿겠다 하시면 할 수 없는 일이지만요. 그러면 저는 그저 모든 일에서 손을 떼겠습니다."

그다음 거사 후에 펼쳐질 일에 관해 조용식이 무슨 신문기사래도 읽는 듯 해나가는 시나리오의 내용은 상식적으로 판단해 놀라울 것도 없고 시비를 붙일 것도 없는 것이었다.

박정희의 퇴장과 그에 따른 부마사태에서 본 불안의 종식은 많은 사람들에게 일단은 안도의 한숨을 내쉬게 하여 준다. 새로운 사태 진전에 불만이나 회의를 품는 경우가 있더라도 그것을 적절히 다루는 것은 계엄체제로서 어렵지 않은 일이다.

그리고 새로운 정치체제의 틀을 어떻게 잡느냐는 국가안보위원회를 중심으로 현상을 유지해 가면서 김재규가 그의 동료와 참모들과 손잡아 해나가면 된다. 그리고 사회가 별 파란 없이 유지되어 나간다면 국가의 경제적 발전은 그대로 계속될 것이다. 박정희 시대에 마련된 바탕은 지속적인 성장을 보장할 수 있고 그것은 민생의 향상을 통한 국민적인 지지를 가져 올 것이라고 봐도 틀림없다.

"그러나 다만 한 가지, 부장님." 하면서 조용식은 이런 능청맞은 운을 뗀다. "꼭 하나만은 약속하셔야 합니다. 그것은 박정희 씨처럼 정권을 오래 붙잡고 있진 마시라는 겁니다. 오 년이면 좋습니다. 그러고는 그 정권을 민간인들에게 돌려준단 말입니다. 그러면 모두가 형님을 우리에게 민주화를 가져다 준 영웅으로 모시고 기억할 겁니다……."

사실 이번의 거사가 5·16의 재판이 될 가능성이 없다고 할 이렇다 할 까닭이란 없다. 무엇보다 무소불능의 미국 국력이 뒷받침하는 사업이면 실패하라고 해도 실패하기 어렵다. 그렇다는 것은 내가 박정희가 그랬던 것처럼 이 나라 권력의 정상에 서서 이 나라를 내 뜻대로 움직여나갈 수 있는 기회가 생긴다는 얘기라 할 수 있다. 둘레에 수두룩한 인재들을 잘만 활용할 수 있다면 나라를 꾸려나가는 데 박정희의 솜씨보다 못해야 할 것도 없다. 아니, 박정희보다 더 낫게 못할 일이 아니다. 조용식 말마따나 권력을 오래 붙들고 있지 않는 것만으로도 공로는 쌓인다. 한국의 민주화를 이룩한 지도자. 그런 이름을 얻을 수 있는 기회가 있다면 그건 거사의 업보로서도 커다란 것으로 칠 만하다.

이 김재규란 사내놈이 한 나라의 국권을 잡는다? 박정희도 5·16 전에 비슷한 생각을 하며 웃었을지도 모른다. 도깨비 춤 같은 기발한 일들이 생기는 것이 인간 세상이다. 팔자가 그렇게 되기로 되어 있으면 그런 기발한 일이 내게도 생긴다는 게 왜 절대로 없다고 해야 할 일인가. 술기운도 도는 머릿속에 그런 생각이 왔다 갔다 하면서 김재규는 잠이 들었다.

# 살인 시나리오 - 6

내가 대통령 박정희를 죽인다? 아니, 그게 되기나 한 말이냐. 안 된다.

눈을 붙이고서 얼마 되지도 않은 듯싶은 새벽녘, 벌떡 눈이 다시 뜨인 김재규는 이불 속에서 이런 생각을 하고 있었다. 그러다가 안 돼, 안 돼 하는 말을 자기도 모르게 입을 열고 되뇌기도 했다.

사실 아무리 생각해도 그건 있을 수 없는 일이다. 상대가 남도 아닌 박정희다. 그렇지 않은가. 지금까지 이 세상에서 내게 무서운 인간이란 단 하나도 없었다. 부러운 것도 없었다. 그게 다 박정희 덕이었다.

그런데 그런 박정희를 지금 죽인다는 것이다. 그리고 그것을 하필이면 나를 통해서 하려는 공작이다. 까닭이야 뻔하다. 박정희에게 언제 어느 때고 접근할 수 있게 돼 있는 게 나기 때문이다. 그래서 그런 나를 써서 박정희의 퇴장을 가져오자는 공작이다. 그런 목적을 위해 머리 쓰기를 제대로 하긴 했다.

그러나 그것에 내가 응할 수는 없다.

"안 돼!" 하고 혼자 하는 말을 내뱉곤 김재규는 그렇다면 무엇을 해야 하는가에 생각을 돌린다. 조용식을 잡아들이자. 그러면 그들이 획책하고 있는 공작은 거기서 무너진다. 그리고 나는 죄인이 될 필요도 없다.

그래서 벌떡 이불을 차고 일어나 그는 의자로 자리를 옮겨 담배 한 대를 피워 물었다. 오늘 일어나서 할 일을 하나하나 좀 생각해보기 위해서다.

오늘도 조용식은 부리나케 사무실로 찾아올 것이다.

부마사태로 번지기 시작한 사회적 동요가 심해지면서 그가 찾아오는 빈도도 잦아졌고 열의도 갈수록 높아져왔다. 좋게 말하면 그의 말들이 까놓고 하는 등 더 솔직해졌고 나쁘게 말하면 강압적으로 밀어붙이려는 듯한 자세는 좀 피부에 거슬리는 것이기도 했다.

그것은 위기의식에 젖어 있는 워싱턴 작업반의 입김을 탄 탓인 것이었음을 잘 안다.

악화되어가는 한국 사태에 눈길이 집중된 워싱턴 요로들의 사태 분석과 판단은 급속히 한군데로 모이고 있었다. 위기는 나날이 심각해져 가고 있다. 그 파멸위기의 원인이 박정희의 장기집권 고집에 있다면 그런 위험요소는 되돌릴 수 없는 낭떠러지에 빠지기 전에 막아야 한다.

그러한 판단과 결정은 한국에 있는 미국의 외교기관, 군 계통, 첩보 공작망 등 여러 갈래에 공통돼 있었다. 그런데 급해지는 상황과는 달리 해결에의 움직임이 굼뜬 것에 관계 요로들의 초조는 눈에 뜨일 정도로 나타나고 있었다. 조용식이 그 시나리오를 들고 자꾸 김재규 방에 드나들게 된 것도 그런 바람을 타고서의 일이다.

그러나 문제의 박정희에 있어선 뭐든 짐을 통해서 그에게 전해지고 감지되는 것이 미국이라는 것이다. 짐이 얼마나 정확히 그리고 심각히 그런 미국의 입장을 박정희에게 전했는지를 알기는 어렵다. 그러나 평상시 박정희에 대한 짐의 태도는 이미 보아 온 대로 통상의 예에서 벗어났다 할 만큼 친밀한 것이었다. 하도 그래서였나. 그의 부하나 동료들 사이에서도 그를 두고 뒷구멍으로 "저거 박정희의 꼬붕子分 아냐" 하고 농반 진반弄半眞半으로 수근대는 측도 없지 않았다.

그런 기미가 그들 꼭대기에까지 퍼져 올라가서였었을까. 최근에 와선 워싱턴 작업반으로부터는 서울의 미국 기관 전체에 특별지령까지가 날아오기도 했다. 그 내용은 모든 작업 요원들은 일체의 개인적인 정의나 의리 따위에 구애됨이 없어야 한다는 것이었다.

그렇다는 건 조용식이 벌써 자기에게 유성기 틀어 놓듯 반복한 것이지만 오늘도 그런 걸 늘어놓자고 찾아 올 것은 틀림없다. 그러나 오늘은 보통 때와는 다르다. 오늘은 나타나는 대로 그 놈을 잡아넣는다. 그러고 나는 즉시 청와대로 올라간다. 거기서 지금까지 조용식과 진행돼 온 일들을 박정희에게 다 털어놓고 모든 일에 끝장을 낸다.

그렇게 작정하고 나니 김재규의 마음은 가벼워졌다.

그리고 일어나서 벌써 담배 세 대째를 비벼 끄면서 그날 아침 사무실에서 일어날 광경을 잠깐 상상해본다.

사무실에 들어오자마자 부원들에 두 팔을 꽉 잡힌 조용식이 이럴 때면 으레 덜 공손해지는 말투로 그럴 것이다. "아니, 형님, 갑자기 눈이 장님이 되셨수. 어쩌자고 이러는 거요."

뭐, 어째, 내 눈이 장님이 되었다고. 하고 있자니 김재규 머리에 한 가닥 전깃불이 번쩍 켜진다. 하긴 그렇구나, 조용식을 잡아들인다고 했지만, 그러고 보니 그 녀석은 교포 2세, 미국시민이다. 우리가 미국시민을 잡아들일 수 있는가? 잘 모르겠다. 그러나 그는 대통령 시해를 음모하던 현행범이다. 못 잡아넣을 게 없다.

물론 미국은 즉각적으로 반발할 것이다. 그리고 증거를 대라고도 할 것이고…….

그러면 내가 나서면 된다. 나하고 그런 음모를 이러이러하게 꾸미고 있었다고……. 그러면 그게 국내외 언론에 크게 보도된다. 중앙정보부장이 대통령을 죽이려는 음모를 누구와 같이 꾸미고 있었다고…….

중앙정보부장이? 아니, 그 부장이라는 건 다름 아닌 나 자신이 아닌가. 그렇다면…….

애꿎은 담배만 빨아대던 김재규의 머리는 휑휑 돌았다. 어지러웠다. 하여간 청와대로 올라가 다 풀어놓고 어떻게 해야 할지를 정하자.

그래서 오전 10시를 기해 김재규는 일일 보고철을 들고 차로 청와대로 향했다. 아침 신문에는 자꾸 번져가는 데모 소동에 관한 보도가 지면 앞뒤로 차 있었고 사태가 갈수록 심각해지고 있다는 것은 분명하고도 남았다.

그래서일 것이다. 이내 도착한 대통령 집무실에 걸어 들어오는 박정희의 표정은 침울했다. 그리고 안락의자에 털썩 주저앉은 그는 김재규가 내놓은 현황 일일 보고철을 펼쳐보기 시작한다. 그러는 동안 그는 비서들이 가져다 놓은 찻잔은 돌아보지도 않고 담배만 연줄 빨아대고 있었다. 김재규도 오늘 박정희에게 하기로 작정한 이야기를 어떻게 꺼내야 할지를 다시 더듬는 데에 정신이 팔려 있었다.

그러면서 시간이 얼마나 지났을까. 방 한 모퉁이 높직한 문을 밀고 들어오는 인기척이 있어서 보니 차지철이었다. 그래서 김재규가 아는 체 하려니까 차지철은 그는 본체만체하고 박정희에게만 꾸뻑 인사를 하곤 옆 소파 빈자리에 앉는 것이었다. 좀 멋쩍은 기분도 들어서 김재규가 입을 다물고 있는 동안 차지철은 데모 사태에 관해 박정희와 얘기를 주고받고 있었다. 사태의 심각성에 관한 것이었을 것이다.

그러다가 차지철이 몸을 김재규 쪽으로 홱 돌리면서 좀 높아진 어조로 그러는 것이었다. "김 부장, 사태가 어떻게 돼 가는 겁니까." 그런 걸 말 몇 마디로 어떻게 설명해야 할지를 몰라 김재규는 "우리 일일 보고가 차 실장에게는 안 갔었소?" 했다. 아닌 게 아니라 그 말은 받아들이기에 따라 신경을 건드릴 만한 것이었다. 묻는 것에 대답은 안 하고 보내준 일일 보고를 보면 알 텐데 무슨 군소리냐 하는 것으로 들릴 수도 있었기 때문이다.

그러자 차지철은 음성을 한 단계 높여 이러는 것이었다. "정보부장이란 자리가 뭐 하라고 있는 자리요!" 뭐, 뭐 하라고 있는 자리냐고? 그 뜻이 김재규 가슴에 잠기기에는 몇 초가 걸렸다. 차지철은 김재규보다 나이도 여덟 살 아래인 데다가 군대도 까마득한 후배다. 그리고 대통령도 지금 그 옆에 앉아있다. 그런데 정보부장이 뭐 하라는 자리냐고. '야, 이놈 자식아, 말은 아무거나 아가리로 뱉어내기만 하면 되는 거냐' 하는 소리가 목구멍까지 치밀어 올라왔지만 그 자리에 박정희가 있어서 그걸 꾹 참았다. 그러나 가만히 있을 수도 없어서 한마디 하려고 하는데 박정희가 "김 부장" 하고 불러놓곤 이렇게 말을 잇는다. "정말 정보부로서 뭐 쓸 손이 하나도 없다는 거야?" 차지철과 똑같은 말이다.

그에 김재규로선 당장 할 대답이 없었다. 정신조차 좀 얼떨떨해진 김재규는 그가 그날 무얼 하려고 청와대에 올라왔는지도 생각이 나지 않았다.

그리곤 더 앉아 있다간 차지철과 주먹다짐이라도 안 날 일이 아니어서 김재규는 일단은 그 자리를 뜨기로 하고 "네, 잘 알겠습니다. 다시 와 보고 드리겠습니다." 하고 일어서서 나가버렸다. 그때 박정희와 차지철은 그러는 그를 말리지 않았다.

# 살인 시나리오 - 7

영어사전을 찾아보니까 영어로 Honorable이란 말은 '존경할 만한,' '훌륭한' 등으로 나오고 Trick 은 '책략', '속임수' 등이라고 한다.

그러니까 베이스빗치 교수가 그의 책*Bacevich,같은 책, p.55에서 한때 미국 CIA 부장이던 덜레스가 했던 말이라고 인용한 것은 이렇게 읽힌다.

'어떤 행위에서 쓰인 수단이 아무리 극도로 추잡한 속임수(dirtiest of dirty tricks)일지라도 그것이 존경할 만하고 훌륭하다'고 할 CIA 공작원이라는 신분의 사람에 의한 것이라면 그것은 합당한 일로 받아들여야 한다.

'그래야 할 까닭은 CIA 공작이 목적하는 바가 드높은 것이 분명한 한 수단 같은 것은 문제되지 않아야 하기 때문이다….'

그와 같은 덜레스의 신념은 그를 뒤따른 모든 CIA 요원들 사이에 한결 같았다고 보아도 잘못은 아닐 것이다.

김재규가 박정희를 시해하던 때에도 이러한 신념에 변함이 없었을 CIA 등 미국 첩보기관원들은 나날이 악화일로를 걷고 있던 한국 사태에 초조함을 금하지 못하고 있었다. 그래서 김재규란 '열려 있는 대문'은 급기야 우리 역사상에 커다란 족적을 남기기에 이른다. 그에 따라 그에 밀접히 접선돼 있던 조용식 또한 그 무대에 얼굴을 내밀게 된 것이었고.

여기서 또 하나 우리가 자주 쓰는 말의 정의를 잠깐 보고 가자. 말할 것도 없는 거지만 '강자强者'란 '상대적인 약자를 자기의 뜻에 따르게 하는 월등한 힘을 가진 자'로 풀어 읽어도 된다.

김재규 시대의 미 CIA와 KCIA 사이가 상대적인 강약强弱의 관계에 있었다는 말을 벌써 했다. 실제, 김재규가 끝내 박정희를 시해했다는 사실은 한미 간의 강약 관계가 제대로의 결과를 가져 온 거라고 해도 어폐일 것은 없는 일이다.

김재규가 어떻게 그런 일을 하도록 승복될 수 있었나를 다시 살펴보면 왜 강자란 그렇게도 쉽게 언제나 강자일 수가 있는가를 엿보게도 된다. 그 까닭은 따져보면 지극히 간단하다. 그건 강자에겐 약자를 승복하게 하게 하는 데에 쓸 방도가 남아 돌아가게 많기 때문이다.

아주 간단한 예 하나를 들자. 김재규 집에 드나들던 조용식은 어느 날 스위스 은행에 7백만 달러가 예금돼 있는 통장 하나를 김재규 집에 놓고 갔었다. 명의는 김재규와 또 하나 불명의 미국인 연서로 돼 있었다. 조용식을 그날 그걸 그저 "이거 받아 놔 두세요"라는 말 한마디만 남기고 이렇다 할 설명도 없이 떠나 버리고 말았다.

그러고 난 며칠 뒤, 다시 찾아왔던 조용식은 그 통장에 관해 이런 식의 말을 하고 있었다. 그 돈은 자기 소속의 정보부가 김재규 정보부가 늘 잘 협력해 준 것에 대한 사의 표명의 뜻 외에 별 것이 없으니 그저 정보부 일로 써주시면 된다는 것이었다.

사실, 정보부 생길 때부터 그것의 뒷바라지를 해온 미국으로서 그들을 재정적으로 적극 지원해 온 건 새삼스럽지 않은 일이다. 그리고 당시의 김재규로서는 그런 일에 깊이 신경을 쓰고 있을 정신적인 여유도 없었다. 또, 김재규로서는 그런 돈을 달라고 한 일도 없고, 거기에 손을 댈 겨를도 없었고 모두가 어수선한 틈이어서 그 일은 그런 얼떨떨한 상태로 머물러 있었다.

그러나 김재규는 그러고 나서 얼마 후, 그 통장을 그 자리에서 호통을 치며 조용식에게 돌려주지 않았던 것을 후회한 일이 있었다. 그러나 벌써 얼마 동안이 지난 후라 때는 이미 늦었다. 그동안 그런 통장이 김재규 집에 머물러 있었다는 사실 그 자체가, 필요할 때 김재규의 목을 따는 빌미가 되기는 떡 먹기로 쉬운 일이다. 청와대에 닿아 있는 줄이 김재규보다도 더 굵은 미국 기관들로서는 그런 것을 자기 필요에 따라 활용할 방법은 얼마든지 있다. 그렇다는 것을 김재규 자신도 좀 뒤늦게나마 알아차리면서 사물에 민감하지 못했던 제 부족을 통탄해 마지않았다. 그런 실책이 혹 그런 돈에 무의식중에라도 무슨 매혹을 느껴서 그랬던가 하는 데에 생각이 미쳐서는 정말 사람 미칠 지경으로 기분이 상했다. 그러나 되돌릴 마땅한 길이 금방 생각나지 않아 늦었지만 언제라도 조용식 얼굴에 던져버리기로 마음먹었다. 그러나 그건 아무래도 뒤늦은 일이고 그것으로 김재규가 발목을 잡힌 꼴이 된 걸로 느낀 것도 터무니없진 않았다. 하여간 한 가지 명백한 일은 그런 함정 하나 꾸미기는 강자라면 그토록 떡 먹기보다 쉽다는 것이다. 대국으로서의 비슷한 가용可用 자원이 그런 것만이 아니라는 것은 설명하면 사족이다.

김재규를 설득하는 데서 동원된 바, 거사의 정당성, 사후의 안전 보장, 개인으로서 바라볼 수 있는 값어치 있는 응보, 그리고 불협조의 경우 그것에 따를 보복의 시사 따위들 모두에 김재규로선 이의를 대지 않았고 대지 못했다. 그리고 그 살인 시나리오에 티끌만 한 빈틈이 있나를 확인하는 데 그토록 머리를 써 봤는데도 이렇다 할 것을 찾지도 못했다. 그래서 조용식이 언젠가 "그 시나리오가 완벽한 게 아니라고 여겨지면 언제라도 말씀하세요. 그러면 나도 깨끗이 손을 떼어버릴 테니." 하고 떠벌릴 때도 뾰족한 대꾸를 하지 못했었다.

그러나 김재규를 꼼짝하기 어렵게 압도한 것은 하나의 지극히 간단한 질문이었다. '지금 대한민국은 공산 세계와 끊임없는 전쟁을 하고 있는 나라가 아닌가'라는 것이다. 그것에 '아니다'라고 할 도리는 물론 없다. 다시 말할 것도 없이 사람을 죽이고 사람이 떼죽음을 당하는 게 전쟁이다. 전쟁에서의 단 하나의 선은 이긴다는 것도 되풀이하지 않아도 된다. 그런 목적을 이루는 데서 주저나 자비는 없다. 그런 전쟁에서 전위적 역할을 해온 정보부의 장으로 있어 온 김재규로선 그것은 누구보다도 잘 아는 일이다.

아침에 청와대로 올라갔다가 낙심을 하고 침울한 기분으로 사무실에 돌아온 날 오후, 조용식이 덜렁 김재규 사무실로 들어서더니 "아침에는 와보니 부재중이셔서 헛걸음쳤어요." 하면서 안락의자에 주저앉는다. 그러고 차 한 잔을 하고선 그와 김재규는 그 시나리오의 각 조항들을 다시 훑어보았다. 그 모두가 확실한 것인가를 마지막으로 확인하기 위해서다.

이상에서 본 것처럼 그것이 완벽하다는 데에 이렇다 하고 의심이 갈 만한 것은 없는 듯싶었다. 그러나 김재규로선 버릇처럼 하는 말로 "이거 정말 믿어도 될 만한 거야?" 했다. 그에 대한 조용식의 대답도 그런 경우에 언제나 하는 버릇대로의 것이었다. "어이, 형님은 왜 그렇게 의심이 많으슈. 또는 무슨 일로 그 큰 간이 갑자기 오무러들었수?"

그러고 난 다음 조용식은 이때에도 같은 말을 덧붙였다.

"일 끝나고 난 다음 그저 정 참모총장하고 육군본부로 곧장 오세요. 그러기만 하면 됩니다."

그 말을 들으면서 김재규는 조용식의 말을 꼼짝달싹할 수 없이 그대로 따를 수밖에 없다고 느끼고 있는 자신이 믿어지지 않았다.

하여간 오늘 밤도 자기 전에 그 시나리오가 정말 물샐틈없는 건지 항목마다 다시 씹어보기로 했다.

# 살인 시나리오 - 8

영일이 없다는 말도 맞고 벌집 쑤셔 놓은 듯하다는 말도 맞다. 정말 하루 한시 평안하고 조용한 때란 없다. 김재규의 중앙정보부라는 것이 꼭 그런 꼴이었다. 매일, 매시간 한다는 것이 전국 구석구석에 박혀 있는 첩자들이 주워 모아 보내오는 정보들을 모으고 분석이랍시고 한다. 그리고 그들에게 무엇을 하라고 지시해야 하고 무슨 새 공작을 꾸미느냐를 두고 뻔질나게 회의다, 토의다 해서 하루 종일이 뭔가, 밤이 어둡도록 법석을 떤다. 그게 하루 이틀이지도 않았다.

그러나 차지철의 말마따나 중앙정보부라는 게 뭐 하는 덴가. 말 그대로 스파이들을 시켜 정보를 모은다는 게 주업무다. 그들이 표면에 나서 사람들을 움직이고 다스리고 할 처지이지는 않다. 그러니까 그 무서운 학생들, 시민들의 불만이나 반감이 산불처럼 번져가는 사태에 정보부로선 이렇다 하고 쓸, 만만한 손이 있을 리 없다. 그러나 사태가 점점 심각해질수록 각처에서 밀어닥치는 성화들은 갈수록 심해져만 간다. 청와대, 차지철, 여당, 국회, 언론들. 다들 잡아먹자는 듯 덤비는 기세가 사면초가라는 문자 그대로다. 그리고 미대사관, CIA, 8군 관계 등 미국 측도 악화만 되어가는 위기를 푸는 어떤 결정적인 조처가 있어야 한다는 것에 속을 태우고 있다는 것도 눈에 보일 듯하다. 뭐든 일단 마음먹어 놓으면 그걸 무슨 수를 쓰건 해치우고 마는 게 미국이다. '에라, 그렇다면 좋다. 별 수도 없다, 하자. 이걸로 모든 게 일단은 끝난다. 그게 나라를 위하고 박정희를 위하고 많은 사람들 목숨을 건져주는 것이기도 하다는 게 아

닌가……'

그렇게 생각하면서도 김재규의 머리는 걷잡기 어렵게 혼란스럽기만 했다.

그런 김재규가 그 궁정동 방에서 그의 권총 방아쇠를 당길 때의 정신이 균형 잡힌 정상의 것이 아니었던 건 물론이다. 그때의 그의 심정은 자기가 지금 난생 처음 남을 죽이고 있다는 것이기보다는 제 손으로 제 목숨을 끊어 버리는 자살에 가까운 것이었는지도 모른다. 이걸로 모든 걸 끝장내고, 모든 게 끝장난다 하는 막바지의 기분으로.

일이 끝난 후, 김재규가 하자는 대로 그와 정승화가 자동차로 용산 육군본부로 향해 출발한 다음, 처음 4~5분 동안 둘 사이에는 말 한마디 없는 침묵이 흘렀다. 궁정동의 총성으로 심하게 흐트러진 두뇌의 세포들이 다시 제자리에 내려앉기에는 얼마 동안의 시간이 필요했었다.

자세한 내용을 알려고도 하지 않았지만 정승화에게 모든 일들이 심상치 않다는 것만은 짐작되고도 남았다. 아까 '나'동에서 들었던 총성이라든가, 그리고 조금 전 '가'동으로 거의 뛰어들다시피 닥쳐오던 김재규의 안색이 정상의 것이 아니었다는 따위들. 그러면 그럴수록 옆에 앉아 입을 다물고 있는 김재규에게 말을 거는 것이 마음에 내키지 않아 정승화도 그저 무거운 침묵 속에 잠겨 그저 차창 밖을 내다보고만 있었다.

그날 저녁 그가 궁정동에 온 것은 그에 조금 앞서 김재규로부터 저녁이라도 같이 하자는 초대가 있어서였다. 정보부장이면 실력자 중에서도 으뜸이다. 그런 그의 초대를 마다할 사람은 이 세상에 없다. 게다가 정보부 차장보를 시켜 차로 모시러 오겠다는 데야 더 말할 나위 있겠나. 실상, 그 차장보부터는 며칠 전부터 부장의 그런 초청이 있을 거라는 전갈이 있어 언제든 좋다고 대답해 둔 참이기도 했었다.

일이 그렇게 된 데에는 까닭이 있어서였고 그것은 조용식이 짜 놓은 계획에 따른 것이었다. 조용식은 김재규에게 '거사'의 시간과 장소가 결정되면 그곳으로 참모총장을 가게 할 것이고 그가 그곳에 나타나면 김재규는 그것을 육본 측에서도 만반의 준비가 완료되었다는 신호로 알아도 좋다는 것이었다. 다만 참모총장의 내방을 정보부장의 식사 초대에 응하는 형식으로 하는 게 좋겠다는 것이었다. 그러는 게 누구에게나 자연스럽게 보일 것이라는 이유에서다. 그래서 그날 궁정동 안가에서의 대회식이 결정되자 김재규는 곧 정승화에게 전화를 했고 차장보가 그를 모시러 갔었던 것이다. 그러니까, 참모총장으로서는 그날 모임은 그저 회식에의 초청에 응하는 것이었고 그 반면 김재규에게는 그것은 조용식이 보내는 육본 측 준비완료의 신호였다.

그런데 사람을 초대해 놓곤 갑자기 각하를 모시게 되었다고 식사를 자기와 정보부차장 둘이서만 하게 한 것에 기분이 좀 언짢긴 했지만 각하나 정보부장쯤이면 그럴 수도 있다는 게 지금의 세상이거니 해지기도 해서 참모부장은 그대로 기분을 달래놓고 있었다. 김재규로선 그것에 조금도 미안한 기색이 없었음은 물론이다. 그가 거만해서기보다 그 '회식'이라는 것이 앞에서 말한 조용식으로부터의 신호 이상의 뜻을 가진 게 아니어서다.

그런 침묵이 얼마 더 지났던가. 옆의 김재규가 담뱃갑에서 담배 한 개비를 빼어 권한다. 그걸 계기로 화제를 엉뚱한 데로 옮기는 것도 분위기를 누그러지게 하기에 좋겠다 싶어 정승화는 그가 그동안 담배를 끊어 보자고 하면서도 얼마나 그것에 멋없이 실패를 거듭해 왔는가의 얘기를 꺼냈다.

"이게 마지막이다 하고 담배 두어 개비만 피우고 난 담뱃갑하구 라이터를 쓰레기통에 집어 던지지 않았겠어요. 그런데 그러고 난 다음날 밖에 나가선, 또 담배하구 라이터를 다시 사 가지구 담배를 피워 물더라 이거에요. 그걸 열 번은 했지, 아마. 그 얘길 여편네한테 하니까 이놈의 여편네가 뭐라고 했는지 아세요. 아니 그렇게 결단력 없는 사람이 어쩌자고 어깨에 별을 더덕더덕 달구 다니고 있느냐구 하면서 그거 당장 떼어 버리라고 하지 않아요. 그에 뭐라고 하겠습니까. 그래, 야, 그것도 좋아서 빨아대는 건데 너무 바가지 긁지 말라고 했죠. 으핫, 핫, 핫."

그러자 김재규가 퍼런 담배 연기를 한번 확 뿜어 내리면서 싱긋했지만 이렇다고 대꾸하는 건 없었다. 그의 머릿속의 세포들이 아직도 요란한 춤을 추어대고 있는 게 뻔했다. 실상, 궁정동 안가 방을 뛰어 나온 다음에도 그 방에서 펼쳐졌던 끔찍한 광경은 그의 머릿속을 주마등처럼 오가고 있었다. 연거푸 터지던 총소리, 그리고 그 피, 피, 피. 그렇지만 그건 벌써 지나간 일이다. 잊어버려라. 생각해야 할 일은 이제부터 무엇을 하느냐다. 지금 우리는 계획된 대로 육군본부로 가는 중이다. 곧 거기에 도착하면 어떤 일이 벌이지고 거기서 무엇을 하게 되는가. 그런 것을 생각해야 한다고 하면서도 진정되지 않는 머리에 김재규의 어쩔 줄을 몰라 하는 상태는 여전했다.

그래서 또 다시 침묵이 감돌자 정승화는 한 번 더 힘을 써보자는 심보로 이번에도 도로 포장이라는 뚱딴지같은 얘기를 꺼내면서 그런다.

"광화문에서 용산으로 나오는 길, 이거 서울로 쳐선 일등도로 아니에요. 그런데 포장된 게 이따위여서 안 되겠다 싶어 얼마 전에 우리 공병대를 시찰하러 갔었거든요. 야, 그런데 미국 사람들 과연 알아줘야 해. 가 보니까 최근에 미국에서 새로 들여온 도로 공사 기구들이라고 하면서 보여주는데, 참 잘 만들었어요. 그래, 그 새 기계 써가지구 당장 도로 포장 공사 계획 세우라고 해 놨습니다……." 하면서 힐끗 옆의 김재규를 보니까 그런 자기 얘기를 듣고 있는지 않는지 그저 담배만 계속해서 빨아대며 밖을 내다보고 있었다.

그러다가 밖을 보니까 거리는 어둑어둑해지기 시작했고 벌써 차가 원효로에 들어서면서 남쪽 저만치의 하늘은 용산 기지를 둘러싼 불빛들로 훤했다. 거기까지는 이제 10분쯤의 거리다. 일단 거기에 닿으면 모든 게 끝난다. 아니 시작된다. 여기까지 무사히 왔다. 일이 미리 탄로나지 않고 진행됐다는 건 조용식이 일을 잘하긴 했다는 것이겠다. 이제 이 나마지 10분 동안도 아무 일 없을 것이다. 앞 운전사 옆자리에선 무장하고 있을 김 차장이 우리를 호위해 가고 있고 이 차 뒤를 비서 이병주 대령도 무장하고 제 차로 따라 온다. 무슨 탈이 있겠는가.

차가 원효로 길을 빠져 용산 쪽으로 틀어 들자 주위는 더 환해지는 한편 조용하기는 더해지는 것 같았다. 이런 걸 두고 '폭풍 전야의 고요'라고 하는 것이겠다. 5·16 때도 그것이 터져 세상이 발칵 뒤집힐 전야는 이처럼 조용했을 것이다.

그리고 이제부터 펼쳐질 일들도 조영식이 수차례 그랬듯 5·16 때와 다른 게 없을 것이고 달라야 할 까닭도 없다. 5·16 때도 박정희 자신은 앞에 나서 이렇다 할 발언을 하지 않았다. 그는 그저 거기에 서 있는 '존재'만으로 세상을 엎어버린 그 큰 힘과 권위를 상징했었다. 지금도 똑같이 하면 된다. 사태에 관한 설명이나 성명은 5·16 때의 선례대로 안보위원회 회원들이 나서서 할 것이다. 그리고 일단 참모총장 이름으로 계엄령을 선포하면 세상은 가라앉을 것이고…….

이런 생각을 하는 동안 차는 이내 육군본부 입구 초소에 도착했고 그러자 거기서 기다리고 있던 헌병 차에 인도돼 육본 벙커 앞으로 가서 섰다. 거기에는 그저 위병이 하나 그리고 당직 사관인 듯한 중령 하나가 차를 마중해 주고 있었다.

그런데 이게 도대체 웬일인가. 거기에 조용식의 모습이 보이지 않는다. '망할 놈의 자식. 이번에는 용서해 주지 않겠다. 내가 온다는 걸 뻔히 알면서도 마중 나와 있지 않고 방에 앉아 있단 말이야. 되지 못하게' 하면서 벙커 속에서 조용식이 나타나기만 하면 그를 호되게 꾸짖어 주기로 마음을 먹고 안으로 들어섰다.

# 살인 시나리오 - 9

중앙정보부장에 의한 대통령 시해. 그건 아닌 밤중에 홍두깨가 아닌 날벼락이라고 해도 부족하다. 박정희에게 김재규는 그의 호위병이라고 했다. 그런 그가 박정희를 죽였다는 거니 그건 누구에게나 믿기조차 어려운 일이 아닐 수 없었다. 그래서일 것이다. 거기에 관련된 사람들 모두가 정신을 차리지 못한 채 어리둥절했었다.

박정희를 죽인 김재규부터가 그랬다. 모든 게 정말이 아닌 무슨 악몽 같았을 게 틀림없다.

우선 육군본부 정문까지 왔는데 거기 조용식이 마중 나와 있지 않았다는 게 이상도 했지만 그에 앞서 우선은 화가 치밀었다. 그러면서 벙커 현관으로 들어갔는데 거기에도 조용식의 모습은 보이지 않는다. 텅 빈 홀에는 어딜 두리번거려 봐도 아무도 없다. 그 순간 김재규는 갑자기 발밑의 땅이 꺼져 드는 기분에 현기증을 느껴 잠깐 발을 멈추어야 했다. '상상 외'라는 말 그대로 이게 정말이고 현실일 수가 없다. '육군본부까지 오면 된다'는 조용식의 거듭된 말로 김재규가 지금까지 나름대로 그려온 광경이 이런 것이 아니었음은 물론이다. 그가 연상한 대로라면 정문 앞에는 조용식을 비롯해 그동안 모든 것을 준비해 온 일단의 장교들이 김재규의 무사 도착을 환호하면서 맞아주었어야 했다. 5·16 때의 박정희가 혁명위원회에 그 모습을 나타냈을 때처럼. 그런데 지금 여기 아무도 없다는 게 도대체가 어떻게 된 이야기인가.

그래서 무심결에 김재규 입에서 나온 말이 "모두 다 어디에 있지?"였다. 그러자 옆에서 같이 걷던 정승화가 팔을 쳐들어 손목시계를 보곤 "벌써 아홉 시가 지난 걸요." 하며 그대로 발길을 옮긴다. 시간이 벌써 이쯤이니 다들 퇴근한 다음이어서 그렇지 않겠냐는 뜻이다. 분명 제 뜻이 정승화에게 전달되지 않고 있다는 걸 알게 된 김재규의 가슴은 다시 한 번 덜컹 내려앉는 듯했지만 그래도 일이 잘못될 리가 없다는 확신에는 다름이 없는 김재규는 그대로 정승회의 뒤를 따랐다.

이윽고 총장 집무실에 이르자 정승화가 김재규를 안락의자에 앉게 하곤 그에게 "차를 우선 한 잔 하실까. 아니 그보다는 시간도 늦었으니 위스키로 한 잔 하는 것도 괜찮겠죠?" 한다. 그리곤 김재규가 미처 대답도 하기 전에 당직사관 보고 "그래, 양쪽 다 가져다 줘." 하고 이른다. 그러는 동안 김재규 눈에 비친 그 사무실 안은 현관 그리고 막 그 앞을 지나온 옆 방의 회의실처럼 아무 인기척도 없이 조용하기만 했다.

이게 절대로 이럴 수가 없는 일이다. 정승화가 궁정동에 왔을 때에도 그에 한발 앞서 다시 나타났던 조용식이 정승화가 거기에 오면 그것을 모든 게 계획대로 진행되어간다는 신호로 알아도 된다는 말을 했던 게 한 번이 아니다. 그런 다음 발길을 돌리는 조용식은 "그럼 나중에 육군본부에서 뵙죠." 하고 떠났었다. 그게 꿈속에서 있었던 일이 아니다. 불과 몇 시간 전에 있었던 일이다. 그래서 그대로만 있기 어렵게 된 김재규는 소파에 앉으면서 다시 정승화에게 그랬다. "조용식이 안 보여서 그러는데……." 모든 일은 조용식이 꾸민 것이고 그래서 당연히 정승화로서도 그 영문을 모를 리 없어서 한 말이었다. 그러자 정승화가 "조 누구라구요?" 하는 꼴이 그거 누구를 두고 하는 얘기냐는 것이다. 그런 반문도 당연했다. 실제 정승화로선 조용식이란 사람을 만난 일도 없었다. 조용식으로서도 그를 만날 필요란 없었다. 모든 일은 김 차장보를 시켜서 하면 됐고 정승화는 정승화대로 김 차장보란 여러 미국 기관들과 선이 닿아 있는 존재라는 것을 잘 안다.

"조 누구냐고요?" 하고 되묻는 정승화의 마음 한구석에는 이 자가 좀 과음을 해서 무슨 환각에 사로잡혀 있는 게 아닌가 하는 생각이 있었다. 그렇지 않아도 아까 궁정동에서 차에 들어설 때 김재규에게서 술 냄새가 나서 그가 술을 좀 먹었구나 했었다.

그렇게 엇갈리는 생각들로 분위기가 좀 어색해진 듯해지자 정승화는 화장실엘 좀 다녀와야겠다고 하면서 그 자리를 떴다.

그리고 정승화가 다시 방으로 돌아오자 당직사관은 얼음이 든 위스키 잔에 조니워커를 따라 넣고 김재규에게 권하고 있었다. 그리고 같이 위스키 잔을 받은 정승화와 서로 "자, 한 잔." 하며 잔을 쳐들어 술을 한 모금 마시곤 다시 둘 사이에는 여전히 딱딱한 과묵의 시간이 흘렀다. 정승화로선 모든 게 좀 정상적이지 못한 지금까지의 현상이 무엇을 뜻하는 것인지 몰라 정신은 그쪽에 쏠려 있지 않을 수 없었고 김재규는 김재규대로 이 커다란 수수께끼를 푸는 데 딴 생각이 낄 여지가 없었기 때문이다.

그러면서 김재규 머리에는 이런 생각들이 이래저래 교체돼 가며 흐르고 있었다.

이번 '작업'은 그 모두가 조용식을 중계로 한 미국의 지도와 지원에 의해 이루어진 것이다. 적어도 미국 첩보기관들의 영도하에서 이루어진 것이라고 해도 틀림없다. 그러니 일괄해 미국이라고 해 두자. 이 정도의 작업이 실패하기에는 미국의 힘은 너무나 크다. 실제 김재규가 정보부장 일을 맡아 하고 난 다음 하나의 실감으로 경험하고 알게 된 사실은 거의 무소불능(Omnipotent)이라고 할 미국의 힘이다. 그런 힘을 믿는 것은 김재규로서는 거의 신앙에 가까운 것이었다. 그렇다면 그런 힘이 구상하고 조직하고 집행하는 사업들이 실패할 까닭이란 없다. 그래서 그런 일에 관련된 사람들이 그런 일로 화를 입을 위험도 크지 않다. 실제, 김재규는 살인, 그것도 남도 아닌 대통령을 죽인다는 엄청나고 끔찍한 일에 관한 얘기를 나누는 동안에도 거기에 따른 위험이나 모험을, 다시 생각해보면 이상할 정도로 느끼질 않았었다.

그런 방대한 힘에서 오는 안심뿐 아니다. 그동안 한국 땅에서 벌어져 온 사태를 보는 눈에서 자기와 미국 사이에는 아무런 차이도 없었다. 혼연일체渾然一體였다 해도 좋았다.

그런데 박정희는 어쩌자는 심보로 그랬는지 "미국 놈들에 기대고 살지 않아도 좋다"고 떠들어대기도 했다는 것이 실제 녹음이 돼 미국 측에 전달되었다고도 들린다. 아무리 그게 그가 시바스 리갈을 사발로 들이킨 데서 온 순간적인 폭발이었다손 치더라도 그것을 듣는 미국인들이 "아하. 역시 그랬구나." 했던들 그것도 놀라울 일일 게 없는 게 아닌가.

그래서였을 거다. 조용식은 언젠가 그의 미국 동료들이 하나의 '작업요령'으로 자기에게 전하라고 이런 말을 하고 있더라는 것을 말한 일도 있었다. 즉, 그것을 그는 '와이아 와'라는 묘한 말로 표현했었다. '와이아 와(WYAR WAR, When You Are Ready, We Are Ready)', '네가 준비가 되는 대로 우리도 준비가 돼 있다'는 영어의 두문자를 엮어 만들어 놓은 말이다. 미국이 5·16 때도 박정희에게 그런 말을 했던 건 틀림없다. 게다가 이제 와서 "무서워서 못하겠소." 하고 멋대가리 없이 꽁무니를 뺄 수 있는 처지도 않다.

그래서 "좋다. 하자." 하게 됐고, 하고 나면 육군본부에 와서 만나자고 했던 게 조용식과의 약속이었다. 그런데 그가 지금 여기에 없다니.

그건 당연했다. 그 시각, 조용식은 비행장에 나가 미국행 팬암 편에 타고 있었다.

박정희가 김재규에 의해 살해되었다는 소식이 확인된 직후, 용산의 미 8군 사령부에선 미국의 군, 관, 첩보 기관 요로들이 급거 모여들었다. 거기서 우리 조용식과 8군 사령관 고문이기도 한 짐 하우스만 사이에선 이런 대단히 짤막한 대화가 나누어졌다.

조용식: 잡 던(Job done; 일 끝났어)?

짐: 던(Done; 끝났어).

조용식: 애즈 플랜드(As planned; 이젠 계획된 대로야)?

짐: 야아(Yeah,;그래, 그대로야).

조용식: 웰, 바이 포 나우(Well, bye for now; 그럼 잘 있어).

짐: 바이(Bye; 잘 가).

김포 비행장에 도착하자 이내 출발 시간이 됐고 조용식은 자리에 허리를 내려 앉히고 숨을 길게 내어 쉬었다.

# 살인 시나리오 - 10

미국의 작업반이 김재규를 육군본부에 '내버려두기로' 한 결정에 이르기까지는 몇 가지 시나리오가 면밀히 그리고 심각하게 검토되었다. 그런 검토는 워싱턴과 서울 작업반들 사이에서 벌써 몇 차례에 걸쳐 진행되어 왔고 그 과정을 통해 여러 시나리오들이 결론으로 정리되어 갔다.

그런 것들의 첫째가 5·16의 반복이라는 시나리오다.

내용은 일단 박정희의 제거라는 작업이 종료되면 그다음의 사태 진전은 대체적으로 5·16 때의 전철을 따른다. 그렇다는 것은 무엇보다 김재규가 5·16 때의 박정희의 자리를 차지한다는 것이다. '거사' 세력의 정점을 이룬 김재규는 미국이 지원하는 군사력을 배경으로 정치권력을 잡는다. 그런 그의 권좌가 계엄령이라는 비상조처에 의해 강력히 보위된다는 것은 물론이다. 그러고 난 다음은 박정희가 장면 치하의 혼란에 종지부를 찍고 군사적 강경지배라는 새 질서를 마련했듯, 김재규는 박정희의 부마사태 따위 불안정을 일단 수습해 놓는다. 사태의 그와 같은 진전은 박정희의 5·16이 한국의 '쿠바화'를 막은 것처럼 한국을 제2의 이란 사태라는 나락으로 떨어지는 위기에서 건져낸다.

실상, 서울이나 워싱턴의 미국 작업반 수뇌들의 김재규에 대한 평가가 긍정적이었다는 데 의심을 둘 여지는 거의 없다. 그랬을 까닭은 누구에게나 분명했다. 당시의 한국의 심각한 위기, 그 연장으로서의 서방세계의 불안의 근본적인 원인을 박정희로 보는 눈은 어디서건 같았다. 그런 점에서 김재규는 미국이나 한국으로서 고마워하고 칭송해야 할 '히어로(Hero, 영웅)'로 쳐져 마땅하다. 김재규 자신도 세상이 그래 주기를 기대했거나 적어도 그랬던 적이 있었다고 보아 어림없지 않다.

그러나 미국 사람들은 이 시나리오를 따르지 않았다. 그랬던 결정에 이르기가 쉽지 않았을 건 분명하다. 그저 인도적 견지에서만도 그건 어렵잖게 짐작된다. 그렇지만 그런 시나리오를 부적不適한 것으로 파기하기로 한 까닭 또한 알아차리는 데에 어려움은 없다.

간단히 말하면 그건 거기에 부수되지 않을 수 없는 모험이나 위험의 요소들 때문이다.

김재규를 거사 후 권좌에 앉혀 놓는 것은 물론 불가능하지 않다. 앞에서 본 시나리오대로 그를 박정희의 월북이라는 반국가적 범죄행위를 분쇄한 영웅으로 만든다는 것도 하자면 과히 어려울 게 없다. 그렇게 해서 일단 권좌에 올려놓으면 얼마 동안 김재규는 그대로 갈 것이다. 그러나 문제는 그게 안정되지는 못할 것이라는 판단이다.

아무리 대중이란 팥으로 메주를 쑨다고 해도 믿는다지만 박정희의 월북 기도란 아무래도 조작치곤 약간은 도가 지나치다(Too Far-fetched). 콧구멍이 좀 뚫려있는 사람들이면 냄새가 나기도 할 것이다(It Stinks). 대중이란 뭘 믿기도 잘하지만 '수군대기'도 잘 한다.

그런 위험뿐 아니다. 김재규는 박정희 암살의 장본인이니까 그 뒷구멍 얘기를 샅샅이 다 안다. 그러니까 김재규는 '미국의 커다란 비밀'을 언제나 몸에 달고 시중을 걸어 다니고 있는 격이 된다. 그게 미국으로서 바람직한 일일 수는 없다. 나라의 비밀을 한 외국인 꼬리에 달아놓고 산다는 것은 현명한 일이 아니다.

거기에는 뻔한 현실적인 이유도 있다. 짐이 조용식에게 말한 것처럼 박정희의 죽음으로 '위험방지의 사업'은 끝났다(Job is done). 그다음은 그것과는 전혀 다른 별개의 일이다. 그것들을 같은 한 사람이 다 맡아야 할 절실한 필요는 없다. 그 후의 정치적인 사업을 김재규보다 더 유능하게 해낼 인재들은 많다. 이를테면 전두환, 노태우 등 우리의 친구들은 김재규보다 더 젊고 정력적이며 여러 면의 능력에서 김재규를 윗돈다. 그렇다면 김재규는 그가 그의 대업大業을 마친 시점에서 퇴장하는 것이 모든 점에 비춰 바람직하다.

물론, 그런 퇴장이란 김재규에게 죽음을 뜻한다. 거기에 인도주의적인 고려라는 문제가 생기기도 한다.

그러나 감상感傷에 너무 젖지 말자. 사람이 더 살 수 있는 20년쯤의 세월을 잃는다는 것은 애석한 일이다. 그러나 21년이 지난 시점에선 20년을 살았건 안 살았건 똑같은 일이다. 한 인간이 역사에 남을 큰일을 해놓자면 몇 년 덜 살아주는 대가쯤 치를 용의는 있어야 한다.

김재규가 박정희를 제거할 것을 결의했을 때 그 동기가 조금이라도 제 자신의 판단과 신념과 애국심이라는 것에 있었다고 해보자. 그렇게 보지 말아야 할 이유도 없다. 그렇다면 김재규는 그런 영상으로 기록되고 기억되고 추앙되어 마땅하다. 그가 역사적으로 그런 대접을 받을 기회를 그에게 주지 않거나 그로부터 빼앗는다는 것은 정당한 일도 아니고 그에게 공평한 일이지도 않다. 그렇다면 그를 그 시점에서 죽게 한다는 것은 곧 그를 살게 하는 일이기도 하다. 그러한 일이 공평(Fair)한 일이라면 그의 행위와 미국은 관계가 없다는 것으로 쳐버리는 것도 옳다 할 일이다.

육군본부에 온 김재규를 그대로 내버려두기로 한 미국의 결정에는 또 하나 커다란 현실적인 까닭이 있었다는 것도 여기에 첨언해 둘 필요가 있겠다. 그것은 일을 일단 그곳에서 매듭짓게 하기 위해서 미국은 손 하나 까딱할 필요도 없다는 것이다. 모든 일의 처리는 현지인들이 나서서 한다. 그 점, 앞에서 본 김형욱의 처리가 미국으로선 손을 더럽힘이 없이 현지인들의 손에 의한 것이었다는 것과 다를 게 없다. 필요할 땐 '더러운 수작(Dirty Tricks)'도 감수해야 한다는 것이 덜레스의 준칙遵則이라고 했지만 그것을 피할 수 있다면야 굳이 제 손을 흙탕물에 담글 필요는 없는 일이다. 일이 실제 그렇게 되기도 했다는 것을 우리는 보았다.

덜레스는 또 어떠한 공작이든 그것이 '어너러블(Honourable)'한 CIA부원에 의해 행해지는 정당한 일로 받아들여야 한다고 했다. 그런데 같은 CIA끼리 한쪽을 죽음에 이르게 하는 일이 어떻게 '어너러블'한 행위라 할 수 있단 말인지에 대해 생각할 독자도 있겠다. 그러나 어너러블, '믿을 수 있다,' '충직하다' 따위의 말은 꼭 개인 간의 정의나 의리를 두고 한 말로만 볼 건 없다. 그런 개인적인 것보다는 크고 공적인 대의에 몸 바치는 데에 믿음직스럽다는 뜻으로 읽는 게 그 말을 보다 값어치 있는 걸로 해

준다고 볼 수도 있다.

꼭 개인을 두고 얘기해야 한다면 이런 점도 충분히 고려될 수 있는 일이다. 김재규를 미국으로 피난시키는 일도 하자면 아주 쉽다. 그러나 그렇게 하는 게 과연 그를 위해 최선의 일인가도 냉정히 생각해볼 일이다. 그가 미국에 피난 와서 사는 생활이란 갈 데 없이 '숨어서 사는' 삶일 수밖에 없다. 언제나 숨은 몸이어야 한다는 것은 살맛 나는 생활이라고 하긴 어렵다.

실제 작업반의 논의를 영도하던 고관이 육군본부에 다다른 김재규를 '그대로 (죽게) 내버려 두자'는 말을 할 때 그는 그 표현을 "두 힘 아 페이버(Do him a favour; 그에게 호의를 베풀어 줘, 좋은 일 해 줘)."라고 했었다. 실제, 거기에 있던 사람들은 거의 다 그렇게 해 주는 것이 김재규라는 존재를 보다 우러러 볼 수 있게 해주는 것이라는 느낌을 은연중에 나누고 있었다.

육군본부에 조용식의 모습이 보이지 않는다는 '있을 수 없는 일'에 눈앞이 깜깜해지기만 하고 있던 김재규의 머리에 한순간 번쩍 불이 켜졌다.

5·16 때도 일이 본격적으로 펼쳐지기 시작한 건 동이 트고 난 다음에서다. 지금은 자정도 안 된 밤중이다. 그렇다면 조용식이 육본에서 만나자고 한 건 밤이 새고 난 아침에 만나자고 한 것일 수도 있지 않는가. 김재규에게 그것은 하나의 가능한 대답일 수 있었다. 그 외에는 설명할 도리를 못 찾던 김재규에게 그것은 억지로라도 믿을 수 있는, 또는 꼭 그래 줘야만 할 일로도 비춰졌다.

그래서 이대로 앉아만 있을 일이 아니라고 하면서 생각난 것이 궁정동에 같이 있던 김계원이었다. 그는 지금 어디로 가서 무얼 하고 있는가. 누구든 일상에 몸 두는 곳이란 사무실인 게 보통이다. 그러니까 일이 터지고 난 다음 그도 청와대로 올라가 있을지도 모른다.

그런 생각에 김재규는 당직사관을 불러 청와대로 전화를 넣어달라고 했고 그리고 그렇게 연결된 전화 저 끝에 응답을 하고 나오는 게 누구인가! 김계원이었다. 그건 그에게 오래 찾아 헤매던 친구와 어디 뜻밖의 장소에서 맞부딪힌 것 같았다. 김재규가 곧 여러 말 할 거 없이 당장 만나자고 한 건 물론이다. 이에 김계원도 좋다 하면서 육군본부로 오겠다는 것이었다.

그때의 그로선 어디 딴 데 갈 데도 없었지만 김계원과의 그런 약조로 인해 김재규는 육군본부 그 자리에 그대로 발이 묶여 있어야 했다.

# 살인 시나리오 - 11

박정희 대통령이 총에 맞아 죽었다는 것만도 믿을 수 없는 뉴스다. 그런데 그를 쏴 죽인 게 정보부장인 김재규다 하면 이럴 땐 말을 뭐라고 해야 그럴 듯할지 생각이 안 난다. 그건 정말 세상이 놀라 자빠질 일이다. 도대체 상상도 못할 일이었으니 그럴 수밖에 없다.

거기서 오는 충격이 서울의 권력 핵심부의 사람들 모두를 무슨 전기 찜질이나 당한 것처럼 '날뛰게' 한 건 물론이다. 그 소식이 긴급 연락망을 통해 전류처럼 흘러 퍼지자 그 핵심부의 아무개라 할 사람들이 모두 청와대와 육군본부에 몰려들게 되었다.

대통령 비사실장 김계원이 있던 청와대로는 최규하 국무총리를 비롯해 김치열 법무, 박동진 외무, 구자춘 내무장관 등이 급거 들어왔고 육본 쪽에는 김재규와 먼저 가있던 정승화 참모총장 외, 노재현 국방장관, 해·공군 참모총장, 한미연합사 부사령관 등 군의 수뇌부들이 다 모였다. 그리고 그들은 이내 김재규와 김계원이 약조한 대로 육군본부에서 합류해 자리를 같이 하게 되었다. 그때의 시각은 10월 26일 오후 10시 30분쯤, 그러니까 박정희가 살해되고 세 시간쯤 지난 시점이다. 그다음 김재규가 살인범으로서 체포되기에 이른 27일 0시 조금 지난 시점까지는 한 시간 반 남짓한 시간이 있었다.

그 시간 동안 거기에선 특기할 만한 기현상이 벌어지고 있었다. 그것을 '그 당시의 한국에서만 있을 수 있었던, 지구 위 어느 딴 데에선 있을 수도 상상할 수도 없는 기현상'이라고 해도 괜찮다. 신기한 건 그 현상이 그토록 기이한 것이었는데도 그것이 그 역사적 사건에서의 하나의 이상한 일로 기록된 일도 없고 우리들 사이에서 이렇다 할 특별한 화젯거리가 된 일도 없었다는 것이다.

그렇다는 까닭을 여기서 간단히 적어놓자.

최규하 일행이 육군본부로 자리를 옮겼을 때에 그들은 이미 박정희를 총으로 쏴 죽인 게 김재규라는 사실을 알고 있었다. 그 사실은 그들이 청와대로 올라갔을 때 김계원이 그들에게 분명히 말해주었다. 또, 그들이 육군본부로 자리를 옮긴 다음 그 사실은 그곳에 있던 군 관계 인사들에게도 당연히 전달되었다.

죽인 대상이 하찮은 개인인 경우래도 살인을 한 현행범이면 당장 그 자리에서 관헌에 체포당한다. 그런데 김재규는 어땠었나. 그는 보통 사람도 아닌 박정희라는 인물이자 대통령을 저승으로 보냈다. 그의 부하들도 무더기로 죽였다. 그런데 그런 살인범이 국무총리다, 장관이다 하는 사람들과 국무회의를 같이 하고 앉아있다. 그런 기이한 시간을 그가 총을 쏘았을 때부터면 근 다섯 시간, 청와대에서 김계원이 자기의 목격담을 최규하에게 전했던 시각부터면 거의 세 시간, 그 사실이 육본에서 터진 순간부터도 두 시간 가까이에 이른다.

그렇게, 길다면 퍽 긴 시간 동안 누구 하나 김재규에게 손대는 사람은 없었다. 그걸 두고 '한국적 현상'이라고 하는 건 우선은 이러한 데에 바탕한다. 박정희를 죽인 것이 김재규라는 말을 들었을 때 그것을 김재규 개인의 소행으로 본 사람은 하나도 없었다는 것이다. 까닭은 단순하고 그게 어림없는 것이지도 않았다. 대통령을 죽인다는 것은 한국 사람으로서 있을 수 있는 일도 아니고 상상할 수 있는 일이지도 않다는 것이다. 그런 일이란 일찍이 있어본 일이 없는 것이고 보면 누구나가 그렇게 생각한 건 당연했다.

그렇다면 대관절 이 믿을 수 없는 사실을 어떻게 보고 알아차려야 한다는 건가. 그에 대한 대답을 찾기에는 상당한 시간에 걸친 추궁과 추리가 필요치 않을 수가 없었다.

그런 살인이 가능하자면 그저 착상着想뿐 아닌 그걸 집행할 능력도 있어야 한다. 그러면 누구나의 생각이 김구 암살에 미쳤던 것은 그런 추리의 과정에서 자연스러웠다. 그 사건에서도 그것을 한국인 안두희 개인의 소행으로 보기 어려워하던 사람들에게 그 범행의 시발점이 미국에 있었다는 사실이 미국인 자신에 의해 밝혀지자 모두가 '그러면 그렇지' 하면서 달라져버린 세태를 놀라운 눈으로 보기도 했다.

우리가 아는 것처럼 김구가 그런 꼴을 당한 것은 남한 땅을 반공보루로 확보하려는 자유세계의 기도에 그가 걸림돌 구실을 한 데에 있었던 것은 이미 본 대로다. 그런 보루를 지킨다는 것이 박정희의 5·16을 가져오게 한 명분이기도 했다는 것도 되뇌일 것이 없다.

그렇다면 이번에도 김재규의 배후에 미국이라는 거대한 힘이 있을 수는 얼마든지 있고 그게 사실이라면 김재규도 그저 섣불리 건드릴 존재는 아니다. 실상, 김재규를 5·16 때의 박정희로 보지 못할 분명한 까닭이 있는 것도 아니고 지금 이 순간에도 국무총리를 옆에 앉혀놓고 계엄령을 선포해야 한다느니 위풍을 떠는 그의 꼴도 그들을 움츠리게 하고 있었다.

그런 먹구름을 걷어내자면 우선 미국이 과연 김재규를 움직여 왔는가의 여부를 밝히는 일이다. 그래서 최규하 등 일동은 유병현 연합사 부사령관을 끌어내 그 일을 맡기기로 했다. 그러는 한편 박정희가 죽었다는 것이 여전히 정말인 것으로 여겨지기 어려웠던 그들은 다 같이 국군 서울지구병원으로 몰려가 거기서 벌써 시신이 돼 누워있는 박정희를 보고 그의 죽음을 확인까지 했었다. 그중 국방장관 노재원은 그들과 동행하려 했다가 미국 측과의 일을 유병현 혼자에게만 맡기는 것도 뭐해 유병현과 함께 발을 미 8군 사령부 쪽으로 옮겼다.

그 둘이 사령관실로 문을 열고 들어가자 다행히 거기에는 미국 대사 글레이스틴(William Gleysteen), 8군 사령관 고문 하우스만, 미 CIA의 서울 지부장(Station chief) 브루스터(Robert Brewster) 등 몇 명이 모여 있었고 위험 합참 사령관은 그때 본국에 출장 중이어서 그 자리에 없었다.

박정희의 죽음은 우선 우리 한국 자신에 관한 일이다. 그래서 국외자의 처지인 미국인들에의 접근은 우리의 일을 그들에게 알려주는 형식을 취하는 게 자연스러울 것 같아 영어에 비교적 능한 편인 유병현이 박정희 유고有故의 말을 꺼내자 미국 측은 물론 그것을 벌써 제 나름대로의 길을 통해 알고 있었다. 사고가 난 후, 벌써 네 시간 가까이나 지난 다음이니까 그건 당연하고도 남았다.

그라나 그들의 내방 목적은 그런 통보이기보다는 미국의 관련 여부를 알아본다는 데에 있었다. 목적이 그렇게 뚜렷했던 데다가 분초를 다투는 긴급사태 속에서 말을 우물거리고 우회적으로 하고 할 계제가 아니다. 그래서 유병현은 "이건 그저 물어보는 건데(I'm simply asking)." 해 놓곤 말을 까놓고 했다. "당신들 이 사건에 설마 연관되진 않았겠지?" 그러자 CIA 부루스터의 반응은 즉각적이고 의외라고 할 만큼 거칠었다. "아유 퍼킹 크레이지(Are you fucking crazy; 어디다 대고 그따위 미친 개소리냐)?" 그건 벌써 마련돼 있던 대답이었고 그것이 노린 효과가 어떤 것이었나도 분명했다. 미국이 그 사건에 어느 모로건 관련된 것으로 보는 건 그 생각부터가 망발이라는 기세다. 그 똑같은 뜻의 말은 다른 데에서 대사 글레이스틴이 그런 관련설을 '러비쉬(Rubbish)', 쓰레기 같은 것이라고 한 데서도 반복이 됐었다. 그들이 우선은 잡아 떼기로 한 것은 그걸로 충분하고도 남았다.

그렇지만 말을 그따위 식으로 해대는 건 어디서 배워먹은 버릇인가. 영어를 안다고 할 처지는 아니지만 적어도 퍼킹이 점잖은 말은 아니라는 걸 아는 노재원 장관은 벌컥 치미는 홧김에 옆에 유병현에 대고 한국말로, 그리고 브루스터가 했던 만큼의 크기의 말로 "이놈의 자식들이 어디다 뇌까려대는 개소리냐" 하고 나선 유병형의 소매를 끌고 가자며 그 자리에서 나와 버렸다. 무례의 교환으로는 한미 양쪽 스코어가 일 대 일쯤은 되었던 셈이다.

국방부로 돌아오니 모두가 여전히 회의실에 둘러 앉아 무슨 얘긴가를 주거니 받거니 하고 있었다. 국방장관으로선 이제 무슨 얘기고 자시고가 필요 없는 일이다. 최 총리와 정승화 참모장을 옆 방으로 불러내 8군 방문의 경과를 보고했고 거기서 김재규를 잡아들인다는 결론이 내려지는 데에 시간이 걸리지도 않았다. 그리고 이제 미국의 지원이 베풀어지고 있는 상태가 아닌, 말하자면 외톨이가 되어 있는 것이 분명한 김재규 하나를 붙잡아 넣는다는 데에 큰 어려움이 있을 것도 없었다.

실제, 국방장관의 명을 받은 김진기 헌병감은 헌병들을 풀어 별 차질 없이 김재규의 신원을 확보해 놓았다. 그리고 그렇게 확보된 김재규의 신병은 전두환 보안 사령관에 인계되었다. 전두환에게 박정희는 거의 아버지에 가까운 그런 존재다. 그런 박정희를 죽인 김재규에 대한 전두환의 감정이 고운 것일 수는 없었다.

전두환은 우선 잘 다듬어 놓으라는 분부와 함께 김재규를 보안사 서빙고 분실 유치소에 집어넣었다.

거기서 김재규의 몸은 통상의 절차 이상으로 잘 '다져졌다'. 물고문, 쇠방망이 찜질, 전기 고문. 그런 것들이 김재규의 기관으로선 전혀 낯설지 않은, 거의 통상의 절차고 비품들이었지만 김재규로서 그것들은 난생 처음으로 제 자신이 몸으로 당해보는 체험이었다.

# 살인 시나리오 - 12

사람이 제 자신을 속이는 능력이란 어이도 없고 한도 없다. 그리고 너무도 분명해서 눈에 보이지 않는 수도 있다. 지금까지 박정희가 죽고 그를 죽인 얘기를 해 가면서 크게 느끼게 된 것도 무엇보다 이상의 두 가지다. 우리 인간들이 흔하게 연출하는 연극이 그처럼 구경거리가 되는 까닭도 거기에 얽힌 얘기가 좀 어처구니없는 것이어서가 아닌가도 싶다.

다른 사람도 아닌 대통령을 죽이고 난 다음의 김재규가 앞에서 본 대로 버젓이 각료회의에 참석하고 있는 따위, 별로 잘 되지 않은 소설이나 영화의 한 장면으로서도 그건 우선 그럴 듯하지 않아서도 채택되긴 틀렸다. 그런데 김재규는 실제로 그렇게 했고 그가 그렇게 하고 있던 게 그의 정신이 착란돼 있었기 때문은 아니었다. 그래도 괜찮다고 믿고 있었기 때문인 게 틀림없다.

김재규의 머리가 워낙 썩 좋은 편이 아니었다손 치더라도 그가 공개적으로 저지른 살인 행각이 곧 세상에 드러날 것을 몰랐을 리가 없다. 그래서 살인 후에도 일견 태연했던 그의 거동은 정상이 아니다. 그런 기이한 현상에 대한 설명은 따져보면 그리 어려울 게 없다. 그의 일상의 생각으로는 이 세상에 무서워해야 할 존재란 박정희를 빼놓곤 없고 이 세상의 힘이라는 것으로 미국 위에 가는 것도 없다. 그렇다면 박정희가 죽어서 없고 미국이 자기 뒤에 있는 지금 무엇 하나 두려울 게 있을 리 없는 일이다.

그런 환각이 어디까지 가는가를 김재규의 행적에서 보는 우리들은 그것이 거의 무한에 가까웠다는 사실에 놀라지 않기 어렵다.

한 예로 김재규가 육군본부 관헌에 의해 '잡힌 몸'으로 보안사 서빙고동 분실에 끌려온 27일 새벽 3시경, 거기서 그를 맞이한 보안사 대공처 수사과장(이란 이름만으로도 그 위력을 알만한) 이학봉 중령 등에 대고 김재규는 이렇게 '타이른다.' "야, 날만 세면 세상이 달라져. 너희들도 몸조심해. 목숨은 하나뿐이야."*'궁정동 총 소리,' 정병진 저, 한국일보, 서울, 1993년, p.112.

그는 거기서 '짓이겨지는' 직전 순간까지도 날이 새기만 하면 모든 게 자기가 상상하고 있던 대로일 것으로 믿고 있었던 게 분명했다. 그때만이 아니다. 전두환 보안사령부 명에 따라 보안사 정동분실에 끌려간 김재규는 거기서도 전두환의 비서실장 허화평 대령에게도 이런 소리를 한 것으로 같은 책*위 같은 책, p. 136은 전한다. "'대통령도' 죽었어. 너희들도 몸조심해." 대령쯤은 물론 다들 '너희들'이다. 그리고 그의 연행이 전두환의 명에 따른 것이란 말을 듣자 김재규는 눈을 넌지시 감으면서 "음, 전두환이 시켰단 말이지. 알았어." 하는 품이 '전두환에게도 목숨 생각 좀 해두라고 일러두어라'라는 태도였다.

나는 새도 정보보장이 눈을 흘기는 것만으로도 떨어진다는 생각을 가지고 산 게 하루 이틀이 아니었던 게 김재규였던 걸로 봐선 그가 그런 환각에서 벗어나기란 쉬운 일이진 않았을 것이다. 그러나 그러한 환각은 언젠가 바짝 부푼 풍선처럼 쉽게 터져버리는 수도 있다.

김재규도 어두컴컴한 방에 끌려 들어서자마자 책상 다리 같은 몽둥이로 뒤통수나 어깻죽지 할 것 없이 얻어맞고 처음으로 기절을 했다가 깨어난 다음이다.

김재규에게 제 자신이 지금 누구에게 잡혀있는 몸이라는 게 있을 수 없는 일이긴 해도 지금 기절하게 얻어맞은 것만은 틀림없는 사실이다. 그러다가 번쩍 또 하나의 생각이 들기도 했다. 대통령 박정희 그리고 차지철이란 인간을 죽인 게 바로 제 손으로 한 일이었다는 사실이다. 그렇다면 그때까지 말로만 듣고 알아온 살인범이라는 것이 바로 이 나를 두고 하는 말이기도 하다는 것인가?

그런 자문에 대한 대답으로 김재규의 머리에는 그동안 조용식과의 거래가 주마등처럼 흐르기 시작했었다. 그리고 그것은 지금까지 그를 일종의 꿈 세계 속에 봉해 온 환각의 풍선이 펑 소리를 치며 터지는 순간이기도 했었다. 그러면서 그의 눈앞에 펼쳐지는 광경은 실제로 있었던 그대로 보이기 시작하기도 했었다.

그러나 미처 그가 그 광경을 눈여겨 들여다보기도 전에 김재규는 이번에는 물고문 세례를 받아야 했다. 그것 역시 김재규에겐 난생 처음의 일이었음은 물론이다. 사람이 사람에게 아예 죽는 게 낫다고 느낄 만한 고통을 주기 위해 고안해 놓은 방법이 여러 가지라는 것을 그는 알게도 되었다.

조사관들이 이렇게 물을 먹이고, 몽둥이로 갈리고, 전기 찜질을 가하고 하는 게 김재규 입에서 무슨 말이 나오게 하기 위한 것이 아닌 게 분명했다. 무엇을 질문하고 있는 건지도 분명치 않은 가운데 몸이 거꾸로 매달리고 콧구멍으로 물이 부어지고 뼈가 부러져라 하는 몽둥이질이 가해지고 했었다. 사실 이제 뒤를 캐물어야 할 필요는 없어졌다. 그렇다면 '내 뒤에는 누가 있다'는 따위 허튼 소리 떠들어 댈 일이 아니다. 그래서 입 닥치는 게 좋고 열면 죽는다는 듯 그를 두들겨 패기만 했다.

그러고 나서 김재규에게 감각이 희미하게나마 돌아오기까지는 얼마만큼의 시간이 지났을까. 정신이 좀 돌아오면서 그의 머리에는 아까 하다만 조용식과의 주마등 광경이 켜지기 시작했다. 그와 살인 시나리오를 같이 만들고 이야기를 나누고 하던 순간들은 지금 와서 보면 어느 극장 자리에 앉아 무슨 연극 구경이나 하던 것 같은 기분이었다. 그리고 이제 다시 보는 그 얘기는 줄거리도 알기 쉽게 간단하고 명료했다.

실상, 지금의 그에게 뻔한 건 만약 자기가 조용식이었다 해도 자기 역시 꼭 그가 한 대로 했을 거라는 것이었다.

미국이 박정희의 한국이 처해 있던 위기에 극도의 불안을 느끼고 있었다는 게 무리는 아니다. 미국으로선 그런 위기를 그대로 놔둘 일은 되지 않는다. 쿠바를 잃고 이란, 월남까지 잃은 것은 어쩔 수 없었다고 해 두자. 그러나 한국도 그렇게 잃는다는 건 미국의 체면부터가 용허하지 않는다.

그래서 사람들의 이목은 김재규라는 '안성맞춤의 대문'에 쏠렸다. 그리고 누구나의 머리에 떠오르게 된 생각이나 '결정'이 '김재규야, 드디어 네가 역사적인 인물이 될 문이 활짝 열렸다'는 것이었다. 실제 그는 그 문을 통해 들어가 그 역사적인 무대에 올랐었다.

하고 나서 보면 모든 게 간단했다. 어디 열려 있는 변소에 들어가 오줌 한번 누고 나오는 것보다 더 복잡하고 힘들 게 없었다. 일이 그렇게 쉽고 간단하고 완벽하게 풀릴 때 미국 사람들은 '뷰티풀(Beautiful, 아름답다)' 하고 환성을 올린다. 일이 정말 아름답다 할 정도로 제대로 되어 갔다는 것이다.

생각이 얼기설기 그런 데로 흐르자, 김재규에게 그것은 기가 막히는 일이고 믿을 수 없는 일이 아니기 어려웠다. 하긴 그가 어느 하루, 조용식 공작의 불의를 까발릴 것을 작심하고 청와대로 올라갈 만큼 눈이 뜨인 일은 있었다. 그랬다가 그를 깎아 내리는 차지철과 박정희의 호통에 부아가 나 그는 그 후를 따른 참화를 막을 그 기회를 날려버리고 말았었다.

그러다가 그의 생각이 그의 뇌리에 박혀 있는 또 하나의 장면에 이르자 그의 절망과 자기혐오自己嫌惡는 극에 달했다. 그가 박정희를 확인 사살하던 그 장면이다. 누구를 확인 사살한다는 것은 그렇게 함으로써 자신의 안전을 도모하는 행위다. 박정희를 죽이면서 제 자신이 안전하라고 그의 머리에 총 한 방을 더 쏘아 넣었다? 그 순간 김재규는 제 이빨로 제 혀라도 씹어 자살이라도 하고 싶은 충동을 어쩌기 어려웠다. 그리고 김재규는 그 자리에서 벌떡 일어나 "바로 내가 정신이 나가 박정희 대통령을 죽였소. 내가 바로 그 살인범이오. 당장 나를 죽여주시오." 하고 소리소리 지르고 펄펄 뛰고 싶었다.

그러는 동안 그 몽둥이가 다시 그의 뒤통수를 내리쳐 그는 또 한 번 까무러쳐 버렸다.

# 살인 시나리오 - 13

10·26 사건으로 한 나라의 대통령이던 박정희가 암살범 총에 맞아 죽었고 어마어마한 권력을 쥐고 있던 김재규가 목을 매달려 죽었다. 한 인간으로서 그렇게 죽기를 원할 사람은 없다. 그렇게 죽는다는 건 비극으로서도 극치다.

개인으로서야 그렇지만 박정희나 김재규의 죽음을 그저 그런 차원에서만 볼 일은 아니다. 보다 큰 '그림' 위에 놓고 본다면 그건 거의 어쩌기 어려운, 그래서 그대로 받아들이기만 할 수밖에 없는 일이었다 해야 할지 모른다.

사람의 죽음을 놓고 어떻게 그런 말을 할 수 있는가 하는 말은 물론 나온다. 그러나 우리들은 사람의 죽음이라는 게 '별것 없는' 환경 속에서 무한한 세월을 살아 왔고 지금도 산다.

다시 말할 것도 없이 사람을 죽이는 게 전쟁이다. 그리고 그런 살인은 어쩔 수 없는 정상일 뿐 아니다. 그것은 흔히 필요한 일이고 선한 일이라고까지 여기기도 예사로 한다. 전쟁에서 지면 제 목숨도 끊긴다는 간단한 논리에서다.

반공보루라는 별명이 잘 붙기도 하는 우리 한반도 남쪽 땅의 안보를 보장하는 데서 큰 몫을 차지한 것이 미국이다. 미국의 군대는 6·25 때 거의 망할 뻔한 대한민국이라는 국가를 건져냈고 지금도 그 땅에서 다시 전쟁이라도 나면 그들은 거기 있는 모든 군사력을 지휘하게 된다.

그래서 미국으로서는 항시 그런 임무 수행에 필요한 작전계획을 가지고 있고 그것은 당연하다. 그런 계획을, 영어하고 사는 나라 사람들은 그들 말로 게임 플랜(Game Plan)이라 부른다고 들었다. 말할 것도 없이 게임이란 사람들이 승패를 걸고 '즐기기도 하는' 놀음이다. 그러니까 전쟁이란 그들에게 있어선 그저 사람이 죽고 죽이고 하는 그런 음산한 비극이지만은 아닌, '즐거운' 일이기도 하다는 것일까. 그러고 보면 미국의 '보이지 않는 정부'의 대부 역할을 한 덜레스가 지하공작을 성공리에 마칠 때 '생의 보람을 느낀다'고 했다는 것을 그런 '즐거움'의 표시로 쳐도 되겠다.

그런 게임 플랜이 대소간 한두 가지에 그치지 않는다는 것도 물론이다. 그것은 때나 경우에 따라 만들어지고 수정도 되고 집행도 된다. 그런 플랜마다 뚜렷한 목적이 있음은 물론이고 그것이 일단 이루어졌다고 간주되는 시점에서 거기에 종지부가 찍힌다.

박정희가 5·16의 명분으로 내세운 반공이라는 것이 비록 제 자신의 입장의 천명일 뿐 아닌, 또는 그보다는 미국의 절실한 욕구이기도 했다는 것에는 의문이 낄 여지란 없다. 그래서 죽을 수밖에 없었던 박정희는 미국의 힘으로 살아날 수 있었고 그리고 그를 자유 진영의 보위를 위한 '자산'으로 삼은 미국의 조처는 그들 게임 플랜에 멋들어지게 맞아 떨어진 것이었다고 사람들은 믿는다.

사실 미국의 그런 지원으로 막을 연 박정희 치정 18년이 쌓아 올린 공적은 컸다. 한국의 쿠바화의 위기를 막은 것뿐 아니니다. 그의 소위 유신독제의 체제적 평가야 여하튼 그것이 그 이전 북쪽 땅에 대한 남쪽의 상대적 약세를 역전시켜 놓았다는 데에 이견이 낄 터전은 크지 않다. 박정희의 그러한 장정의 출발점이 단순했다는 걸로 보면 놀랍다 할 만한 사실이다. '헐벗은 산야를 푸르게, 점심밥 못 먹는 애가 없게' 한다는 단순한 욕심은 무슨 방대하고 체계 잡힌 사상을 들고 나선 것보다 효과로선 더 컸다. 그것은 역사에 기록해 둘 만한 것이고 지켜줘야 마땅한 커다란 유산이라 할 수 있다.

그런 도정을 도운 미국이 그를 그 자리에서 처절히 퇴장하게 했다는 것은 어찌 설명을 해야 할 기괴한 일인가? 그것도 일을 상식적으로 따져본다면 기괴하다 할 것은 없다. 한 정치적 인물 평가의 초점은 그가 지난날에 무엇을 했느냐에 놓여지지 않는다. 평가는 그가 지금이나 앞으로 무엇을 하고 있고 할 것이냐에 따른다.

반공이란 미국의 변함없는 국시고 그것을 진영으로서의 가치인 것으로 그들은 여긴다. 그렇다면 미국 어느 시점에서 박정희라는 존재가 그런 대의를 해치는 것으로 판단했다면 그들이 그의 제거에 발벗고 나섰다고 해도 그것을 의외나 모순된 것으로 볼 것은 없는 일이다. 이미 앞에서 본 대로 미국 대통령이나 의회가 박정희를 비롯한 외국 정치지도자 암살 따위를 굳이 감추려고 하지 않는 것도 그렇게 보면 그럴 듯한 일이라 해도 우습지 않다.

박정희가 제 권력을 계속 내놓지 않으려 한 것이 그저 제 사리를 위해서보다는 나라를 위해 좀 더 많은 일을 해야겠다는 충정에 의한 것이었다고 보는 눈을 어림없는 것으로 칠 것도 없다. 그러나 한 인간의 제 나름대로의 믿음이나 의욕이 아무리 깊고 순수한 것이라 해도 그것이 객관적으로도 똑같은 것으로 받아들여지지는 않는다. 지나침은 흔히 모자람보다 나을 게 없다는 말은 그런 데에서도 통한다.

비슷한 말을 김재규의 죽음에 관해 하는 사람들도 있다.

김재규는 재판장에서 그의 10·26 거사의 목적을 민주주의 회복, 국민 살상방지, 국토방위, 한미관계 개선, 독재 이미지 불식 따위로 내세웠었다. 김재규가 이것을 나열할 때의 그의 머리 뒤에는 미국 보고 바로 이것이 너희들이 원했던 게 아닌가를 회상케 하자는 바람도 있었을 것이다. 사실 그 말을 듣던 미국 사람들은 실제 그러한 그의 주장 자체에 흠잡을 데는 없다고 여겼을 것이다. 실제로 그의 거사나 죽음 후 그러한 목표들은 많이 달성되었다고 보는 사람들이 태반일 것이다.

하지만 김재규는 우리가 본 대로 지체 없이 재판이 됐고 서둘러 처형됐다. 길고 번거로운 꼬리를 남기지 않고 종지부가 찍혔던 셈이다.

그것도 결과적으로는 그를 '위한' 것이었다고 보는 눈들도 없지 않아 있을 것이다.

# 수키의 천당

미국과 한국은 동맹국이다. 그러나 그들의 국익이라는 것이 언제나 똑같은 것은 아니다…….

언젠가 제레미가 이런 말을 하는 것을 듣고 있을 때 짐은 뻔한 얘길 새삼스럽게 한다고 생각했었나. 그러나 그 이튿날 아침 '수키'가 해다 놓은 아침밥을 그와 마주 앉아 먹으면서 우연히 떠오른 하나의 생각은 짐의 마음에 걸렸다. 제레미의 말이 뻔한 말 되풀이하는 싱거운 소리가 아닌, 거기에 무슨 가시 돋친 경고 같은 게 들어있던 게 아닌가 하는 생각이 불쑥 고개를 든 것이다.

사람들은 그녀를 '수키'라는 영어식 이름으로 불렀다. 미국인들에게 숙희淑喜라는 이름을 한국 발음대로 '숙희'로 하는 것이 거의 불가능해서였다. 그 수키는 한국인이고 짐은 미국인이다. 미국인이 한국인 여성을 데리고 사는 것을 CIA에서도 금지하는 것은 아니다. 공식적으로 그런 말을 하는 것은 인종주의 편견으로 보일 것이기 때문임은 물론이다. 하지만 까놓고서 그런 말을 하지 않는다 해도 속으로는 그걸 바람직한 일로 여기지는 않았다. 특히 CIA 같은 기관에선 더했다. 까닭은 이성에 대한 사랑에 빠진다는 것이 안보安保를 위협하는 흔한 사례 때문이다. 그러니까 제레미 역시 그런 눈으로 짐을 바라보고 있었다면 그건 뜻밖의 일일 게 하나도 없다.

사실, 짐에게 제레미가 이 문제를 어떤 눈으로 보고 있는지는 전혀 분명치 않았다. 어떤 때는 단짝이 되어 있는 짐과 수키의 관계를 부러워하면서 시기하고 있는 것 같기도 했고 또 어떤 때는 그것을 아니꼽고 멸시해보는 듯한 눈치이기도 했다. 하나 충분히 상상되는 건 CIA일 수밖에 없는 제레미가 그것을 마음 턱 놓고 환영하고 있을 것으로는 보기 어려웠다는 것이다.

미국인들 사이에서 짐 같은 남녀관계나 특히 짐처럼 남의 나라에 아예 뿌리를 내려놓고 사는 사람들을 두고 하는 말에 "저거 아주 토박이가 되었는 걸(Gone native)." 하는 말이 있다. 하도 그 땅이나 그쪽 사람에 빠져, 여차했을 때 그 땅 사람처럼 굴 가능성조차도 있다는 생각이다.

그런 말을 짐에게 해대도 그게 마냥 엉뚱한 일이지도 않았다.

까놓고 짐에게 수키는 하나의 기적이라고 할 만한 것이었다. 벌써 10년이 넘은 일이다. 처음 짐의 비서 격으로 채용돼 들어온 수키는 짐에게 그 이상도 이하도 아니었다. 그리고 한국인이면 생긴 것, 말, 문화 할 것 없이 모든 게 다른 이異인종이다. 서로간 그렇게 여기게 되는 그런 경계란 없어질 수 없는 것이라는 생각에서 짐 역시 예외는 아니었다.

그러던 그에게 그런 생각이 언제 있었느냐 싶게 살아졌으면 그건 기적이라고 할밖에는 다른 말이 있을 수 없었다.

크리스마스가 다가오자 오후 다섯 시만 되도 어두워지는 어느 겨울날 저녁이었다. 퇴근 전에 끓여놓고 가는 커피 잔을 받으러 좁은 주방 칸으로 들어섰을 때다. 거기서 잠깐 서로 얼굴이 마주친 짐과 수키 사이에는 생각하지도 못했던 일이 일어났었다. 그들은 자기들도 모르는 틈에 서로의 입을 맞추고 있었다. 그런 뜻밖의 상태는 서로 떨려가는 몸으로 몇 분인가를 갔다. 거의 다 깜깜해진 방에 불도 켜지 않고 그들은 그것을 몇 번이고 되풀이하곤 그다음 둘은 짐의 집으로 같이 갔다. 그 이튿날도 그랬다. 그 다음 날도 그랬다. 그들이 그렇게 밤새도록 잠자리에 같이 있을 때 거기에는 미국이라는 것도 없고 한국이라는 것도 없었다. 그건 기적이고 천국이었다. 누가 귀하다는 뜻으로 나라라는 말을 꺼낸다면 짐에겐 수키와 그렇게 하나가 돼 있는 그런 황홀경이 '나의 나라'라고 해야 할 일이라 여겨졌다.

짐은 그의 기독교의 집안 환경과는 달리 초자연超自然적인 것을 믿지 않았다. 그래서 '황홀한 분위기 때문'이라는 까닭으로 제레미가 자주 나가던 예일의 그 아름다운 교회에도 그저 몇 번을 빼놓곤 나가질 않았다. 중세기부터의 절묘한 건축미에 끌려 유럽 대륙에 여행할 때면 가는 곳마다 빼놓지 않고 하는 옛 교회당 방문도 짐에게는 시각적인 호기나 만족 이상 가는 것은 아니었다.

그런 그면서도 단 한 가지 점에서만은 그것이 '알 수 없는 초자연의 힘'에서 오는 것이라 믿었다. 그에게 뭐든 '자연스럽게, 거의 저절로' 일어나는 일이란 그런 불가지不可知의 힘이 숙명적으로 만들어내 주는 것이라는 믿음이다. 그래서 짐은 그런 숙명적인 일이 있고 한 석 달이 지난 다음 수키와 결혼을 하고 살림을 차리기까지 했다. 그러는 게 그에게는 행복한 일이어서임은 물론이고 그렇게 함으로써 '비서와 동거'한다는 말을 들을 필요도 없어서도 좋았다. 그런 결정을 했을 때 그의 상관이던 초인

스키 대령이 그토록 좋아해 준 것이 그에겐 크게 기쁘고 고마웠다.

용산 기지촌의 친구들이 그를 두고 "토박이가 됐구나" 하고 수군대기 시작한 건 예상 밖의 일은 아니었지만 그런 말이 더 퍼지지 않을 수 없는 일도 간간히 있었다. 이를 테면 어느 날 짐은 수키가 PX로 장보러 갔다가는 눈이 벌개서 돌아온 것을 보고 놀랐다. 영문을 알아본즉, 남들이 줄 서 있는 걸 모르고 판매대 앞으로 갔다가 그 판매대 직원이 경비원까지를 불러다 그녀에게 욕을 퍼붓는 것도 모자라 그녀를 밖으로 쫓아내기까지 했다는 것이다. 그래서 그녀는 빈손으로 울면서 집으로 돌아온 참이다. 그 소리를 들은 짐은 PX로 찾아가 항의하고 자초지종을 묻는 것에 대한 경비원의 반응이 괘씸해 끝내 그를 '서부식' 주먹다짐을 먹여 눕혀 버렸었다. 그 소식이 기지 내에 확 퍼진 건 물론이다. 그리고 경비원은 그를 걸어 폭행죄로 소송을 한다는 소리까지 하고 나왔었다. 그러나 그건 주변 사람들의 말림으로 가라앉긴 했지만 그 사건이 여기저기에서 화제가 된 것은 불가피했다. 그러나 그건 미국 슈퍼에서도 얼마든지 있을 수 있는 일이다. 그래서 그걸 두고 자기의 '토착인화化'로 볼 일은 아니라고 여긴 짐은 거기에 더 신경을 쓰지 않았다.

그렇지만, 누가 이쪽 편, 저쪽 편 하면서 굳이 편이라는 것을 따지려 든다면 자기는 수키나 수키의 동포 편이라고도 할 수 있겠구나 하는 생각이 짐에게 들기도 했고 그것을 두고 나무랄 일이지도 않다고 여겼다.

그는 한국이란 땅덩어리에 대해서 한 가지 절실히 느끼게 된 것이 하나 있었다. 그것은 한국이란 땅이란 참 아름다운 것이고 그런 데서 사는 사람들이 지금 같은 남루한 상태에서 벗어날 수 있으면 얼마나 좋은 일인가 싶어졌다는 것이다. 하다못해 지금 벌거벗다 싶은 산야가 푸른 수목으로 덮일 수만 있어도 그것은 행치고도 큰 행이 아닐 수 없었다. 그렇게 할 수만 있다면 그것은 수키에게만이 아닌 그의 동포, 그리고 제 동포인 미국에도 좋은 일이라 해야 한다. 그래서 그런 생각을 같이하던 박정희를 좋아하기도 했었다.

그의 고향인 미국 동부 뉴잉글랜드 일대도 아름답긴 하다. 대학의 그 넓은 풀밭에 누워 푸른 하늘을 쳐다보던 순간 같은 것은 그 상징적인 것으로 지금도 향수 어린 그의 기억에 새롭다. 그러나 아름다움에서 미국과 한국은 좀 달랐다. 미국은 크다. 시원스러워 좋다. 그러나 하도 크고(뉴잉글랜드처럼) 평평해 가도 가도 풍경이 달라지는 일이란 드물다. 그러나 한국에선 자동차로 십 분만 달려도 어디서나 새 풍경이 펼쳐진다. 산들이 많은 덕이다. 강원도쯤에 가면 산천의 모습들은 선경仙境이라 해도 지나친 말이 아니다. 그가 젊어서부터 아마는 늙어 비틀어질 때까지 이 땅에 있을 것도 그 뿌리를 따지자면 그런 데 있을 거라고 생각이 됐다. 그래서 기왕이면 여기 모든 사람들이 지금보다 낫게 살았으면 하는 마음도 생기는 거고 그걸 두고 누가 "너는 한국 사람 편이로구나" 한다면 나는 "그렇다"고 열 번 말해도 좋고 백 번 말해도 좋다…….

그야 어쨌건 수키와 나와도 이익이라는 점에서 입장이 다를 수 있다는 게 제레미의 얘기겠다. 그러나 우리로 쳐선 아까 말한 대로 우리들 사이에 무엇보다 사랑할 나라라는 게 있다면 그것은 우리 둘이 같이 있을 때의 천국일 따름이다. 그러나 그것은 제레미의 말처럼 현실적인 것이 아닌 꿈속에서의 잠꼬대 같은 소리라는 것인가.

아닌 게 아니라 나는 미국의 군복을 걸치고 일하는 군인이다. 군인은 그의 나라를 위해 목숨이라도 바쳐야 하는 그런 존재다. 그것은 면할 도리도, 부인할 길도 없는 일이다.

그렇다면 제레미가 보는 것처럼 미국과 한국의 국익이라는 것에 사이가 벌어지고 그것이 서로 충돌을 하게 되는 경우 나는 누구 편에 서야 한다는 것이냐. 그것을 깊이 생각해 본 일은 부끄럽지만 지금까지 없었다. 그러면서 짐은 그것은 그저 자연 저쪽에 있는 미지의 존재가 인도하는 대로 따르면 되려니 해 두기로 했다.

그날 저녁 밥을 같이 먹으면서 앞에 앉아 있는 수키와 나는 '너는 너고 나는 나다'의 사이일지도 모른다는 것이 짐에겐 도무지 믿어지지 않았다. 다만 하나 확실한 건 지금 이렇게 수키와 같이 있는 순간이 천국에 다름 아니라는 것이었다.

# 수키의 지옥

하루 그렇게 맑고 화창했던 날씨가 별안간에 먹구름에 덮이면서 천둥이 치고 소나기가 쏟아지는 따위로 급변하는 일이 있다. 짐에게 수키에 있어 온 변화도 꼭 그처럼 갑작스런 것이었다. 그러면서 그는 우선은 그걸 사람의 힘으로선 어쩔 수 없는 자연에서 오는 것이려니 해 두기로 했었다. 그 미지의 힘이 한때 그에게 수키라는 천당을 가져다 준 것을 그저 고맙게 여겼듯 이번의 이런 변화도 그저 불가지不可知의 것이 가져다 주는 것으로 받아들이면 되겠거니 했었다.

그러나 우울도 잠깐 동안이어야지 이처럼 끊일 줄 모르는 지경이 되면 견디기 어려운 일이 아닐 수 없다.

박정희가 암살로 죽었다는 소식이 전해진 날이다. 수키는 처음에는 그 소식을 전해주는 짐을 아무 표정 없이 쳐다보며 그저 듣고만 있더니 곧 부엌으로 빠른 걸음으로 들어가는 것이었다. 그래서 짐이 뒤따라 들어가 보니 수키는 어깨를 들먹이며 훌쩍훌쩍 울고 있었다. 그 영문을 짐작한 짐은 그녀의 등을 뒤에서 끌어안곤 그런 자세로 한참 동안을 보냈다. 그는 그때 무어라 말을 해야 할지를 몰랐고 그러면서도 수키가 울음을 터트리는 심정만은 충분히 그럴 만하다고 여기고 있었다.

그것은 자신의 경험만으로도 이해가 되고 남았다.

박정희의 처리가 그를 죽이는 것으로 되었을 때 그것이 짐에게 준 충격은 말할 것도 없이 컸었다. 그리고 그런 상부의 결정이 분명해졌을 때 그의 반응이 '안 된다', '못한다'의 부정적인 것이었다는 건 물론이다. 당연했다. 그에게 박정희란 무엇이었나. 그것도 상부로부터의 지시에 의한 것이긴 했지만 일찍이 박정희를 죽음의 구렁에서 살려낸 것이 자신의 손에 의한 것이었다. 그 후 거의 30년이 넘는 긴 세월을 통해 짐에게 박정희는 좋은 친구요, 동료였다. 그뿐인가. 그와 박정희는 서로 손 잡고 5·16의 모험을 통해 한국이나 자유진영을 위기에서 구해낸 것만 아니다. 그 후 그렇게 살아난 대한민국에서 무슨 일이 벌어져 왔는가는 누구나가 지금 보고 있는 대로다. 그건 미국으로 쳐서도 커다란 성공 사례로 손꼽아도 될 일이다.

그런 박정희를 이제 죽여야 한다고? "안 된다. 절대로 나는 반대다. 그런 일을 하려면 나부터 죽이고 해라(Over my dead body)!" 하고 기를 쓰며 버틴 것이 몇 번이었나. 그렇다면 지금 수키가 그의 죽음에 울음을 터뜨리는 건 이해도 되고 마땅한 일이기도 하다.

그렇지만 여기서도 이미 한 번 했던 똑같은 말을 반복하지 않을 수 없게 된다. 그것은 한 개인의 힘이란 아무리 그 인물이 크고 뛰어난 것이라 해도 국가와 맞서서 이기기란 쉽지 않거나 불가능에 가깝다는 것이다. 박정희의 '물리적 제거'라는 미국 관변 측의 결정과 집행이라는 데서도 그랬다. 그들로서 그것을 짐으로 하여금 받아들이지 않을 수 없게 하는 데에 큰 어려움은 없었다.

그랬다는 것은 이 경우 미국이란 국가로서의 힘이 상대적으로 압도적이었다는 데만 있지 않았다. 그런 조처의 불가피성을 내세우는 그들 주장에 담긴 설득력 또한 짐으로서는 무시하지 못할 만한 것이기도 했었다. 그래서 짐도 몇 차례에 걸쳐 박정희에게 '자진 퇴진의 가능성'을 종용도 해봤었다. 그럴 때마다 박정희의 반응은 '너희들 미국은 남을 위협만 하면 모든 게 제 뜻대로 되는 걸로 아느냐' 하는 식의 것이었다. 그런 반응을 짐은 그게 아마 박정희가 최근에 있었던 이휘소 박사의 사망에서 받은 충격 때문일 것이라는 생각도 들긴 했지만 사태가 걷잡기 어려운 방향으로 치닫고 있다는 절박감은 날이 갈수록 더해 가고 있었다.

그에 관해, 짐은 며칠 밤을 새면서 생각한 끝에 상부 결론에 자기도 편들지 않을 수 없다는 결론에 이르게 된다. 그렇게 된 것이 무엇보다도 군인이라는 자신의 입장으로는 그러는 길밖에는 없다는 판단에서 온 것인지의 여부는 모른다. 다만 하나 확실한 것은 그러는 길밖에는 없다는 판단이었다.

그래서 짐은 그런 자신의 태도나 결심을 수키에게도 설명해 주었다. 그러면서 그가 그런 자기의 결정을 이 세상에서 자기에게 제일 가깝고 귀한 수키도 이해하고 동의해 줄 것이라 믿고 또 그러기를 바라고 있었음은 물론이다.

그러나 일은 짐이 바라는 대로는 되지 않았다. 무엇보다도 그렇게 밝고 명랑했던 수키의 표정은 그저 늘 잠잠해진 것만이 아니다. 곧잘 무거운 수심에 잠겨 있는 것이 눈에 보이거나 피부로 느낄 만한 것이기도 했다.

따져보면 그게 무리일 것은 없었다. 사람을 죽인다는 살인. 그 명분이나 핑계야 무엇이건 그것이 살인이라는 끔찍한 일임에는 틀림은 없다. 그리고 박정희란 누군가. 한 나라의 대통령이다. 그뿐인가. 그렇게 오랜 세월, 그렇게 우리와 가깝고 친히 지내온 사이기도 하다. 그런 사람을 다름 아닌 나의 짐이 죽이거나 살인에 관계하다니. 그건 있을 수도 믿을 수도 없는 일이다. 그래서 수키는 그런 생각을 하지 말아야겠다고 얼마나 제 자신에게 타이르며 왔는지 모른다. 그러나 그 무서운 검은 그림자는 좀처럼 그녀의 머리에서 사려져주질 않았다. 그래서 그러지 말자고 애를 써도 무의식중에도 표정은 우울해졌다.

사람의 참을성이란 무한한 것이 아니다. 참는 것도 하루 이틀이다. 그런 우울한 분위기가 어느 하루 도를 넘치게 되었기 때문이었을 것이다.

짐은 수키에게 벼락같이 소리를 지르고 있는 자기 모습에 놀라지 않으면 안 되었다. "스톱 빙 라이크 댓(Stop being like that; 언제까지 그 꼴로 있을 작정이냐)!"

짐이 수키에게 유리창이 울릴 지경의 큰 소리로 그렇게 악을 쓴 일은 지금까지 물론 한 번도 없었다. 그런 일이 있을 수 있다고 생각한 일도 없다.

그래서 그런 직후 짐 자신도 놀랐었다. 그것이 수키에게 걷잡기 어려운 충격이었을 것은 말할 나위 없다.

그 모든 게 무의식중에 일어난 어떤 정신적 착란 때문이었겠다. 짐은 그런 다음에도 고함을 지르며 주먹다짐이라도 할 기세를 부리는 것이었다. 그러면서 불시에 떨어트린 그의 찻잔이 타일 바닥에 박살나는 것을 짐의 공박으로 착각했는지 수키 역시 정신적 균형을 잠깐 잃어서였을 것이다. 그녀도 바로 손앞에 놓여 있던 뚝배기를 번쩍 쳐들어서는 그것을 부엌 타일 바닥에 내동댕이쳤고 그러자 그것이 요란한 소리를 내며 사방으로 산산조각이 나 퍼졌다. 말할 것도 없이 그것도 수키로서는 평생 해 본 일 없는 것이었고 그런 일이 있을 수 있다고 생각하지도 못한 일이었다.

그래서 짐과 수키는 다같이 자신들이 제 자신들이 아닌 딴 인간으로 둔갑할 수 있다는 놀라운 사실에 정신이 아찔해지고 눈앞이 깜깜해졌다.

그리고 그것은 자기들이 지금 지옥에 떨어져간다는 기분이었다.

## 짐의 귀향

이제 서울에서 워싱턴까지면 거의 20시간은 걸린다. 그동안 그저 이 자리에 앉아 있으면 된다는 생각을 하게 된 짐은 이제 이렇게 비행기를 타고 여행을 하게 된 것을 하나의 행복으로 여기면서 좌석에 푹 앉아 다리를 길게 뻗었다. 그리고 그것도 좀 모자라 모포로 얼굴을 덮고 눈을 감았다. 이제 그에겐 이렇게 앉아 조용하게 쉬었으면 좋겠다는 생각 외에 다른 것은 없었다. 지난 사흘 동안은 없었던 걸로 치고 잊어버리고 싶은 역겨운 시간들이었기 때문이다.

수키가 주방 바닥에 던진 뚝배기가 박살이 나면서 내던 소리는 무슨 폭음처럼 그의 머릿속에서 거의 끊임없이 되풀이돼, 집에 홀로 남은 그날 밤, 짐은 제대로 눈 붙이고 졸 시간조차 갖지 못했다. 그리고 그 순간 수키가 자기에게 돌리고 있던 눈길과 표정도 그때까지 보지 못한 것이어서 그의 마음과 눈에서 떠나질 않았다. 증오뿐 아니라 멸시에 찬 그 눈길이 '나의 수키' 얼굴에 그렇게 나타날 수 있다는 것은 정말 짐으로선 꿈에도 상상하지 못했던 일이다.

거기서 오는 충격과 노여움 탓이기도 했었겠다. 동짓달, 함박눈이 내리던 밤, 집을 뛰쳐나가는 수키를 그는 말리지도 않고 내버려두었다. 그 후 지난 이틀 동안 그를 찾아보려 하지도 않았다. 찾으려야 어디로 갔는지 알 길도 없었지만 짐에겐 무엇보다 그럴 기력도 없었고 욕심도 나지 않았다. 그리고 모든 게 깜깜해지기만 했다.

그렇게 혼란스러운 상태에 빠져 있는 동안 마침 워싱턴 국무성으로부터 며칠 다녀가라는 출장명령이 날아왔다. 카터 행정부 국무성의 극동, 태평양지구 담당 차관보(Richard Holbrook) 명의로 된 그 전갈은 10·26 사건으로 바싹 활기를 띠게 된 한국문제작업반 회의가 자기 사무실에서 열리게 되었으니 참석하라는 것이었다. 그 회의의 목적이 박정희 서거에 따른 긴급 대책의 검토와 수립이라는 데에 있었음은 물론이다. 그에 따라 그동안 현지에서 그 일을 맡아 온 자기로서의 견해를 간추려 정리하고 그것을 제대로 개진해야 하는 책임도 만만한 게 아니다. 그런 일로 정신을 그쪽에 집중해야 할 필요는 그동안 그 개인 세계를 난폭하게 뒤엎어 온 파란으로부터의 피난일 수 있는 일이다. 그래서 그는 그가 가방 잔뜩 꾸려 가져 온 관계 서류더미와 씨름하며 지난 며칠 동안의 암운을 잊어버릴 수 있으면 좋겠다 싶었다.

그런데 그러면서 모포를 뒤집어쓰고 있는 짐의 귀에 그 폭음은 그쳐 주질 않았다. 비행기에서 오는 폭음이 아닌, 그 뚝배기 깨지던 요란한 소리다. 그리고 생각할수록 거의 끔찍스럽다고도 해야 할 수키의 그때 그 표정이 감고 있는 안막을 헤치며 자꾸만 나타난다. 그에 견디기 어려워진 짐은 좌석 위에 불을 켜곤 서류 보따리를 꺼내 정신을 그쪽으로 모아 보려고도 했다. 그러나 그것도 허사였다. 무슨 도깨비 세계에서 오는 듯싶은 소음과 환상들은 짐이 펼쳐놓고 있는 서류 위에서 춤을 추면서 짐의 정신을 어지럽게 해주고 있었다.

그래서 짐은 그동안에도 여러 차례를 거듭 비워온 위스키 잔에 다시 술을 잔뜩 채워놓곤 그것을 '술아, 제발 나를 살려다오' 하는 기분으로 계속 들이켜고 있었다.

그러면서 얼만큼의 시간이 지났을까. 짐이 몽롱한 정신 상태로 눈을 부스스 뜨자니까 여승무원이 자기 머리 위의 불을 꺼주고 있었다. 그 순간 짐이 취했던 반응 역시 며칠 전 그가 수키에게 해댔던 것처럼 자기 자신의 정상행위로 믿을 수 없는 것이었다. 짐은 그 여승무원이 불을 끄자 벌컥 커다란 소리로 "리브 잇 얼론(Leave it alone; 그대로 놔 둬)!" 하며 고함을 질렀다. 그건 누구에게나 놀랍고 뜻밖의 일이었다. 그래서 두 명의 경비원들이 큰 사고나 난 듯 부리나케 달려와 당장 짐을 좌석에서 끌어내 수갑이라도 채울 듯한 기세로 대했다.

이런 난리가 벌어지고 있던 잠깐 동안, 짐의 머리에는 좀 이상한 현상이 벌어지고 있었다. 그때까지 그런 일을 하고 있던 자신의 모습이 마치 자기와는 전혀 관계없는 타인으로 여겨지고 자기는 그저 그 광경을 구경하고 서 있는 제3의 존재로만 여겨지고 있었다는 것이다. 그리고 그는 자기가 완전히 자기가 아닌 딴 인간으로 둔갑하는 기현상에 놀라고 있기도 했었다. 정신적 착란이란 그런 것을 두고 하는 말이겠다.

순간적으로 있었던 그 소동은 그것으로 가라앉았다. 그러나 그 체구 좋은 경비원들은 비행기가 워싱턴에 도착해 내릴 때까지 짐 근처에 자리 잡고 떠나질 않았었다.

국무성 홀브룩 사무실에서 있었던 한국문제작업반 회의에서 10·26 사후대책에 관한 나름대로의 의견을 개진하는 데서의 어려움은 짐에게는 없었다. 그동안 서울의 동료들과 교환했던 의견들을 대처적으로 옮기면 되었고 실제 그 이상의 것을 할 처지이지도 않았다. 박정희 암살의 목적은 일반적인 인상과는 달리 박정희 유신 체제의 종식보다는 그 유지라는 데에 있었다. 그 작전이 워싱턴 상부가 소위 스파(Spah) 작전, 즉 이미 설명한 대로 박이 쌓아놓은 체제적 안전성을 박 자신의 손에 의한 파손으로부터 보호한다는 뜻의 말로 표현했듯, 이제부터의 대책도 그 초점이 그런 데에 놓여야 한다고 짐은 거침없이 설명했다. 다시 말하면, 그동안의 민중소요가 박정희 군사정권의 장기화에 있긴 했었어도 그렇다고 지금부터의 과제가 당장 기존 체제의 민간정권으로서의 대치여서는 안 된다는 것이다. 그보다는 앞으로도 일정기간 강권으로 통제하는 체제는 그대로 유지되어야 하고 정치권력의 민정화나 민주화는 그럴 만한 바탕이 이루어진 다음까지 미루어져야 한다는 것이기도 했다. 그런 작업은 전두환, 노태우 등 박정희의 '유신 혁명'에서 '첨병尖兵' 노릇을 했던 젊은 군부세력들에 의해 큰 어려움 없이 수행될 수 있고 실제 그럴 채비는 이미 상당한 정도로 준비돼 있다고 다짐하는 것도 잊지 않았다.

이에 홀브룩을 포함한 십여 명, 각계에서 뽑혀 온 듯한 참가 인원들은 모두들 짐의 의견에 동의해 주었다. 홀브룩(Prinston大)처럼 말투부터 몸냄새까지 모두가 명문대(Ivy leaguer) 출신에 틀림없는 이들은 하나같이 정권의 민간인화 유보라는 안에 대한 찬성에서 눈에 띄게 적극적이었다. 소위 제3세계의 정치인 관료라면 탐관오리貪官汚吏라는 넉 자의 말로만 주로 이해해온 짐의 입장과 그들 역시 다르지 않다는 것은 분명했다. 그래서 그 대책회의는 대체적으로 그런 선에서 마무리 짓고 사흘 동안의 예정을 마쳤다.

꽤 오랫동안 서울에 묻혀 살던 짐에게 술잔이라도 나눌 만한 상대가 워싱턴 바닥에 있을 리 없었다. 홀브룩마저 방콕인가 어딘가에서 있는 무슨 회의에 가야 한다고 그 이튿날 워싱턴을 뜨고 없었다. 그래서 짐은

5년 만에 돌아온 제 나라 거리를 외국 관광객이나 된 것처럼 번화가 여기저기를 기웃거리며 하루 저녁을 보냈다. 그러고 나선 할 일도, 갈 데도 없어진 짐은 그 이튿날 워싱턴에서 그리 멀지 않은 고향 마을에 차를 빌려 타고 가보기로 했다.

차로 두어 시간 걸려 도착한 버지니아 주의 고향 마을(Martinsville)은 평상시에도 한적한 작은 마을이지만 지금 솜이불처럼 수북이 쌓인 눈에 파묻혀 있다시피 해 동네 전체가 쥐 죽은 듯 고요했다. 짐은 아직 어두워 지지 않은 마을 가운데에 자리 잡고 있는 '성 스티븐(St. Stephens)' 교회로 찾아갔다. 5년 전 돌아가신 어머니의 무덤을 찾기 위해서다. 마당이 눈 이불에 덮여 있어 모친의 묘는 한참 더듬은 끝에야 찾아낼 수 있었다. 손이 시려워 그저 묘비 위의 눈만 쓸어낸 짐은 거기 적힌 글자들을 한참 동안 들여다 본 다음 발길을 교회 안으로 옮겼다. 그 안은 전기로 돼 있는 촛불이 교단 둘레에 서너 개 켜 있을 뿐 아무도 없이 비어있어 조용하기만 했다.

그리고 의자에 걸터앉아 몇 분이 지났을까. 짐은 갑자기 터져 나오는 요란한 소리에 소스라쳐 벌떡 일어서며 둘러보았다. 물론 거기에는 아무도, 아무것도 없었다. 그 요란한 소리란 서울 집 부엌 바닥에 내동댕이쳐진 그 뚝배기가 박살나던 소리였다. 그래서 어리둥절해 있는 짐 눈에는 교단 촛불에 비쳐나는 수키의 얼굴이 그를 내려다보고 있었다. 그리고 이번에는 수키 혼자만이 아니었다. 그 옆에는 박정희의 얼굴도 비치고 있었다. 그 뜻밖의 광경에 놀란 짐은 발길을 돌려 문밖으로 뛰어나갔다가 그만 눈길에 발이 미끄러져 넘어졌다.

짐이 그 마을 작은 호텔 방 의자 위에 목을 숙인 시체로 발견된 것은 그 후 이틀이 지나서의 일이다. 그의 시신을 검진한 검시관 보고(Coroner's Report)는 과음에서 온 간질환에 의한 자연사로 기록했다.

오랫동안 첩보기관요원들 사이에서 '인기' 있어온 독약 가운데는 타살이나 자살의 경우라도 그것이 자연사로 보이게 돼있는 것도 있었다.

# 책을 닫으면서

# 개와 원숭이

박정희가 어쩌다가 그렇게 죽었는가. 무엇보다 그런 걸 알아보자고 시작한 얘기가 그가 실제로 죽는 데까지 왔으니 이제 이쯤에서 책을 닫는 것이 좋겠다. 실상, 박정희의 죽음에 관련된 '사실'에 관한 한 내가 할 수 있는 얘기는 더 없다.

이제 와서 이런 소리 하는 것은 좀 뭐 하지만 박정희가 죽어야 했던 것에 관한 사실만을 놓고 본다면 이 책 겉장에 내건 책 제목으로 할 얘기는 다 했다. '커다란 게임과 박정희 살리기, 쓰기, 죽이기.' 그를 살리고, 쓰고, 죽이고 한 그 모두가 그 게임에 비롯한 것이었다는 것이다.

거기에는 더 할 말 없다.

'커다란 게임'이란 2차 세계대전 후 미국과 소련이 지구적 규모에 걸쳐 벌였던 냉전을 두고 한 말이다. 그들은 우리 땅에 들어와서도 그 게임을 벌였다. 들어올 때부터 그들 사이는 사자성어四字成語대로 '견원지간犬猿之間'이었다. 그리고 그 뒤를 따른 우리나라 역사는 거기서부터 시작된 것이었고 그 당시 그에 관해 우리 자신이 할 수 있는 선택의 여지란 없거나 적었다.

세계를 공산, 자유 두 개의 진영으로 갈라 차지한 그들이 우리 땅에 들어오면서 제각기의 점령지에 제 자신들에 '우호적인 정부를 세우는 것을 당초부터의 기본정책으로 했다' *부르스 커밍즈, 같은 책 는 것은 놀랍지 않은 일이다. 그런 정책의 구체적인 표현이 남북 간 새로 세워진 정부나 국가라는 것들 역시 그것을 만든 미국과 소련을 닮은 '견원지간'의 것이었다는 것도 자연스럽고 당연했다. 그것을 두고 역사가 우리 겨레를 두고 논 참혹한 게임이었다고 한다면 그건 전혀 어폐가 아니다.

그것을 두고 '참혹했다'고 하는 것은 뻔한 까닭에서다. 언젠가 우리나라를 찾아왔던 한 영국 시인은 우리가 동질성 높은 단일민족이라는 사실을 보곤 놀랐었다. 잡다하고 이질적인 유럽 제 고향 땅에 비해선 그게 놀라운 것으로 비쳤을 것이다.

그런데 그런 단일민족이 둘로 갈린 것만이 아니다. 그렇게 갈라진 남과 북이 미소美蘇를 닮아 견원犬猿, 개와 원숭이의 사이가 돼 으르렁대면서 대결을 하게 되었다. 그것이 급기야는 6·25라는 동족상잔의 참극으로 이어진 것은 불가피한 숙명이었다 해야 한다. 거기서 수백만의 사람들이 죽은 것만도 아니다. 그런 분단 상태는 지금에 와서도 달라지지 않았다.

남북 간 그렇게 이루어진 체제 아래서 그것에의 순종을 거부하거나 한 발짝 물러서 중립의 입장을 취한 측에까지 미쳤던 탄압은 철저하고 무자비했다. 말하자면 개犬거나 원숭이猿기를 거부하고 나선 자들을 남북 간 다같이 씨가 마르도록 '문질러 없애버린 것'을 두고 미국의 한 외교관은 우리 민족에 '걸맞지 않은 비극'이라고 표현했었다. 그건 그들의 관계가 견원의 사이지 않을 수 없었다는 데서 온 불가피했던 비극이다. 그리고 그런 형편이 앞으로도 크게 달라질 가망도 적다. 까닭은 분열과 거기서 오는 불안이라는 것이 피차간 체제적 안전을 보장하는 밑거름이 된다는, 야릇하지만 분명한 사실에서 오는 것이기도 하다. 말할 것도 없이, 누구든 자기에게 이익되는 것이면 지키고 보강하려 든다.

그러니까 지금까지 70년이나 이어온 전쟁 상태는 자칫 '100년 전쟁'이 될 가능성조차 없다곤 보기 어렵다. 그 '전쟁 상태'란 그저 6·25 정전이 종전이 아니라는 뜻에서만 하는 것은 아니다. 분단이라는 사실 그 자체가 전쟁 상태에 다름없다는 것이다.

하긴, 근본적으로는 미국과 소련이 우리에게 가져온 그들의 군사문화에서 파생되어 온 이런 현상이 우리에게 그저 부정적인 것만은 아니었다. 모든 사물에서 그렇듯, 거기에도 암暗에 대조되는 명明의 측면도 물론 있었다.

무엇보다 그들 간에 대립하고 경쟁하는 관계가 남북을 다같이 긴장하게 하고 분발하게 했다는 사실은 부인하기 어렵고 부인할 필요도 없다. 서로 간 그야말로 '죽기 아니면 살기'의 상황에 이르면 개인이건 집단이건 살아남기 위해 모든 힘을 다 한다. 남과 북이 해방 후 여러 면에서 세계가 놀랄 만한 발전을 이룩한 이면에도 그런 덕은 있었다. 그와 같은 경쟁관계는 그들을 한때 구미사람들이 얘기하던 소위 '동양적인 무위와 침체'에서 좋든 싫든 떨쳐 나오게 했다는 것이다. 그리고 그들 나라에 넘치게 된 군사문화는 그들의 타고 난 재주와 정력에 접목接木돼 현대적인 산업문화를 무성茂盛케 한 것도 사실이다. 그러니까 미국과 소련을 두고 우리에게 참화만을 가져다 준 '죽일 놈들'이라고 해야 할 일은 아니다.

그러나 거기에는 또 하나 분명한 일도 있다. 우리 땅이란 조그마한 반도에 지나지 않는다. 그것도 두 동강이 난 남과 북이 그동안 그만큼의 발전을 할 수 있었으면 그들이 하나가 되면 무슨 일이 일어날 수 있는가. 그건 물어볼 필요도 없이 뻔하다. 그런 분명하고 엄청난 가능성이 계속되는 분단으로 우리에게 막혀버린 데서 오는 손실의 크기 또한 그 얼마인가. 손해는 그뿐 아니다. 상호 간 대군大軍의 항시적 포진에 드는 비생산적 낭비 또한 말할 것도 없이 크다.

단순한 화쟁和爭의 문제에서만도 그렇다.

누구에게든 "이웃과 싸우며 긴장하고 지내는 게 좋으냐, 아니면 서로 화평해 발 뻗고 지내는 게 좋으냐"고 물어보자. 십중팔구, 또는 열이면 열 다 후자를 택할 것이다. 우리 동양 사람들은 옛부터 조화와 화목을 이상으로 하고 살았다. 지금도 화和라는 한자를 붓글씨로 써 놓은 액자를 집안에 걸어놓고 거기다 희망을 걸어놓고 다짐도 하며 산다. 그것은 '생존경쟁'이라고, 사람 사는 그 자체를 싸워서 이겨야 하는 것으로 보는 서양과는 커다란 대조다.

또, 거기에는 자긍의 문제라는 것도 있다.

남과 북이 대립 경쟁의 관계에 처해 있는 것이 워낙 무슨 연유로건 자기들이 원한 것이었으면 어쩔 수 없다. 그러나 그것은 우리 자신이 택한 것이 아닌, 남이 우리에게 가져다 준 타율他律에 의한 것이다.

되풀이할 것 없이 해방 직후의 우리 사정으로는 그것을 피할 수 있는 도리란 없거나 적었다. 그러나 오늘의 사정은 그때와는 다르다.

다음에서 보듯 사람들에게 뭐든 오래 계속되어 온 것이면 그것이 정상인 것으로 여겨지는 게 보통이다.

그래서 사람들은 지금도 남이냐 북이냐, 어느 쪽이 좋으냐 나쁘냐, 어느 쪽이 이기고 지느냐 하고들 야단이다. 또 그러는 게 지극히 정상인 것으로들 여긴다.

그러나 앞에서 우리의 견원화를 비극으로 보았던 미국 외교관의 눈으로는 이랬을 것이다. 그런 관심의 초점은 남과 북 어느 쪽이 지느냐 이기느냐보다는 남과 북이 개와 원숭이이기를 그만 둘 수 있느냐에 있고, 그런 데 있어야 한다고.

일리 있는 말이고 눈이다.

우리가 그 오랜 세월 겪어 왔고 앞으로도 그럴 전쟁 상태라는 것이 우리가 남에 의해 견원지간의 관계에서 살도록 만들어진 데 있다는 게 사실이라고 한다면 그러한 상태에서 빠져나올 수 있는 길이 어디에 있을까는 어렵지 않게 알아차릴 수 있는 일이다. 그건 지금까지 우리에게 주어진 상태에서 벗어나는 노력을 한다는 것이다.

내가 퍽 존경하고 좋아하는 미국의 흑인 지도자 킹 목사(Martin Luther King, 1929~1968)가 언젠가 했던 말에 재미있는 게 있었다. 그에 의하면 사람이 방안에 있는 온도계와 다른 것은 그는 온도계와 같이 피동만 할 줄 아는 무기無機물이 아닌 제 의사에 따라 능동적으로 움직일 수 있는 동물이라는 데 있다는 것이었다. 방 안에 걸려 있는 온도계는 날씨가 더우면 수은주가 올라가고 추우면 내려가는, 주어진 환경에 피동적으로만 반응하는 게 그 기능의 전부다. 그러나 사람은 여름에 더우면 창문을 열어 놓거나 겨울에 추우면 난롯불을 켜 놓는다.

주어진 환경을 그저 받아들이기만 하는 게 아니라 필요한 변화를 능동적으로 할 줄 안다는 차이다.

마찬가지다. 지금까지 남과 북이 견원 관계에서 살아온 것은 이미 지나간 일이고 어쩔 수도 없는 일이기도 하다. 그리고 거기에도 긍정적인 면도 없지 않아 있었으니 그걸로 우울하기만 하거나 속을 썩이고만 있을 것도 없다. 그런 관계가 지금까지 있을 만큼 있어왔고 이젠 슬슬 거기에 종지부를 찍는 게 낫다고 판단되면 그러기 위해 능동적으로 움직이면 될 일이다. 그저 킹 목사의 온도계처럼 주어진 환경에 반사만 하고 있을 게 아니라 제 머리, 제 손을 써서 능동적으로 움직인다는 것이다. 날씨가 더우면 창문을 활짝 열어 젖히는 것처럼.

# 국시國是와 민시民是

국시國是란 말이 우리 의식 위에 벼락같이 떨어진 것은 박정희의 5·16 때였다. 그때까지는 그 국시란 말은 별로 쓰이지 않았었다. 그러나 박정희가 '반공을 국시의 제1의'로 한다는 그의 쿠데타를 일으켜 장면 정권을 엎어버렸을 때 그 국시란 말은 우리들 모두의 의식에서 지워버리기 어려운 단어의 하나가 되었다. 그러니까 그 국시란 말도 박정희가 남긴 유산의 하나로 손꼽아도 된다. 거기다가 '유산'이란 큼직한 말을 갖다 붙이는 건 그가 우리에게 낯설던 단어 하나를 자주 알고 쓰게 해서만은 아니다. 그런 말을 꺼냄으로써 우리들로 하여금 그와 관련된 몇 가지 중요하다고 할 만한 일들을 생각하게 하기도 해줬기 때문이기도 하다.

국시란 문자 그대로 '나라國로서 이래야 한다是'는, 말하자면 국가적 의사나 명제命題를 가리키는 말이다. 그렇게 나라로서 옳다고 보는 국가의 뜻이니까 거기에는 그 나라에 사는 국민이면 응당 따라야 하는 일이라는 뜻도 은근히 담겼다. 그러는 게 당연하다고 보기까지 하는 경향도 있다.

거기에 약간의 문제가 생긴다. 정확히 하자면 국가와 국민, 나라와 백성이란 똑같은 동일체同一體는 아니다. 같을 수도 있고 실제 같을 때도 있다. 이를테면 우리가 '우리나라'라는 말을 할 때 거기에는 '무의식적인 감정상'으로나마 '우리가 나라고 나라가 우리'라는 느낌은 있다. 일종의 일체감이다. 국가의 입장에선 국민 모두가 언제나 그래 주길 바란다. 그러나 본질적으로 그들 둘은 같은 것이 아니고 같은 것일 수도 없다.

국가라는 기구를 움직여 나가는 사람들은 인구 전체에 비하면 극히 적은 소수다. 행정, 입법, 사법 3부를 맡아 운영하는 사람들을 다 합쳐봐야 큰 수효가 아니다. 그것은 인간이 만들어 운영하는 모든 조직체의 생리상 당연하고 불가피하다. 그러니까 국가란 그 형식이나 조직상 '소수지배'다. 그것은 동서고금, 체제 여하를 불문하고 어디서나 같다.

미국 건국의 대부(Founding fathers)인 제퍼슨(Thomas Jefferson, 1743~1826)이 남긴 명언의 하나는 하도 흔히 인용돼 누구나가 잘 안다. 그는 그랬었다. '국가란 인민을 위해 있는 것이지, 인민이 국가를 위해 있는 건 아니다.' 그 말에서 분명한 것도 다름 아니다. 국가와 국민이란 한 덩어리의 동일체는 아니라는 것이다.

그렇다면 국시라는 말에 대치하는 또 하나의 말이 생겨난다. 민시民是라는 말이다. 국가로서의 의사와 다르거나 대조되는 인간이나 민중으로서의 뜻이나 명제다.

아메리카라는 신천지에 새로운 나라를 만들 때에 활약했던 사람들 역시 국시라는 것이 민시라는 것을 무시한 일방적인 지배여서는 안 된다는 인식을 가졌었다는 사실을 우리는 여러 군데에서 본다.

국가로서의 의사의 결정이나 그 집행에서 전쟁이라는 것보다 더 큰 것은 없다. 그래서 그들 건국의 대부들은 새 나라 헌법에서 나라를 대표하는 대통령과 그 행정부가 전쟁을 하려 할 때에는 반드시 의회와 상의하고 그의 동의를 얻어야 한다고 못을 박았다. 거기에 담긴 사고 또한 분명하다. 전쟁을 한다는 국가로서의 결정과 그것이 국가적 사업으로 되는 국시라는 것은 국시를 만드는 일을 주도하는 행정부 정상에만 맡겨지는 것이기보다는 일반 국민을 대변하는 의회, 즉 민시에 의해서도 참여되고 감시되어야 한다는 것이다. 그것이 국시와 민시가 언제나 같은 것이지 않을 수 있을 뿐 아니라 상반되는 것일 수 있다는 것을 가리킨다는 것은 물론이다. 실제 국시와 민시의 동일화同一化나 적어도 그들 간 차이의 극소화極少化라는 것을 두고 민주정치의 요체로 보아 틀림도 없겠다.

그러나 우리들이 보아온 대로 민주주의라고 하면 제 자신을 으뜸가는 것으로 치는 미국에서도 국시와 민시가 일체이기보다는 이체異體이기 일쑤고 그들 간을 가르는 거리가 짧은 것도 아니다. 그건 많은 예를 들 것도 없이 분명하다.

전후 미국이 치러온 거의 모든 전쟁에서 대통령의 행정부가 의회와의 사전 협의나 그 동의를 얻은 일이란 거의 없다. 근년 미국 국민들이 막대한 출혈을 감당해야 했던 중동에서의 전쟁의 경우 역시 예외는 아니다.

미국에서 그렇다면 다른 데라고 나을 거라고 보기는 어렵다. 실제 언제 어디서나 민시란 국시에 억눌리고 패배만을 거듭해 왔다고 하는 게 사실에 가깝다. 까닭은 국가라는 것의 힘이 여전히 엄청난 것에 비해 일반 백성의 힘이란 아직도 미미한 것에 지나지 못하고 있기 때문이라고 해야 할 것이다. 프랑스 시민혁명이 있은 지 벌써 2백 년이 넘었는데도 사정이 그렇고 보면 오랜 세월 약자로 있어 온 민초民草들이 제대로의 힘을 찾기가 얼마나 어려운 일인가를 알게 된다. 그 어려움은 국가라는 것이 제자리를 지키는 힘이 남아돌아가게 크다는 것뿐 아니다. 국가라면 저절로 경외감敬畏感으로 우러러보는 민중들의 황소 같은 순종順從성 덕분이기도 할 것이다. 그래서 국시라는 것에 맞서고 도전한다는 것은 어려운 일이고 드문 일이기도 하다. 있어도 그건 거의 매번 실패나 패배로 끝나 왔었다.

그러나 그런 도전이나 시도가 없었던 건 아니다. 앞에서 본, 만주에서의 이시와라 실험을 그 하나로 꼽아도 된다. 그 당시 일본 민족을 아시아의 지배, 지도국으로 치던 건 당시 군국 일본의 국시였었다. 그러니까 이시와라가 만주에서 살려면 일본인도 일본인이기를 그만두어야 한다고 나섰던 건 분명 일본 국시에 대한 이단이고 도전이었다. 그래서 그에 대한 도죠를 수반으로 한 국시 측의 반격은 즉각적이고 철저했었다. 쇠방망이가 이시와라의 머리에 내려 떨어져 그의 반反 국시적 시도는 산산히 박살 나버렸었다.

내가 언제나 감동하는 이런 경우도 있다.

구한말 때 서울에 영국공사로 있던 코번(Henry Cockburn)의 경우다.

그는 무엇보다 우리 언론사에 이름을 남긴 배설裵說을 그의 반일 언론을 한 죄로 처벌한 것으로 우리에게 알려져 있다. 그가 배설을 처벌한 것은 당시 영국이 동맹을 맺고 있던 일본을 반대한다는 것은 영국의 국시에 거역하는 것이었기 때문이었다. 그러니까 코번은 그만큼 대영제국 국시에 충직했던 제국주의자였었다. 그런 그도 어떤 사물을 국가와 인간이라는 두 가지 다른 눈에서 봐야 하는 입장에 처했었다.

그는 어느 하루, 한국에 와있는 일본의 이토伊藤博文 총감에게 영국인 신문사에 거처하고 있어 손을 못 대고 있던 한국 언론인 양기탁의 신원을 인도하라는 요청을 받는다. 국시에 따르면 그 요청에 응했어야 한다. 그러나 코번은 그에 응하기를 거절했다. 까닭은 그가 양기탁을 인도하면 양기탁은 경찰유치장에 갇혀 비인도적인, 잔악한 학대를 받을 거라는 것을 알고 있었기 때문이다. 그것은 인간으로서는 할 수 없는 일이라고 그는 여겼다. 그래서 그는 영국 국민으로서 나라의 국시에 따를 것인가, 또는 하나의 인간으로서 민시에 따라야 하는가의 선택을 하지 않으면 안 되었다. 그는 심사숙고 끝에 인간으로서의 입장에 서기로 했다. 그래서 이토의 요청을 걷어찬 것뿐 아니다. 영국정부에도 상당기간 불복하며 항거했다. 그러나 한 개인, 더구나 하나의 관료로서 국가의 힘에 맞서는 데는 불가불 한계가 없을 수 없다. 결국 그는 양기탁을 인도하지 않을 수 없게 되었다. 그에게 그것은 한 인간으로서의 패배였다.

그것에 절망한 그는 아직도 한창 나이에 누구나가 부러워하는 공관장 자리를 내던지고 관직에서 물러나 버렸다. 그것은 그가 할 수 있는 최저의 '민시의 선언'이었다.

또 하나, 내 생각으로는 짐을 자살로까지 내몬 그의 정신적 착란에서도 국시―민시의 요인들이 없지 않았다. 그가 오랜 저항 끝에 박정희의 '육체적 처리'에 동의하게 된 것은 그가 자신을 미국의 국시에 따르도록 설득한 데에 있었다. 그런 결정은 자유세계를 위한다는 미국 국민이나 군인으로서 따라야 하는 것으로 보았다는 것이다. 그것은 사물을 국가의 입장에서 본 결론이었음은 물론이다. 그러나 그 후, 짐에게는 문제를 인간의 입장에서 볼 수도 있었지 않았나 하는 것이 무슨 악귀처럼 끈덕지게 그를 따라다니면서 그의 온 존재를 착란의 구덩이로 빠뜨려 버렸었다.

거기서 오는 착란과 고통이 극에 달했을 때 짐은 제 손으로 제 목숨을 끊었다. 그것 역시 패배로 끝장이 난 경우다.

# 자연스런 기현상

타성이란 사전에 나와 있는 대로 '굳어버린 버릇'이다. 무슨 일이 하도 오래, 같은 상태에 있어 와서 그게 평상이거니 하고 지내는 것이다. 잠깐 다시 보면 퍽 이상한 일인데도 그것을 이상하다고 보지 않는다. 지금까지 그래 왔으니 그게 당연한 것으로 여겨지고 당연한 것이니까 앞으로도 그러려니 한다. 그러니까 거기에는 무얼 생각하고 자시고 할 필요가 없다. 머리를 쓰고 할 것 없으니까 보기에 따라 편한 일이기도 하다. 그러나 일을 생각 없이 하는 거니까 거기에는 위험도 따르고 그것이 비극일 수도 있다.

우리는 지금까지 끊임없는 전쟁상태에서 살아왔다. 미국 또한 그래왔다고 미국인들은 곧잘 자기들이 살아온 세월을 그들 말로 '항시적인 전쟁과 긴장상태(Perpetual state of war and tension)'라고 한다. 우리에게도 딱 들어맞는 말이다. 그래서일 것이다. 그것은 우리에게 평상적인 것쯤으로 되어버렸다. 전쟁 때면 사람 하나 죽는 것쯤 대수롭지 않아진다고 했듯 그것은 무서운 세월이다. 누군들 그런 세월로 한 평생을 지내기를 원할 사람 없을 것이다. 그런데 이상한 건 그런 전쟁상태에 다들 태연하고 그게 정상인 것으로 안다. 타성이란 그렇게 무섭다. 그래서 가다가는 그런 '생각하지 않는 버릇'에서 잠깐 벗어나 생각해볼 필요도 생긴다.

가령 이렇게 생각해보자.

해주라는 땅과 진주라는 땅에서 태어난 아이가 성년이 되면 해주에서 난 아이는 인민군이 되고 진주에서 난 아이는 국군이 된다. 그건 자연스럽고 당연한 일이다. 그러다가 어쩌다 전쟁이 난다고 하자(안 난다는 보장도 물론 없다). 그러면 해주에서 난 아이는 진주에서 난 아이를 죽인다. 반대의 경우도 물론 같다. 나라를 지키기 위해 적을 죽인다는 것은 당연한 국시다. 그것을 지키는 것은 국민으로서의 신성한 의무이기도 하다. 지금 해주나 진주에 사는 사람 보고 "그렇지 않느냐" 하고 물으면 "그렇지 않다"고 할 사람 하나도 없을 것이다.

그런데 보자. 진주에서 태어난 사람이 저쪽이 해주에서 온 사람이라고 해서 죽여야 한다는 일은 우리 기록된 역사 몇천 년을 통해 단 한 번도 없었다. 우리에게 절망과 암흑만이 차 있었다고 하는 일제 식민지하에서도 그건 있을 수도, 생각하지도 못할 일이었다. 그뿐인가. 해주, 진주 할 거 없이 우리 땅에 사는 사람치고 그런 일이 있길 원했거나 원하는 사람은 더더욱 없었다.

그렇다면 그런 현상은 대단히 신기하기도 하고 기가 막힌다. 한 번만 막힐 일도 아니다. 그렇다는 건 생각을 길게 할 것도 없이 누구에게나 너무나 뻔하다. 바로 지금의 현상이 그런데도 그것을 이상하다고 생각하는 사람이 없다는 것이니까 그야말로 귀신이 곡할 노릇이라고 안 하기 어렵다. 그래서 또 하게 되는 게 타성이라고 그대로 받아들이고 앉았을 일은 못된다는 것이다. 지금까지 그래 왔으니 그게 당연하다는 그 '당연'이란 말의 뜻은 거기에 생각할 필요가 없다는 것이다.

제 스스로가 생각하는 사고思考의 부재不在가 타성이라고도 했지만 우리가 그에 빠지는 것을 우리의 무지와 무능으로만 돌릴 일은 아니다. 남에서건 북에서건 사람들은 교육도 받고 대학도 다니고 신문도 읽는다. 그런데도 우리가 마냥 생각 없이 지내는 건 나름대로의 까닭에서 오는 것일 터다. 하나 뻔한 것은 어디서건 교육이나 언론이 각기 체제로서의 대세에 지배되고 있다는 것이다. 모든 면에서의 주안점은 체제의 옹호에 두어지게 마련이고 그것이 사람들의 생각에 미치는 영향은 말할 것 없이 크다. 누구나 그 영향을 안 받기 어렵다. 나도 6·25 때 북쪽 인민군 전사로 다니던 때에는 '양놈 셋을 죽이자는 정신이 애국심'인 것으로 배웠고 국군으로 들어와선 그것이 우리 땅의 적화赤化를 막는다는 것으로 바뀌었다. 그것도 잠깐 동안의 사이에서다.

국가교육, 체제언론에 의한 교화敎化뿐 아니다. 우리 모두는 누구나가 직업인이다. 밥을 먹기 위해 꼭 가져야 하는 것이 직업이기 때문이다. 그런데 직업인으로서 바람직한 것으로 여겨지는 정신자세란 자기 직업에만 열중한다는 것이다. 그 이상의 것이거나 직업적 상궤를 벗어난 것까지 생각한다는 것은 곧잘 그의 커리어에 걸림돌이 되기 쉽다. 그래서 사고나 행동을 그 한계에 묶어두고 직업에만 열심이어야 하는 게 입신立身하고 출세出世하는, 현명한 '커리어리즘(Careerism)'으로 통한다.

그 전형의 하나로 우리는 그 유명한 로켓의 귀신 브라운 박사의 경우를 보았다. 그를 보고 한심하다고 여긴 독자들도 있을 것이다. 그러나 그는 예외이기보다는 직업인으로서는 전형에 가깝다고 해야 할 일인지도 모른다. 그는 자기가 열중하던 로켓이 그 위력을 완벽하게 과시할 때 "분더바아!" 하면서 좋아했다. 직업적 성취에서 오는 희열이다. 그 폭탄이 '어느 놈 대가리 위에서 터질 건지'는 관심 밖이다.

그런 커리어리즘이란 집안 식구, 밥그릇 따위를 생각하지 않고 살 수 없는 소시민의 경우에서만이 아니다. 커다란 힘과 영향력을 가진 정치인, 과학자, 군인들 할 것 없이 그런 틀에서 크게 벗어나 있는 경우란 흔치 않다. 그래서 브라운 같은 전형은 우스운 게 아니라 무섭다.

나는 얼마 전 서울과 평양에서 각기 군대의 창군 몇 주년인가 하는 기념행사의 TV 중계를 구경했었다. 거기서는 멋들어진 군복차림의 수많은 군인들이 행렬하는 것뿐 아니라 각종 무시무시하게 생긴 무기들, 전차들 따위가 그 위광威光을 번쩍이며 그 힘을 과시하고 있었다. 그들을 사열대에서 내려다보는 양쪽 국가 원수들, 그런 무기들을 만들어 낸 과학자들, 군복에 훈장들을 단 장성들 등등 모두 다 만면에 만족의 미소를 띠고 있었다. '야아, 이만하면 됐구나' 하는 회심의 미소였다.

또, 그날의 TV 프로는 남북의 관영 방송국과 군부가 만든 기록영화도 보여주었다. 그 영화에 나타난 각기 군사력의 위용은 한층 더 인상적인 것이었다. 공중에서 놀랄 만한 묘기를 보이는 공군의 신예 전투기들, 거친 바닷물을 헤치며 상어떼처럼 달려가는 해군의 쾌속정들, 커다란 괴수 같은 육군 전투차량들과 미사일 포신들, 모두가 '어마어마하다'는 표현에 알맞게 인상적이었다. 그것에 관중들이 박수와 갈채를 보내고 있는 모습도 실감나게 찍어 보였다.

그 광경 속에는 '조국을 위하여 맹호는 간다(남쪽)', '최고사령관 동무, 명령만 내려주시오(북쪽)'라는 현수막들도 보였다.

그런 명령이 떨어져 맹호들과 붙으면 어떻게 되는가.

그리고 그런 무서운 살상무기는 어디다 쓰자고 그 엄청난 돈과 노력을 들여 만들어졌는가. 말할 것도 없이 남쪽 거면 해주 놈들 대가리 위에 터지라고, 북쪽 거면 진주 놈들 대가리쯤에 터지라고 만들어지고 마련된 것들이다.

실제 그런 사태가 벌어지면 진주면 해주에서 온 놈, 마산이면 원산에서 온 놈을 죽이려 드는 건 지극히 당연하고 자연스러운 일이다.

일단 나라의 국민으로서 군복을 입게 되면 그 군복의 논리에 따르게 마련이다. 거기에는 생각하고 따지고 할 여지나 필요는 없다. 군복의 논리란 '견적필살見敵必殺', 눈에 보이는 적은 모름지기 죽여야 한다는 것이다. 죽이지 않으면 저쪽이 죽이고 저쪽이 죽이면 우리가 진다. 논리로서 그 이상 분명한 게 없다.

그러나 분명치 않고 우리가 일상 생각하지 않고 지내는 게 하나 있다. 누가 '둘도 없는 단일민족'이라 했던 우리의 남과 북이 그런 '죽여야 할 적이 되었는가'다. 그걸 알기에는 비상한 두뇌나 뛰어난 상상력이 필요하지 않다. 그저 어디 굴러다니는 역사책을 잠깐 들춰봐도 알 수 있는 일이다. 그건 우리가 8·15로 해방이 됐다고 멋모르고 좋아하고 있는 동안 우리도 모르게, 또 우리가 원했던 것도 아닌데도 남과 북으로 갈린 우리 땅 사람들이 견원지간의 사이가 된 때문이었다. 그게 남들이 우리에게 가져다 준 해방의 선물이었다.

그러니까 그 '끊임없는 전쟁과 긴장 상태'라는 것도 그저 지금까지 그래 왔으니 정상이라 여기고 지내야 할 일은 아니다. '생각하지 않고 지낼 수 있는 일이면 생각하지 않고 지내는 것이 좋다'는 것도 좋다. 그러나 일들이 잠깐 생각해보더라도 우스꽝스럽고 어처구니도 없는 일이라면 가끔 그런 일을 생각해보는 것도 해롭진 않은 일이다.

여기서 이런 얘기를 하고 있는 건 그동안 우리의 아까운 인물들이 죽은 얘기를 쓰고 있는 동안이나 그다음에도 내 머리를 떠나주지 않은 한 가지 생각 때문에서다. 박정희건 임화건 누구건 그들이 죽게 된 근본적인 까닭이란 무엇보다도 우리가 오랜 세월 살아왔고 지금도 살고 있는 그 '끊임없는 전쟁 상태'에 있었다는 것이다.

그래서 이상한 현상이 이상하게 여겨지지 않는 이상한 현상 얘기를 꺼내게 되었다.

# 위대한 상식

앞의 글에서 국시에 맞섰던 개인이 이긴 일이란 없었다고 썼었다. 그에 대해 여기서 얼른 그게 잘못된 말이었다는 것을 적어놔야겠다. 이긴 일이 있었다. 이겨도 크게 이겼었다. 그리고 지금까지 해방 후 우리 땅을 남북으로 갈라놓은 것이 미국과 소련이었다는 사실을 원한 어린 어조로 되풀이해 적어 놓기도 했었다. 여기서 나를 포함해 세계의 많은 사람들을 크게 감동케 했던 두 인물에 관해 써야겠다. 그 두 인물이 소련과 미국 사람들이었다. 그 첫째가 소련의 고르바초프(미하일 고르바초프, 1931~)고 둘째가 미국의 아이젠하워(Dwight Eisenhower, 1890~1969)다.

고르바초프부터 시작하자.

그가 소련이라는 국가, 공산진영, 그리고 동서냉전이라는 데에 끝장을 낸 인물이었다는 것은 새삼스럽게 되풀이해 말할 것도 없다. 그가 그런 일을 할 때의 동기나 목적 등에 관해선 여러 갈래로 의견들이 갈린다. 그야 어쨌든 그 결과만을 놓고 본다면 그가 그런 끝장을 냈다는 것에는 누구도 아니라고 할 수 없다. 그리고 그런 엄청난 역사적 변화를 가져오게 한 그의 정책의 시발이 미소 냉전을 끝장내기로 한 데 있었다는 것도 분명한 사실이었다고 해야 한다. 그가 그런 길로 나설 때까지 소련이라는 국가를 유지 지탱해오던 정부와 당 간부들 사이에 소련이나 그것이 이끌던 진영이 그렇게 무너져 없어지길 바랐던 사람은 드물거나 없었을 것이다. 그들이 소련이 국가로서의 당위當爲나 국시로 여겨온 공산주의와 공산권의 옹호를 옳고 당연한 것으로 믿는 데에도 한결 같았을 것에도 의심은 가지 않는다. 그렇다면 그렇게 방대한 것이었을 힘에 맞서서 체제 그 자체를 송두리째 엎어버리게 한 고르바초프의 업적은 그저 역사적이었을 뿐 아니다. 거의 영웅적인 것이었다 해도 좋다.

물론, 고르바초프의 애당초의 정책지표가 공산체제의 파괴가 아닌, 수장을 통한 그 구제救濟에 있었다는 주장도 있다. 그러나 그 체제적 붕괴과정의 물꼬가 냉전의 상징물인 그 베를린 장벽의 현시인들에 의한 파괴를 고르바초프가 방관뿐 아닌 방조한 데서 터졌다는 것을 부인하기는 어렵다. 미·소 간의 냉전 체제의 종식도 미소 간 군비경쟁에서 소련이 그것을 지탱해 나갈 힘이 떨어지게 된 것을 그 원인으로 보는 견해도 있고 그게 터무니없는 것도 아니다. 그러나 고르바초프가 미·소 간의 군비경쟁이나 냉전의 계속에서 무모한 모험과 어리석은 낭비를 본 것 또한 그 동기를 이루었다고 해도 빗나간 판단은 아니다. 그렇다면 진영 간 냉전체제의 붕괴라는 커다란 역사적 변혁에서 고르바초프가 한 개인적으로 발안發案하고 추진해간 힘은 결정적인 것이었다고 평가해야 마땅하다.

고르바초프는 한때 어디선가 이런 말을 한 것으로 한 기록은 전한다.
"평화 없이 번영은 없다. 인류가 전쟁과 영원히 결별하는 것이야말로 보다 나은 미래의 길을 열 수 있는 토대다."

이것은 사물을 국가의 입장에서만이 아닌 인간이나 인류의 입장에서 본, 말하자면 국시 아닌 '인시人是적'인 자세고 선언이라고 해도 틀린 말은 아닐 것이다.

다음, 미국의 아이젠하워가 발군拔群의 장군이고 군사적 지도자였다는 것에도 설명은 필요 없다. 그런 군인으로서 그의 국방에 관한 인식이 남달랐을 거라는 것도 말할 필요 없는 일이다.

그런 그가 대통령 자리에서 물러나면서 한 고별 연설에서 이런 말을 했었다.

'나라들이 서로 간에 끊이지 않는 공포와 긴장을 핑계로 만들어 내는 총자루, 전함, 로켓탄 따위 하나하나가 모두 구원이 필요한 많은 사람들로부터 빼어내는 도둑질임에 다름 아니다(Signifies in the final sense a theft from those who hunger). 한 예로, 단 한대의 중폭격기를 만드는 데 드는 돈이면 30개 도시에 현대적인 학교들을 지어줄 수 있고, 단 한 대의 전투기 값으로는 50만 톤의 곡식을 살 수 있다.'

이런 지극히 단순한 사실만으로도 국가들이 사람들에게 짊어지고 살게 하는 군비의 짐(The burden of arms)이 초래하는 낭비가 얼마나 사람들이 풍요롭고 행복하게 살 수 있는 기회를 가로채고 있는가를 알 수 있다는 것이다.

소위 군산복합체의 과도한 비대화를 경고한 그의 연설 내용 역시 국가 시책에서의 국시 일변도一邊倒에 대조되는 민시적 관점의 강조로 보아 안 될 게 없는 일이다.

세계 여타 나라들을 합한 것보다 더 많은 군사비 지출, 지구 표면을 덮다시피 하고 있는 기지망 따위에서 보듯 미국의 정치를 어디의 누가 흔히 쓰던 말로 '선군 정치'라 이름 지어도 전혀 어폐는 없다. 그렇다는 것은 군산복합체의 세력이나 영향력이 압도적이라는 것을 가리키는 것임에 틀림없다. 그런 점에 비춰본다면 아이젠하워가 그런 군사 위주 경향에 요란한 경종을 울린 것 역시 무엇보다도 용기에 찬 행위였다고 해야 한다.

사실, 고르바초프나 아이젠하워가 본 군비 경쟁의 무위無爲와 낭비란 그 자체가 무슨 위대한 발견이라고 할 일은 되지 않는다. 그것은 상식적인 판단만으로도 누구에게나 뻔한 일이다. 이미 말한 대로 지구 전체를 한 번 아닌 여러 번에 걸쳐 박살낼 수 있는 핵폭탄이 필요하다는 것은 웬만한 초등학생이라도 이상히 여길 몰상식이다. 그런데도 그런 현상이 유지되는 것은 그런 현상의 유지를 지키는 세력이 그만큼 크기 때문일 것이다.

거기서 생기는 것이 아이젠하워나 고르바초프의 '상식적인' 주장이나 행위를 영웅적인 것으로 보기까지 하는 눈이다.

그러나 고르바초프나 아이젠하워 같은 인물이 있었다고 해서 지금까지 세상이 사람들이 바라는 만큼 달라지진 않았다. 미국과 러시아가 이 일 저일로 다시 긴장상태를 빚어내고 있다는 것을 우리는 보도를 통해 자주 듣는다. 군산 위주의 미국 경제가 비군사적인 방향으로 선회하고 있다는 기색도 눈에 띄지 않는다.

급격히 늘어가는 중국의 영향력에 대처한다는 오바마 미국 대통령의 소위 '정책 중점의 아시아로의 이전(Obama's Asian pivot)'이라는 데서 우리는 새로운 냉전 기미가 퍼지는 것을 보기도 한다. 소위 봉쇄(Containment), 포위(Encirclement) 따위 미·소 냉전시대 때의 상용구들도 미국 언론 매체들에 심심치 않게 오르내리는 요즈음이다. 오바마는 좀 그답지 않은 발언들을 해 사람들을 놀라게 하기도 했다. 그는 얼마 전, 미국 육군사관학교 졸업식에서의 연설에서 이런 말을 했었다. "미국이 세계를 무대로 해 계속 영도력을 발휘해야 하는 까닭은 그럴 수 있는 나라가 미국을 빼놓곤 없기 때문이다. 지난 백 년 동안이 그랬듯 앞으로의 백 년 또한 그럴 것이다." 미국의 유독唯獨성 강조에서 그것은 그의 선임자이자인 그 이름 난 부시와 그리 다르지 않다.

그게 놀라운 일일 것은 없다. 대소對蘇 봉쇄 정책을 발안했던 케넌(George Kennan)은 미국 경제의 활력을 유지하기 위해 언제나 적敵이라는 것이 필요하다고 하면서 "소련 같은 적이 물에 빠져 없어지면 미국은 지체 없이 그것을 대치하는 새로운 적을 발견해야 하고 없으면 발명이라도 해야 한다"고 했다(Were the Soviet Union to sink tomorrow under the waters of the ocean, the American military-industrial complex would have to remain unchanged until some other adversary could be invented.).*George Kennan, At Century's Ending, Reflections, 1982-1995, New York, WW Norton and co, 1996, p.118.

그러나 너무 암울해 할 것만은 없다. 다음 글에서 보는 것처럼 세상은 바뀐다. 그런 변화 중에도 우선 우리를 고무하는 것은 소위 IT 혁명으로 인한 공론장의 급속한 확대다. 그 공론장이 국시적인 것에 압도되지 않는, 보다 민시적인 성격을 띠고 있다는 것은 부인하기 어려운 일이다. 거기서 우리는 그것이 얼마나 커다란 잠재적인 힘을 가지고 있는가를 본다. 사람들의 관심을 끌 만한 일이면 그것이 순식간에 지구를 몇 바퀴씩 돈다. '강남 스타일' 같은 풍의 노래가 며칠 만에 기천만의 청중을 끌고 있는 것을 보면서 놀랐다.

세계정세의 변화가 사람들로 하여금 현상 수정의 필요를 느끼게 할 수는 얼마든지 있다. 그런 일이 생기는 경우 사람들이 아이젠하워나 고르바초프의 용기 있던 자세와 발언들을 다시 상기하게 되고 그것이 그 넓은 블로그 공간을 민시적인 의제로 채울 가능성 따위가 없다고 볼 일은 아니다.

상식이란 언제나 위대한 호소력을 갖는다.

# 내려앉기

"미국은 앞으로의 백 년 동안도 지나간 백 년 동안처럼 세계의 질서를 바로 잡아가는 일을 책임지고 할 것이다…."

말하자면 미국이 앞으로도 '지구 순경' 노릇 하겠다는 오바마의 이런 말을 두고 '놀랍다'고 한 건 내 생각이지 오바마나 그를 미는 세력들이 그렇다는 게 아니라는 건 물론이다. 그들은 그런 그의 말을 굳게 믿고 있을 뿐 아니라 정말 그렇기를 바라고도 있을 건 확실하다.

거기서도 우리는 사람이건 기구건 제 자신에 관해 가져온 자화상을 바꾸기란 쉽지 않다는 것을 엿보게 된다. 그게 놀랄 게 없는 것이 갈 날 얼마 안 남은 늙은이라도 곧잘 제 모습을 안방 액자에 걸린 제 장가 갈 때의 모습으로 여기길 잘한다는 것을 우리 자신은 잘 안다.

미국 사람들 대다수가 가지고 사는 자화상이란 이미 몇 차례나 적어 놓은 대로다. 그것은 미국이 지구적 규모에 걸쳐 벌이는 활동이 목적하는 바가 자유와 번영 등 인류복지를 위한 것인 한 미국이 하는 일에 잘못이 있을 수 없다는 것이다. 더 그럴 듯한 표현으로 그들은 '미국은 잘못할래야 잘못할 능력이 없다'(Incapable of being wrong)고도 한다. 그리고 그들은 그런 생각이 그저 환각에서 오는 것이 아닌, 그럴 만한 확실한 까닭이 있다고도 믿는다.

아닌 게 아니라, 그들 역사에 이런 일도 있었다. 1903년 11월의 일이다. 파나마운하를 파기로 결심한 미국은 그 땅을 얻기 위해 파나마 정부와 교섭해보았다. 그러나 현지정권이 그에 선뜻 응하지 않자 미국은 그 땅을 강제로 빼앗다시피 하곤 거기에 파나마운하 개통이라는 '세기적인 대사업'을 벌이고 성공도 했다.

그 땅을 차지하고 난 직후다. 미국의 루스벨트(T. Roozebelt, 1858~1919)는 그의 부하 장관과의 대화 도중 남의 나라 땅을 뺏은 불법을 꺼리는 불편한 심정을 토로한 일이 있었다. 그러자 그 장관은 그에게 이렇게 대응한 것으로 한 사서는 전한다.

"어이구, 대통령도 꽤 농담하길 좋아하시네요. 아, 우리 미국이 그 큰 역사적인 사업을 하는데 법이든 뭐든 무슨 상관이라는 겁니까. 대통령이 그 말 농으로 하신 걸 저도 알고 있긴 하지만……."

미국이 곧잘 법을 어기는 일을 하고서도 태연한 것이 그런 사례를 통해 보면 그럴 듯이 안 보이는 게 아니다. 그런 잘못은 외국인들의 경우에선 죄가 되는 것이겠지만 '굿 가이'인 미국의 경우에선 그것은 '선의에서 온 잘못(Well-intentioned mistake)' 쯤에 지나지 않는다. '우리의 마음은 언제나 순결하다(Our hearts are always pure)'는 데에는 의심의 여지란 없기 때문이라는 것이다. 똑같은 까닭에서 '자유를 위한 것이면 어떤 과격행위라도 악으로 쳐질 일이 아닌 것(Extremism in the defense of liberty is no vice)'이라고도 생각한다. *Lewis Lapham, 'Pretentions to Empire,' the New Press, New York, 2006, p. 2.

그래서 그러지 않을 법한 오바마까지 그런 소리를 하게 된 것이다. 그러나 그런 자화상이나 자신이라는 게 이제 약간씩이라도 흔들리고 있다는 조짐을 우리는 보기도 한다. 그리고 인간이고 그들의 집단이고 늙는다는 것이 강물 흐르는 것처럼 어쩔 수 없는 노릇이라면 그것을 뜻밖이라 할 건 없다.

그런 변화나 늙어가기를 우리는 이런 경우에서 본다.

2001년 3월, 미국의 시사잡지 《타임(Time)》은 워싱턴 지정학계에서 통한다는 하나의 '단순한 진실이자 공통의 지식(A matter of simple truth and common knowledge)'이라는 것을 이런 말로 적어놨었다.

"미국이란 나라는 보통의 국제시민이 아니다. 그것은 로마제국 이래 다른 어떤 나라보다도 압도적인 힘을 가졌다. 그래서 미국 사람들은 세계 사람들이 어떻게 살아야 하는가의 기준을 세워놓는다. 그리고 그것을 누구의 눈치도 볼 것 없는, 그리고 무자비하다고 할 만한 굳은 결의를 가지고 행한다(America is no mere international citizen, It is the dominant power in the world, more dominant than any since Rome. Accordingly, America is in the position to reshape norms··· How? By unapologetic and implacable demonstration of will)." *Lewis Lapham, 같은 책, p. xiv.

무시무시한 결의라고 해야 한다. 그것을 미국인들은 미국을 움직이는 국시인 워싱턴 컨센서스라고도 했다. 누구나가 그렇게 믿었다는 것이다.

그러나 그런 기사가 난 지 그저 10년쯤이 지난 지금 워싱턴의 한 이름난 논객이 보는 미국의 모습은 그런 것과는 사뭇 다르다. 그 논객(Charles Krauthammer)은 흔히 미국의 사양斜陽이라는 것을 논하기 잘하는 좌경 논객이 아니다. 그 반대로 그는 타임지보다도 그 입장이 한결 오른쪽인 우경 논객으로 이름나 있다.

그는 최근의 한 논설 *www.counterpunch.org/2014/05/27/the-US-empire-is-in-decline 에서 "오바마 정부는 복수심에 차 있는 러시아와 공격적인 자세의 중국으로 하여금 미국에 공공연히 도전해 오게 했고 그러한 흐름은 지구적 규모에 걸친 미국의 지배권의 종식을 가져오고 있다(The end of American hegemony in the global political sphere)"는 주장을 폈다. 그는 그것이 오바마 정부가 미국의 국방력을 강화하는 것을 주저하는 등 줏대가 없기 때문이라고 말한다.

그와 같은 그의 시각은 미국의 일반적인 사양론과는 정반대의 것이다. 일반적인 것은 미국의 끊임없는 전쟁이 가져오는 과다하고 불필요한 낭비가 미국을 파탄으로 몰아넣고 있다는 것이다. 그런 논객 중 하나(David Lindorf)의 주장을 위의 같은 논평이 인용하고 있는 것처럼 나머지 세계 전체를 합친 것보다 더 높은 미국의 국방비 따위에서 보는 낭비가 무한한 것일 수는 없다는 것이다. 결국, 미국 논단에서 좌우 양단을 대표하는 그 둘이 각기 다른 입장이나 분석에서도 미국의 사양이라는 결론에서는 그 견해를 같이하고 있는 셈이고 그들의 그런 판단이 어림없는 것이지도 않다.

그러니까 세상이란 바뀌고 있다는 게 분명하다. 그리고 그러한 변화가 그들의 전통적인 자화상이야 어떻든 미국인들로 하여금 언젠가는 자신들이 처해가고 있는 예사롭지 않은 입장을 심각하게 다시 검토, 평가하게 할 것은 분명하다고 봐야 한다.

이미 보도된 대로 세계은행은 중국 경제가 2014년이 끝나기 전에 그 규모에서 미국 경제를 능가하게 될 것이라고 발표했다. 그런 변화의 조류가 그대로 지속되면 지난 백 년을 넘게 지켜져 온 '세계 최강'이라는 미국의 입장은 무너진다. 그러면 그들이 그들 말로 모든 면에서 '넘버 원

(Number One)'이던 왕좌자리에서 밀려 내려가는 건 불가피하다(Slide to No.2 seems inevitable). 그것이 왕좌에 있을 때의 권위, 자랑, 특권 따위의 상실을 가져오고 그것이 미국인들로서 참기 어렵게 쓰라린 일일 건 두말할 것도 없는 일이다.

경쟁이 나라 간이건 주의나 체제 간이건, 그 승부는 어느 쪽이 사람들을 잘 먹고 잘 살게 하느냐에 달린다. 그러면 누가 더 돈을 많이 가졌느냐가 문제되지 않을 수 없다. 한때 자본주의가 좋고 이기기도 한다는 건 돈벌이야 자본주의여야 한다는 데에 있었다. 그런데 중국은 체제가 공산주의다. 그런데 등소평이 "쥐를 잡는데 그 고양이가 흰 놈인가 검은 놈인가는 문제되지 않는다"고 해서였나. 요즘 와선 돈벌이에서 중국이 미국을 뺨치고 있다는 인상이다. 그래서 주의고 사상이고 하는 것을 따지는 게 우습게도 됐고.

그러나 오바마의 발언이나 자세로 봐선 미국이 자신을 잃거나 불안에 떠는 눈치는 아직 아니다. 오히려 그 반대다. 그럴 만한 바탕이 있어서 그러기도 할 것이다. 그러나 최근 미국의 NBC와 월스트리트저널의 공동여론조사에 따르면 조사대상자의 다수가 "지금까지의 군사위주 정책노선은 잘못된 것이고 수정돼 마땅하다(The US was on the wrong track)." 고 답했다.

인간이건 체제건 위험이 피부에 느껴지게 되면 정신 차리고 적절한 대책을 취하게 되기 마련이다. 미국도 지금까지처럼 높은 자리에만 있지 않고 좀 내려 앉아 실속을 차리려 하게 될 것인지도 모른다.

*　　*　　*

자아, 잠깐 보자. 지금이 몇 시인가.

어이구, 자정이 지났네.

잘 시간이다.

이제 좀 자자.